乌江引

庞贝 著

人民文学出版社
花城出版社

图书在版编目（CIP）数据

乌江引/庞贝著.—北京：人民文学出版社；广州：花城出版社，2022
ISBN 978-7-02-014538-6

Ⅰ.①乌… Ⅱ.①庞… Ⅲ.①长篇小说—中国—当代 Ⅳ.①I247.5

中国版本图书馆CIP数据核字（2022）第009507号

责任编辑　付如初
装帧设计　陶　雷
责任印制　宋佳月

出版发行　人民文学出版社
　　　　　花城出版社
社　　址　北京市朝内大街166号
邮政编码　100705

印　　刷　北京盛通印刷股份有限公司
经　　销　全国新华书店等

字　　数　173千字
开　　本　880毫米×1230毫米　1/32
印　　张　12　插页2
印　　数　1—50000
版　　次　2022年2月北京第1版
印　　次　2022年2月第1次印刷

书　　号　978-7-02-014538-6
定　　价　56.00元

如有印装质量问题，请与本社图书销售中心调换。电话:010-65233595

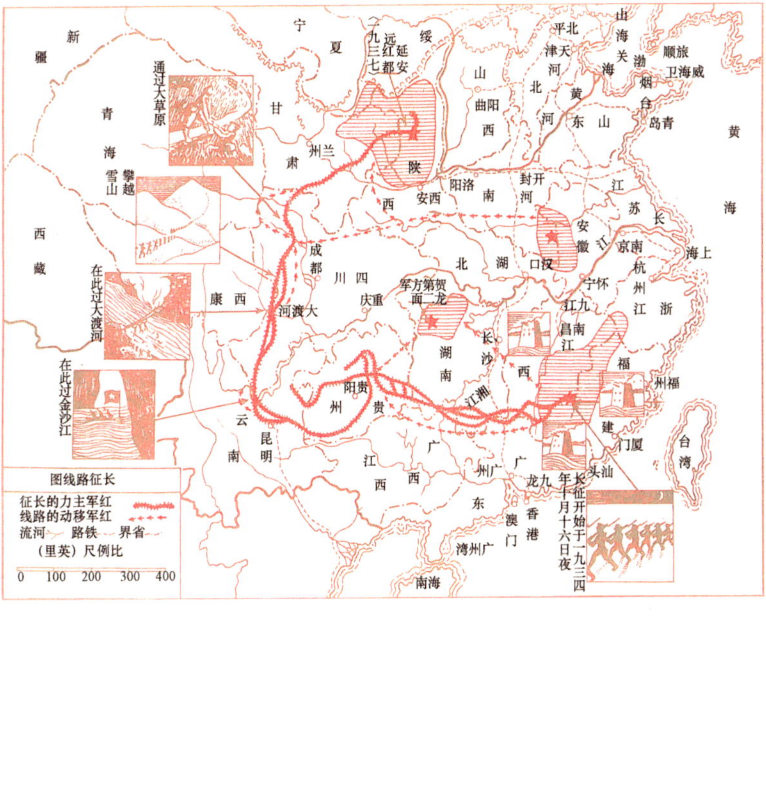

据一九三八年上海复社版印制

目 录

引语 …………………………………… 001

第一部　速写 …………………………… 001

　　通道 …………………………… 003
　　西行 …………………………… 023
　　乌江 …………………………… 037
　　大城 …………………………… 047
　　局长 …………………………… 060
　　科长 …………………………… 097
　　土城 …………………………… 124
　　四渡 …………………………… 151
　　乌江 …………………………… 193
　　后事 …………………………… 220

第二部　侧影 …………………………… 275

附录 …………………………………… 378

同志们，今天我要向共产国际的领导人报告的不是中国红军与苏维埃的发展问题。

我只讲一讲红军离开中央苏区后西征的情况。我在讲西征之前，先要讲一讲我们党为何决定西征。我们党对苏维埃革命根据地问题的认识是正确的。巩固的根据地对红军来说是必需的，没有这样的根据地会给今后的国内战争带来很大的困难。还在1930年，共产国际的指示就已经指出：建立根据地是中国党头等重要的任务。共产党过去执行这一任务，在今天它仍然是十分重要的任务之一。当敌人包围了我们以前的苏区，把我们挤到一小块地区里时，我党为保存红军的有生力量，把主力从过去的苏区撤出，目的是要在中国西部的广阔地区建立新的根据地。为此目的，中国党组织了红军著名的英勇的西征,自江西向中国西部挺进。……

我们走的都是些什么路呢? 当然不是柏油马路或石板路。我们走过的大多是难以通行的羊肠小路。我们翻越了中国最高的山脉,跨过了二十多条著名的大江大河,如长江、乌江、湘江、金沙江、大渡河。我们有什么渡河工具呢? 什么也没有。

川康交界处的山脉高达一万六千多英尺。五月,中国正酷暑难耐,但是山上却白雪皑皑。我们受到四面八方的攻击,确切地说,受到来自南、西、北、东、天上和水里六面的夹击。我们就是在这样的条件下行军。如果仅仅是和追击我们的敌人比赛谁跑得快,那倒不太可怕,而我们在行军路上还进行了大小一百多次战斗。

(曼努伊尔斯基:粮食问题怎样解决呢?)

……

——引自《共产国际执行委员会书记处会议史平同志的报告》(1935年10月15日,莫斯科)

第一部

速 写

通　道

遁入西延大山以来,敌人确乎不见了。桂军并未跟追进山,湘军和"中央军"亦未有追击。疑是无线电静默,所有敌台均无信号。这个情况实属异常,背后定是有莫大的行动,我军的前程也益加险恶。

8日,我们果然侦到国民党"追剿军"第一兵团向祈宁、武冈、绥宁、靖县、洪江一线运动的敌情。10日,第一兵团第六十三师已到绥宁,第六十二师正向绥宁前进。我们将情况报告给野战军总部。

沿着红六军团浴血走过的路线,中央红军分左中右三路向湖南通道挺进。自湘江突围至今,我们星夜向湘桂边界西延山区移动,桂敌虽未跟追,连日来却派出密探在我各兵团驻地活动。他们纵火焚烧苗人的民房,企图嫁祸于我军,破坏红军在群众中的信仰。朱总司令命令各兵团严密巡查,一遇火警,凡我红色军人,务必设法扑灭并救济被害群众。纵火奸细,一经捕获,应即经群众公审后枪决。10日,红一军团第二师占领通道县城,守敌先已望风逃窜。我们随军委纵队进驻。

11日深夜,破译国民党军第一兵团总指挥刘建绪部署令——

李司令云杰、李司令韫珩、陶司令广、王师长、章师长、陈师长、何主任、刘代旅长:

命令:

一、伪一军团之一部已由长安营、岩寨、木路口西窜。其先头部队抵临口、下乡、菁芜洲之线。匪主力似在龙胜、通道边境。我薛兵团先头已抵会同。桂军正分向龙胜、古宜追剿中。

二、本兵团以协同友军继续追截,务期歼匪于湘黔边境之目的,决定部署如次:

1.着第一路陶司令所部,除以一部赶筑绥宁大道封锁干线堵匪北窜外,迅以主力向临口、通道方向觅匪截剿。

2.着第四路李司令所部,迅速进入遂宁,策应第一路截剿。

3.着第五路李司令所部,迅速进驻长铺子待命。

4.着刘代旅长所部,除留团队守备成步外,迅向岩寨、木路口尾匪追剿。但到岩寨后,须派团队向长安营方面警戒。

5.着何主任所部由长铺子经黄桑坪,向木路口西壁道上截击。

三、绪文日进驻绥宁指挥。

上三项。

刘建绪。真戌参。

此乃刘建绪发其麾下十万湘军的命令电。红军过湘江,我们与他刚有过一场恶战。我们是在广西境内湘水上游过江,先是白崇禧桂军在界首与我红三军团激战,继而是刘建绪湘军在全州拦截我红一军团。我军阵地接连失手,指战员伤亡异常惨重,军团首长给总部连发"十万火急""万万火急"电,要求中央纵队必须星夜兼程过江,然而那个庞大的运输队抬着山炮、机床和大量辎重,只能蠕蠕日行四十里。红一军团苦苦坚持,在茂密松林间与敌人白刃血战,而湘军竟迂回冲到了军团指挥所！据说参谋长左权正要吃饭，发现敌军端着刺刀冲上来，便立即指挥警卫部队反击，军团长林彪、政治委员聂荣臻也都急忙拔出手枪……

刘建绪乃"追剿军"总司令何键麾下第一悍将，他们既是湖南醴陵同乡，亦是保定军官学校三期同学。远在1929年初，他就曾长程追击脱离井冈山的朱毛红军。时至这1934年末，刘敌此番部署又是来势汹汹，大有再度决战模样，似欲再陷我于绝境。我军当如何应敌？湘江惨剧犹在目前。这份密电也意味着，我们难以在此久留。

邹生副科长翻开黑皮小本子，破译科遂有了最新一项记录。黑皮本是破译科的光荣册。这最新一项记录落笔时间：1934年12月11日，午夜。登记完毕，他头一歪，便立马呼呼睡着。已是苦熬三昼夜，拢共眯眼不到三小时，饥肠辘辘自是麻木不觉，人的精神实在也有些恍惚了。

深夜2时，我野战军总部通报全军——

一、三、五、九军团：（火急密译）甲、刘敌十一日令：（一）判断我军主力似在通道、龙胜边境。（二）薛敌先头已抵洪江。(三)刘敌部署:……

邹生这次是一觉不醒了！又有湘军急电待破,科长便不忍唤醒他。看得出,邹生方才是用冷水浇过头,头发尚是湿漉漉的。科长曹大冶亦是苦熬三天三夜,也是拢共睡不到三小时。都是"特殊材料制成的人",我们二局的人更是"特殊之中的特殊"。此刻他在打摆子。在湘南小城这个土豪宅院里,他身裹一条破毛毯,额头却直冒汗。钱局长快回来了吧？曹科长要打一针奎宁。

曹科长紧捏着译电科送来的最新密电,尚有几个字眼破不开,电文连不起来。二局破译工作量大,他是出了名的又快又多。破译风格人各有异,他最擅于大胆设字,多向出击。此刻他面壁而坐,一手握笔在电文纸上写写涂涂,牙齿也是咬得咯咯响。而在隔壁侦收科,所有电台都马不停歇,好一片密雨般的嘀嘀声！

这密雨般的嘀嘀声,令人怀想中央苏区的日子,那时我们有自己的驻地。在首都瑞金的梅坑,报房窗外有一片竹林。某人某日昏迷中醒来,忽听见窗外有密雨般的嘀嘀声。急促,清脆,连续不停的嘀嘀声,像极了发报的声响。谁在竹林里发报？提灯寻去，原来是一只秋蝉！南方知了。

透过粗陋的窗棂，可以望见那座古旧的恭城书院。天气并不寒冷，但却有些阴湿，那些衣着破烂的行人缩着脖子走路。天空也是阴沉，晨光却好似一片血色。远处有军号声响，是司号员在练习，似乎不很熟悉号谱，号音便也有些生涩。

邹生凌晨醒来时，曾勉局长正在破译曹科长手中密电。曾局长也熬红了眼，目光却依然锐利可畏。曹科长已破开一个电码，曾局长强逼他入睡，片刻之后他却忽然醒来！隔壁侦收科有个异常信号，他跑过去提醒侦收员，说这份电报很重要，抄收不要漏码。回头倒在竹床上，又立马酣然入睡。曾局长朝床上瞥一眼。他已解开最后一个密码，便匆匆去到隔壁译电科。他与译电科李科长交代几句，译电员便立马据已破密码译校电文。曾局长又疾步走进隔壁侦收科。侦收科弥散着燃烧的汽油味，"霍姆莱特"充电机坏了，工作一刻也不能受影响。他试着提拉马达手柄，反复数次，充电机便嘟嘟叫着冒出黑烟。译电科很快译校完最后一个字，他便拿电稿去见野战军首长。

贺龙、萧克之二、六军团在湘西,红一方面军北上与之会合。然而我们的破译密电却明白无误显示,何键已在湘西赶筑起四道堡垒线,修成碉堡两百余座。敌军大有张网以待之势了。蒋逆是欲将我红军主力压入粤桂地区消灭,严防红军入湘与贺、萧会合。萧克率领的红六军团乃中央红军先遣军,早于8月初即撤离湘赣根据地向湘中转移,既是为探路,亦是为调敌。10月下旬,红六军团与红二军团已在黔东湘西会师。我们二局的情报已显示了这个危险。我们进入西延大山以来,敌军不再跟进追击,但他们绝不是放弃了追击,敌人已判明我们欲与贺、萧会合,他们已抄近路超过红军队伍,已在我北上必经之路布下了罗网。情势如此,红六军团探出的这条路线,中央红军还能跟着走吗?西行两个月来,我们与国际已然完全失联。我们无法及时获取莫斯科的指示了。

响午时分,曹大冶醒来,依然高烧不退。他已发病多日。身为破译科长,他说自己不会发病,这其实是说,病倒也不能停止工作。此刻,他睁眼便盯着这张湖南地图看。这个曹大冶，他是益发从大局思想问题了，他是以曾局长为模范。曾局长、钱副局长都戴眼镜，他们原本都是知识者，而今也都是革命者。曾局长从大革命时代过来，虽则而今也只是而立之年。他是胸怀有大局面，他说我们二局应以侦破战役情报为要务。这两位局长都是从大上海来，都曾见过大世面。曹科长醒来又发寒，全身打着哆嗦，牙齿抖得咯咯响。我们给他喝半碗姜水发暖，片刻稍有缓解。他见钱潮副局长走来，便又探问与"远方"联络之事。我们的电台功率有限，与莫斯科联络须经上海转发，而上海密台早已被国民党破坏。钱副局长说，上海白色恐怖日甚，电台一时恐难恢复，而且我们三局的100瓦特电台过湘江时已销毁，好在我们尚有50瓦特电台，仍有望试着恢复与上海联络，但恐功率不够。

钱副局长给他打一针奎宁，要他安静休息，别再说话。钱副局长是医生，来二局前先任军委政治保卫局局长，一般官兵所知他的公开身份却是红军剧社导演。我们二局高度保密，只跟随中央和军委最高首长行动，军团一级首长都未必知晓我们。一军团军团长林彪是将星，恐也未必知晓这个。二局成立之初，对于我们的破译情报来源，甚至对曾任军委总参谋长的叶剑英都不便明说。二局规模尚小，所获情报只能保障主要战场使用。第四次反"围剿"时，叶剑英是红军学校校长，也是对敌左路军作战的东南战线总指挥，但这只是辅助作战。周恩来、朱德有时也发给他敌情通报，而电文中每每有"军委组织确悉"字样，周、朱却并不明说情报来源。叶参座可是何等聪明之人！他便据此推断，军委二局已有了破译能力。他自然想要我们为东南前线提供更多密息，便向周、朱委婉提出，"可否请军委组织再……"

中央总负责人博古、共产国际军事顾问李德、红军总政委周恩来、红军总司令朱德、苏维埃共和国临时中央政府主席毛泽东，最初的知情者大致仅限于这几个人了。红三军团军团长彭德怀也是知情者，他也是中革军委副主席。

曾局长、曹科长、邹副科长，我们二局最出色的破译员。自从曾、曹二人光荣地破获国民党军"展密"，二局又连连攻克"猛密""千密""清密""7893密""3819密""3237密""〇密"……

这些成果都记在邹副科长的黑皮本上了。

此刻钱副局长正在那地图上比画,曹科长仍未合眼休息。他不说话,却又拿起报纸看。钱副局长带来几份上月出版的《申报》:国民党天津党部枪杀共产党员吉鸿昌;《申报》总编辑史量才在上海为国特暗害。……我们又问起红五军团三十四师情况。后卫三十四师被卡在湘江东岸,未能西进与主力会合。钱副局长说,听五军团电台台长李白说,五军团仍由师长陈树湘、政治委员赖玉宏率领,目前仍在湘西南地区继续战斗。我们听了顿感欣慰,也遥祝他们在单独行动中取得胜利。钱副局长忽然掏出怀表看一眼,便急匆匆地往外走。

我们不能多问。这是纪律。不该说的不说,不该问的不问。我们从窗口望见他一路小跑奔向那座书院。风度潇洒的钱副局长,他那奔跑的身影也是好看。

那座书院的近旁,有当地人家正在办喜事。女人们有着鲜艳的头帕。她们戴着银项圈、银手镯,褶裙绣着花边。

是这个初冬的日子,这山城街景因着红军刷写的标语而显得非同寻常了。战士们睡在巷道和檐下。他们不闯民房,但照样帮老百姓挑水、劈柴,与他们拉家常。

昨日我们甫一安营,运输队战士阿根就去井边挑水,有少妇见是军爷便要逃,阿根就急忙摆手说,这位表嫂,不要怕！我们队伍和穷人是一家人！那少妇便问,你们这个是喊哪样军队？阿根说,喊红军。少妇又问,红军咋个自己打水吃？阿根说,我们也是受苦人。说着他就卷起袖子,露出一道很深的伤疤,看,这是狗财主打的！

阿根长我们没几岁,却像兄长一样,处处照顾着我们。他平时少言寡语,却眼中最有活儿,人也总是闲不住。他这平时不会说话的人,在那井水边说话却也蛮得体。我们拿这事跟他打趣,他的黑脸便微微红了,便像是生气地扭头抽旱烟。他独自抽了几口闷烟,忽见墙角有块破布条,顿时眼睛一亮,就赶紧过去捡起来,两手抻了几下,感觉蛮结实,便冲我们一乐。他是要用这布条打草鞋。草鞋人人会打,但有时是缺材料,只用稻草不结实,加点布条或麻绳,就会既轻便又耐穿。那些十多岁的红小鬼,最爱捡彩色的毛绒线,鞋头上编结点红绿色小球,看起来更美观。

我们的阿根真是很有办法！平时不声不响,我们跟他逗乐,他也不生气,只管笑眯眯地抽他的小旱烟袋。他身强力壮,憨厚老实,却粗中有细。作为运输员,他编在前梯的时候多,前梯赶时间的时候多,要抬着机器跑得快。记得某次他出前梯,大家架起帐篷却无法做饭,是因身上的洋火也跑丢了。前梯是突然得令出发,大家都已饿了一天。阿根拿他的火镰和燧石取火,但却没了火绒,可他还是有办法!就见他取出一枚子弹,先将弹头拔下,又将一块棉花塞进枪膛,就这样开枪撞击出火星,将棉花引燃。我们高兴地说,这是革命的火种!……

此刻见他捡到这块破布条,我们就想没准儿他有更大的用处,而不只是用作编草鞋。就像那天取火种,谁能想到他身上还有一块棉花!夏天我们可都是穿单衣。此刻他抽完旱烟,像是要去睡觉了,我们也不便提醒他什么,这个觉他未必能睡踏实,但小睡一会儿也是好。此刻他跟部队指战员们一样,都以为我们会在此地休整几日,其实情况并不乐观。很多有钱大户都躲走了,我们难以买到足够的粮食。部队正在忙着调查土豪劣绅情况,为富不仁者才是打击对象。县城监狱也已打开,红军放出那些含冤坐牢的人。他们很多是"抗捐犯",红军请铁匠撬开他们的脚镣。区区一个小城,竟关着这么多"抗捐犯"!此前经过桂地亦是如此。老百姓生活极苦,军阀们却是敲骨吸髓,苛捐杂税多如牛毛。

卯粮寅征,甚至连五年后的钱粮都预征了,这样底层人民可如何翻身!战士们嘹亮地高歌起来,大声地向人们宣讲革命道理,大有在此建立苏维埃的姿态。我们的心弦却难以松弛,这里恐非久留之地。而离开此地,红军恐也难以北上了。我们的情报指出了这个危险,而我们唯有静心等待。

我们必须有耐心,这也是我们的擅长。我们比前线战士更有耐心。

曾局长回来了,大院门口警卫员向他敬礼,他只是轻快地扬扬手。他提了一个小灯笼——将洋蜡截断,安在大茶缸里,提着缸柄,底朝后,口朝前,好似一个小手灯,既挡风,也能照着前边的人。他平时走路虎步沉稳,此刻步子却有些轻飘。我们看见了那团光亮。局长回来了,各科都有人从窗口张望。我们望见他许久不见的轻快步子,还有那略微舒展的神情。这种神情也是许久不见了。阴沉数月,曾局长的大胡子脸也像是放晴了。虽非一片晴朗,只是眼角眉梢透露着一丝愉悦,这也好。不再是一脸郁悒,眉头紧蹙,不再只是传达紧张和压力,络腮胡子也不再令人畏惧。今天他定然不会发脾气了。

"同志们情绪怎么样?"曾局长进门便是这句话。破译科同志们心也轻快起来。

"情绪还不错,就是有点儿饿,这会儿要是能吃顿饱饭,劲头就更足了。"邹生声音有些干涩,看来也是真饿了。

"那么……有啥子好吃的?"曾局长似乎也想吃点儿什么。

"么个好吃的,有稀粥就蛮好了。"邹生苦笑着摇摇头。

"咱们二局已是特殊优待了,红军战士一天两餐,咱们有三餐!"曹科长正欲吃力地起身,曾局长忙将他按下。

"我是想,这会儿有个鸡子吃最好!"曾局长自嘲地说这话,神情却是愉快的,"革命胜利了,咱们天天一个鸡子可好?"

"天天一只鸡好不好?"邹生说着便似要咽口水。

"好好好!天天一只鸡!清炖,鸡汤也好喝得很!这样想想,肚子也就不会闹革命了。因此说,为了革命胜利,明天我们要西进了!"

话题陡转,大家便立时肃然。曾局长从兜里摸出三个野橘子,伸手给曹邹各一个。

"与贺龙、萧克会合,北上湘西这个路线过去是没错,现在是有问题了!咱们二局的密息,刘建绪那个,还有其他,都明摆着,蒋介石已知我们要北上,他们重兵布防,只待我们自投罗网。这是一条死路!今天中央紧急碰头会,解决目前行动问题,决定先改道西进。"曾局长略一停顿。下属们都知这种时刻不能插话,局长自会接着讲。"恩来同志这一次是下了大决心!他是有备而来!……这有备而来,有两个意思:一是请泽东、洛甫和稼祥三同志参会,当然朱老总也参会,这就不再只是'三人团'说了算;另一个意思是咱们二局的密息,他特地安排我和钱局长到场。泽东同志'赋闲'已久,他没了军队指挥权,但毕竟还是政治局委员,还是苏维埃共和国主席嘛。他是很久没说话了。这次他有了公开的发言权,宁都会议之后,他这是第一次参加高层军事会议。他说蒋介石做好了一个大口袋,等着我们去钻。蒋介石在那里'请君入瓮',我们就乖乖地去'入瓮',岂不是傻瓜!事实是,正因他提出放弃北上湘西计划,迫使博古同志不得不开这个会。泽东同志看了咱们的敌情,也看了明天的进军计划仍是向北走,他就很生气,就去找恩来和博古说,我军若继续北出湘西,正中敌人下怀,不是往死洞里钻吗？把红军投入敌人预设的陷阱,自寻灭亡,你们要这样走,往严重说,就是会亡军亡党,真是岂有此理!……于是有了这个非常会议。恩来同志确是下了大决心,他说话情绪也激动,这也是不多见。李德同志嘛,他是将全部希望寄托在与二、六军团会合上,开始还是坚持按计划北上,指责泽东同志是主观臆断。博古同志也还是支持李德……"

"大敌当前,博古同志没看半夜两点的全军通报吗?"曹科长其实也是性急之人,便这样急切地抛出自己的疑问。他的橘子也急切地吃完了。

"他信李德的。李德说,可以躲开与我平行开进的追兵,因为敌军是走大路,然后我们突然北上,绕过敌人堡垒线,迅速与贺、萧会合,发展新苏区。泽东同志要西进,你们都知道,前几天他让大家找一本《左宗棠平苗记》,他是在考虑向贵州前进的机会,那里敌军力量弱。于是会上他坚持这个想法,而李德倔劲儿也上来了,泽东同志却是寸步不让,恩来、老总、洛甫、稼祥他们都支持泽东同志,但是插不上嘴!这时恩来同志让我拿出咱们刚截获的密电,蒋介石下令湘西各部,以六倍于我的兵力张网以待。钱局长又摊开俄文标注的湘军部署图,这一来,李德算是看明白了。……嗯,一切从敌情变化实际出发,这才是中央民主决策嘛!说来也是,这是西行以来泽东同志意见首次获得支持,在会议上得到中央多数人支持。这就是'实事求是'!泽东同志早年上的是湖南第一师范,墙上有校训就是'实事求是'。敝人是第三师范,却也晓得这个。谁说的对听谁的,这个道理不难!"曾局长又把手里橘子塞给曹大冶,曹大冶便抿嘴笑着推拒。又见邹生也已快吃完,曾局长便把橘子掰作两半,递给他们。

"这就是共产主义!"曾局长笑道。

"咦,共产主义就是几个橘子?"曹大冶认真地反驳,"那还有谁跟着干!还要抛头颅,洒热血!"

"准确来说,只能说是共产主义思想吧?"邹生若有所思地说。

"对,只是思想。都是好觉悟!小邹啊,你才19岁是不?暂时是没有鸡子吃了,有这橘子也是好!通道特产嘛!吃了长身体!大冶你也才20岁啊,还是虚岁吧?"

"哦,咱们这份敌情……"曹科长接了橘子,有些难为情的,便转向正题,"四方面军还是没信号?"

曾局长轻轻摇摇头,又抬眼转向窗外,默默地望向远方一抹淡山。

"奇怪!我们需要支援,偏偏这时没了信号……"曹科长神情疑虑地撇撇嘴,"三局一日数次发报!不会是成心不救吧?"

"乱讲!"曾局长猛一声沉喝。(补记:1935年1月4日,军委收悉红四方面军密电,来电通报川军部署态势。署名:焘。)

曾局长的兄长在红四方面军,且是四方面军领导人。曹科长苦笑一下,便又固执地问:"那……与二、六军团会合就算放弃了?"

"这个嘛……今天我是说得有点多,怪我心情算是好。心情好还要发脾气啊!哈!最高层会议当然是要保密,但咱们二局特殊嘛,理应多掌握些情况,但也是要保密!守口如瓶就好!……那么,顾问同志面子上过不去,就说可以绕道敌后攻击,坚持按原计划北上。博古同志无言以对,但有点……和稀泥,他转而同意改向贵州东南部,那里敌人兵力相对薄弱,但仅是绕道,最终还是必须按原计划到湘西,与贺龙任弼时红军会合。……不管怎么说,终究是不用立马北上了,明天不必往北走了,虽只是个权宜之策,却是难得的灵活性!与国际失联嘛,用马克思哲学观点来说,有它不好的一面,也有好的一面。不好的一面不必说,好的一面是,这样咱们便能自主行动了。前天咱们驻扎平等,望着平等河边那座八角形鼓楼,我便有些预感。今天在这个小小通道县城,果然事情就起了变化!嗯,平等、通道,或许也是个吉兆,一条通道,一条生路。而北上,我们的前途很可能就是毁灭……"

"比湘江之战还要凶险……"邹副科长转身拿来地图,"离开瑞金时,咱们有八万多人,过来湘江,突破这道封锁线,就剩这三万余人了……"

19时30分,中革军委主席朱德,副主席周恩来、王稼祥向全军发出"万万火急"电令:转向!向黔东南黎平方向西进!

西进,一道湘江曾使红军主力险遭灭亡。转黔,定会有另一道大江阻挡。军号嘹唳,风中的号音是颇有些悲壮声势了,就要拔营出发了。战士们都在急着上门板、捆稻草、打扫、清洁他们睡过的地方。我们从这窗口望见,纪律检查委员会人员也在跑着做检查,借群众的一根针都得送还,并进行热烈的道谢。我们早已有准备。夜半时分,值班的同志先已收拾好行李,其他人也是以战备的姿态休息。行李也简单,个人物品原本就不多,且又送了一些给贫苦人。有些同志把米袋里最后一块干粮,把身上最后一块银洋,也基于阶级的同情心,送给了他们遇见的可怜人。

得令开行,阿根将破译科的几个文件袋装上马背,曾局长却仍未出屋,阿根便拿一把草料喂马。大青马身形健美,毛鬓光亮,我们都爱这匹马。曾局长也喜爱这匹马,有时他边思考问题边给它刷毛,有时拔最鲜最嫩的青草喂它。

曾局长此刻仍未出门,仍在静静望着桌上的地图,十万分之一的湖南省全图。

"贵州是也有一条大江吧?"邹生走过来,小声地探问。

曾局长在地图左侧缓缓划一道斜线。

"乌江。"

西　行

　　西行之路暂时是顺畅的,这是敌人的无垒区。我们的队伍突然转向,敌军尚来不及布防。湘江渡过之后,我们就进入了敌人的深远大后方,敌军也不再有铁路、公路和江运之便利,薛岳追兵也只好跟我们一样用两条腿走路了,而我们比他们更能走。此前我们是走山路,敌人走大路,我们总难甩掉他们,敌军时常与我军并行并实施侧击,而今都是唯有山路可走了。进入贵州,我们也就不必再举着火把走夜路了。这黔地天无三日晴,天天都起雾,山间云雾保护着我们,敌机就不再是威胁。他们哪敢飞太低,因此既难侦察到我们,也无法轰炸我们。这行军途中便也有了歌声,是那些永远可爱快活的红细仔在唱——

　　白军兄弟,

我们是红军，
彼此都是穷苦人。
你不打我，
我不打你，
请你老哥下决心。
……

我们二局是编在第一野战纵队（红星纵队），我们跟随野战军总部首长朱德、周恩来行军。技术人员30多人、电台6部，另有警卫队、运输队、炊事班、饲养员共数十人。40斤重的收发报机用肩挑，60斤重的蓄电池和90斤重的霍姆莱特充电机就要抬着走。大部队雇用挑夫，我们二局不能让外人接触，就只能是用忠诚可靠的战士。最辛苦的人便是阿根，所有重活苦活都是他先抢着干。运输队战士是拼体力，人倒下，机器在，阿根已有多次受伤了。月初翻越老山界，那是西延山脉的最高峰。越往上走，山路越窄，经过雷公岩时，我们须走一段危险的"天梯"，那是悬崖上开凿出来的石梯，陡峭而狭窄，足有百余级。上有悬崖，下有深谷，眼见几多骡马都摔下去了，不少人疲乏至极，腿一打颤，身子一歪，忽然也就坠了下去。远远望着那道"天梯",我们的腿都不由得微微打颤,也都为大青马捏着一把汗,岂料它竟是出奇的安静!我们望见阿根也是很安静,但见他站在石梯下端,默默地抚摸着马的头颈,轻轻贴在马耳边说着什么,然后定神片刻,似乎是人马对视片刻,阿根就一手拉着马口索,如此人马就更靠近些。阿根轻轻走在前边,而马头就紧贴在他身后,就这样试探地向上挪动步子。人和马都不朝下看,都将身子一侧紧贴崖壁。我们屏住呼吸,紧张地望着悬梯上的人和马。阿根每一步落脚都很轻,大青马也是轻轻着蹄。他们就这样静静地向上移动。直到阿根走过最后一级,可他并未立即停步,仍是在慢慢朝上走,待大青马全身过了石梯,他这才静静转回身子,伸出双臂轻轻抱住马头。……阿根保护了大青马,从此他就一身兼二任,既是勇挑重担的运输员,亦是大青马的饲养员,从此他也成了大青马的保护者。这匹马本是曾局长的坐骑,但曾局长轻易不骑,就跟大家一起徒步走。他说步行是必要的锻炼,若无好脚力,没马骑的时候怎么办?他是想让马驮那个最沉重的充电机,但是阿根不愿意地说,这是好马,可不是牲口。他这人话不多,就这样说一句,说完就朝运输队战友看一眼,他们就抬起充电机大步朝前走。曾局长也就不好再说什么,便令译电科一位病员骑上。

依然是接力式行军:侦收人员和装备器材分作两组,前梯先走一段停下来开机侦收,后梯交班后往前赶路又接替前梯,此停彼开,交替前进,既能全天候实施对敌侦察,又能紧跟总部首长不掉队。

野战军大突围,情况大不同于在根据地。在根据地,尚能依靠当地群众获取敌情,而在这流动的行军中,也不会有地下工作的信息传来,而今二局便是唯一的战役情报来源了。我们一刻不息地工作。野战军既已由湘入黔,二局侦察重点便是黔军。人手少,抓重点,我们无力兼顾太多,但偶尔也回头听几下以往敌台。一个月前,红军即已离开粤境。我们于12月4日破译陈济棠"银密",此后即不再侦收粤军信号,然在这入黔途中,仍有粤军相关密息传来。此前我们所获与其相关的最后一份密电,是蒋介石对陈济棠的申斥:"……平时请饷请械备至,一旦有事,则拥兵自重。……此次按兵不动,任由共匪西窜,贻我国民革命军以千秋万世莫大之污点。……"

目下却又见陈济棠的身影。12月11日密息,粤系陈济棠和桂系李宗仁、白崇禧联名致电南京中央党部、五中全会、广州西南执行部、西南政务会、国民政府林主席、行政院长汪、军委会蒋委员长——

……盖川、黔两省,卵谷西南,山深林密,形势险峻,远非赣、闽无险可恃之比,若不趁其喘息惶恐未定,加以猛力攻剿,则匪众一经休养整顿,组织训练,北进足以赤化西北,打通国际路线;南向足以扰乱黔、桂,影响闽、粤,破坏东亚和平,危害友邦安宁,而党国民族之危亡,更将无从挽救。济棠、宗仁、崇禧等,迭承各方同志奖勉有加,亦应当仁不让,继续努力,窃以为共匪不除,国难未已,一切救国计划,皆属空谈。粤、桂两省军旅,素以爱国为职志,拟即抽调劲旅,先组编追剿部队,由宗仁统率,会同各路友军,继续穷迫,以竟全功。如蒙采纳,即请颁布明令,用专责成,并请蒋委员长随时指示机宜,俾便遵循。……

"陈济棠、李宗仁、白崇禧,他们是在向老蒋请战啊!好一个文辞华丽,慷慨激昂!好一篇'请战书'!"曾

027

局长冲曹大冶大声说。他其实是在试探曹大冶的看法。

"根据我们已获密息,薛岳八个师已接近贵州边界,薛岳'中央军',王家烈黔军,共同对付红军,而他们之间的矛盾……"曹大冶边想边说,"黔军最怕'中央军'进入其地盘,而'中央军'正好趁机……"

"那么粤系桂系为何要表决心?桂系既怕红军入境,更怕'中央军'入侵……对了,过江后的那份报!还有吗?白崇禧给蒋介石的!小邹!"

邹生正痴痴地盯着那个马蹄钟,局长这样大声喊他,他却完全听不见。他打开马蹄钟后盖,竟然在用一根手指拨动表针!看他这痴迷的神态,曹大冶也不惊扰他,忙自己动手找出那份密电。

我们是在广西境内过湘江,此乃国民党军第四道封锁线。红军伤亡惨重,但主力还是过了江。蒋委员长向白崇禧追责,白崇禧却是蛮不客气。

……赤匪盘踞赣闽,于兹七载,东西南北四路围剿,兵力达百余万,此次任匪从容脱围,已为惋惜,迫其进入湖南,盘踞宜章,我追剿各军,坐令优游停止达十数日不加痛击,尤引为失策。及匪沿五岭山脉西窜而来,广西受当其冲……

……以我国军百余万众,尚被匪突破重围,一渡赣江,再渡耒河,三渡潇水,如职军寡少之兵力,何能阻匪不渡湘江?……

……惟目前问题似不全在计划,而在实际认真攻剿,尤忌每日捷报浮文,自欺欺人,失信邻国……

红军主力过了湘江,白崇禧有为红军让道之嫌。白崇禧却拒不认账,且对蒋反唇相讥。既然如此,相距不过数日,白崇禧为何又主动请战?而且是与粤系陈济棠联手!

二局侦收破译大量敌情,而呈交军委首长的密息须先经分析研判,而且是准确无误的判断。此刻曾局长他们就是在做这番预判。

"'失信邻国'……哪来的邻国?白崇禧这口气,是说他广西是独立之国?这口气,老蒋还不得气死!但这毕竟不是当年,不是他与何应钦、李宗仁联合逼蒋下野的光景了。目前的形势是,对于粤桂军阀来说,防蒋重于防共。红军既已离开两广,陈济棠就没理由再向蒋请战,李宗仁、白崇禧也没理由……"曾局长自言自语,眉头舒展开来。"好家伙！难道他们是在演戏吗？"

"就是在演戏，演给老蒋看。不是还拍电影了吗？界首之战，老蒋给他空投了经费、作战计划和密本，他倒也真打了一仗。红军离开桂地，他却还想演戏，将咱们受伤掉队的士兵和民夫抓来，且雇用一些平民扮作俘虏，让他的总政训处拍成《七千俘虏》的影片，既送南京蒋介石看，又送各地放映，夸耀吹嘘桂军战绩，五次'围剿'以来最大的战功！国民党五中全会就要开，正是个好机会。这个'小诸葛'，可真是个好导演！他以为蒋介石好糊弄！"钱副局长抖动着手中的电文纸。他最擅长形势分析，又有好口才。"耍滑头也罢，心眼子多也罢，但也是个狠角儿！'四一二'上海大屠杀之前，他向蒋介石提议，撤了薛岳的师长职务，是恐薛岳同情中共。白崇禧有所不知的是，薛岳亲自赶到上海的中共中央委员会，建议把蒋介石这个反革命抓起来！薛岳被解职，白崇禧直接下令机关枪向工人队伍扫射。还记得吧？莫斯科大游行抗议上海白色恐怖，'白'字下边特别注明，指的就是他白崇禧……"

"大浪淘沙啊！哈哈！你是演员，也是导演。我信你的判断。"

"因此说,这一次,他们是在演戏,也是在看戏……"

"明知老蒋不会让他们与'中央军'抢地盘,他们便只好观战,看'中央军'与黔军厮杀,而且是薛岳的'中央军',他就更有好戏看……"

"这种请战,这种老把戏,蒋某人想必也是见多了。"

"老钱啊,要不你给他来出新鲜的?"

"他若来贵阳,我就给他看一场……红军剧社最新演出,剧名我都有了……"

"好好好,什么名?"

"《活捉王家烈》!"

我们不能再走红六军团的路线了。此前抢渡湘江,我们就是在红六军团的渡江地点,过江后的开进方向也仍是西延山区,我们原本是沿着红六军团的血迹前进。在他们走过的山路上,也不时会见到他们贴过的布告和标语。红六军团是突围先行者,二、六军团已在湘西会合,他们奉命策应红一方面军突围。

通道转向,只是权宜之策,只是避免直投罗网。蒋介石原本是想将红军压向两广,而今我们却是在向贵州走。我们边走边看,来到黎平。通道会议是说只是绕道黎平,接着仍要去湘西。北边形势究竟如何?军委首长期待着我们二局的报告。

16日午后,二局向野战军总部报告最新敌情:敌军仍在力阻我军北上。

从黎平绕道入湘已不可能。情势如此,中央政治局必须开会研究。18日,政治局会议讨论中央红军今后行动方向。毛泽东力陈应彻底放弃原定到湘西与贺、任会合之理由,力主红军应改向川黔边发展,第一步是争取在黔北立足,以遵义为中心创建新苏区。看能否先在黔北站住脚,此地有左右逢源之势,向北偏西可相机与更强大的红四方面军会合,向北偏东可与红二、六军团策应。如若不成,就应向四川发展了,而这也是斯大林的想法——早在几年前他就建议中国红军向四川发展。既然斯大林都曾这样说,博古也就不坚持入湘与二、六军团会合了。

19日18时,朱总司令、周总政委发布命令:向遵义为中心的黔北前进。

发展新苏区!大家心中都有无限的兴奋和激动。

纵然只是微弱的星光在前方闪烁,也是我们久盼的新的希望。曾几何时,我们有那么多的根据地!在中央苏区,有我们的苏维埃共和国。红军一路西行,我们对于已辞别了的那个共和国,当然是感觉越来越邈远了,越来越好似忆着一个过去的梦境了。而那分明是真实的存在过啊!曾几何时,瑞金改名为"瑞京",那是中华苏维埃共和国的首都。中华苏维埃共和国中央政府大礼堂、中央土地人民委员部、中央粮食人民委员部、中央劳动人民委员部、中央财政人民委员部、中央教育人民委员部、中央司法人民委员部、中央纪委检察部、中央税务局、中央金库、国家银行、最高法院……

我们再也看不见的这些机关,它们或已消失在一片火海中。我们是跟着党中央行军,而今党中央不再有固定开会的房子,最重要文件就在那几个铁皮公文箱里了。中央领导一般是有两匹马骡,一匹是坐骑,一匹驮行李。那几个铁皮箱就在跟随博古行军的骡背上。根据红军保密规定,那几个文件箱也必是内置有燃剂的……

犹记得洛甫同志那篇社论:《一切为了保卫苏维埃》。那是这场突围最初的信号,文章说转移是为了大反攻,是为打到蒋逆的深远后方去,开辟一块新苏区,进而更好地保卫老苏区。文章说我们会胜利,我们能够胜利,我们无论如何要胜利!……而今分明是在大退却,敌人的深远后方在哪里?但是众多可爱的同志都只能留在那里了,连着苏区几百万工农兄弟姐妹们……

翻山越岭行军,新闻报纸是看不到的。过湘江之前,敌机就曾撒下许多小传单,说他们已占领了瑞金。攻占瑞金的是国民党军第十师、第三十六师。十师师长李默庵和三十六师师长宋希濂均为黄埔一期毕业,也都曾加入过中共,他们是在1926年中山舰事件后退出共产党的。奔走在这荒山野岭间的红色战士们,也是浑然不知苏区现今的模样了。而我们惟有从敌台只言片语中知晓那更可怕的真相:自中央红军突围以来,沦陷的苏区已然是一片血海了……

　　……查该匪号称十万,若今日久蔓延,不仅黔省被其赤化,恐川、湘及其他各省,亦同感危殆。除集中所部进剿堵截外,并恳中央飞令到湘各军,西移黔境,及桂省各部队越境会剿,以期聚歼该匪,挽救黔难,无任感祷。……

王家烈不得不向老蒋请兵了,老蒋的"中央军"可以堂而皇之进入贵州地盘了。据说黔军是"双枪兵",步枪加烟枪。其武器也只有汉阳双筒、九响毛瑟、十三太保之类,一个营只有三两挺机枪。据说他们打仗时每人也都背一个竹篮子,里边装着薄被子,也装着烟枪和烟灯。"豆腐军,不堪一击!"

黔军兵力构成:黔省军阀省长兼第二十五军军长王家烈,辖第九十九师、第一百师,计6个旅18个团。副军长犹国才,第九十九师师长柏辉章,第一百师师长侯之担。

二局最新侦悉:乌江沿岸,东起余庆西至瓮安,有侯之担师林秀生旅三个团布防。

我们当前大敌:"中央军"薛岳兵团两个纵队八个师(吴奇伟第七纵队四个师,周浑元第八纵队四个师);第二十五军两个师;另有刘建绪湘军协同。

"老虎仔"薛岳一直是如影随形,一路跟在我们后头追,从江西跟到贵州。红军比白军跑得快。我们就是"泥腿子",能跑,能吃苦,有些战士自江西至今一直是赤脚跑!若说竞跑,敌人注定要失败。

知己知彼。黄埔四期的曾局长向我们说起薛岳来历，原来这只"老虎仔"也是老资格了。薛岳，字伯陵，广东乐昌人。1921年孙中山在广州就任非常大总统，大总统府成立警卫团，薛岳、叶挺及张发奎分任一、二、三营营长。1922年孙大总统蒙难永丰舰时，身边两个人，一个是蒋介石，另一个即是薛岳。1927年，薛岳协同陈济棠在潮梅一带阻击我南昌起义南下队伍，而对面的对手就是叶挺。同年，他又镇压张太雷、叶挺等领导的广州起义。这一次，蒋介石本欲派陈诚率"中央军""追剿"，陈诚却力荐薛岳。

22日，冬至。阴极之至，阳气又生。向遵义为中心的黔北前进。我们将创建新苏区。

23日，二局向军委通报敌情：薛敌决以吴纵队向镇远、周纵队缺九十九师由天柱向施秉"追剿"；约定26日以后对我发起攻击。刘建绪湘军将以一个师由锦屏向剑河协同攻击。

据此敌情，军委决定全军迅速北上瓮安，赶在敌军追到之前抢渡乌江。

乌　江

1934年这最后一日，天公作美，他以漫天大雪给了我们节日的庆祝。我红三军团进占瓮安，余庆守敌亦不战而逃。民团、豪绅也都已望风而窜，红军没收他们尚来不及带走的财物，将这些浮财分给"干人"。"干人"称呼我们是"红军先生"，他们需要粮食，也需要咸盐和布匹。这些衣不蔽体的"干人"，的确已被榨得很干很干了！骨瘦如柴且不说，节令已是冬季，十几岁女娃竟也不穿裤子！她们当然不是不怕冷，也不是为着打破封建，她们实在是没有裤子穿！

猴场，黔北"四大场"之一。这集市如今是有另一番热闹景象了！"扩红"，宣传，满街新刷的标语，更增添了节日的喜庆。我们的标语遮蔽了敌人抽捐征粮和抓壮丁的布告。我们最多的两句话是"打倒军阀王家烈"，是"工农苏维埃万岁"。红军女宣传队员们，高声热情地宣讲:红军是穷苦人的队伍！是"干人"自己的队伍！我们是来解救你们的！地无三尺平,天无三日晴,人无半分银。地主老财自己活得好,偏偏不让别人活,可是"干人"不能认这个命啊,所以要起来干革命！……

炮火连天的1934年在行军中结束了！我们都满心欢喜领了过节费。我们二局向例有优待,是比军团官兵更多一些。商贩们有人在放鞭炮,是为欢庆新年到来,也欢迎我们来采买。

会餐自然是很简单了,不似在中央革命根据地,那时照例是要开盛大的同乐晚会,会餐游艺是极其热烈的,老总们有时也被逼着出节目。而今时在远征途中,会餐游艺都是在比较小的单位进行,最主要的精神是集中在前面的战斗,所以特别另有一种紧张的气象。这样的紧张中,我们二局是连简单的游艺也不敢有了。简单的会餐也很好！大家都吃得很香甜！都是大口吃肉！我们已是好久不见油花了。大碗喝酒！喝的是这种贵州米酒。其实我们很多人都不胜酒力。革命是吃苦,革命之前很多人都是砍柴放牛,哪有什么酒喝！

哪个也不敢喝醉！军团的同志们仍在逛街,而我们就不得不开机了。侦收科有两台机子在当值,现在就得多开几台,敌军的信号突然密集起来,可也得让值班的同志快快吃肉!为迎接伟大的1935年,为庆祝红军的胜利,今天不吃玉米面稀粥!

……吴敌四个师昨到施秉,向新黄平续进,其一部向老黄屏方向追我;周敌仍经施秉洞口向新黄平前进,其先头师29日到施秉洞口,30日未动;黔敌第四师有在遵义……

31日二局《敌情通报》:敌军似无猛追之势。据此敌情,中央政治局1月1日猴场会议决定:坚决执行黎平会议决定,创建川黔边新苏区,全军立即抢渡乌江。"新根据地的创造,只有在艰苦的、残酷的、胜利的战斗中才能创立起来。反对一切逃跑的倾向和偷安休息的情绪。"

军团首长们并未参加通道会议和黎平会议,他们是在行军途中接到军委电告的。他们当即向部队干部传达,大家听后都十分高兴。这样的转向,突然就打乱了蒋介石原来的部署,红军又回到了机动灵活的指挥和行动。曾局长跟我们说,彭德怀军团长给军委发电,表示坚决支持新的战略方针。彭军团长郁闷已久,他是光明磊落之人,最敢讲真话。广昌之战,湘江之战,他已多次气得破口大骂。这次战略转移,作战部队掩护庞大的中央纵队"搬家",这种甬道式行军使各战斗军团成了"轿夫",抬着中央纵队这个沉重的"轿子"。彭德怀说这不是抬轿子,这是抬棺材!通道转兵以来,战局出现了转机,红军恢复了活力,他的心情好多了,有时也跟战士开个玩笑了。他主动给军委去电,建议抓住有利时机抢渡乌江。曾局长跟我们说这些,意思很明白,这也是我们二局情报的一个大效应。从最高层的决策到指战员的反应,这都是我们更刻苦工作的激励。

此前黎平会议也有一个决定,刘伯承重返总参谋长岗位。据说我们的国际顾问李德同志很不忿。刘伯承是老资历革命者,曾参加过辛亥革命。在伏龙芝军事学院那时候,他为李德所仰视。第五次反"围剿",刘伯承反对李德教条,遂被贬为红五军团参谋长。据说黎平会议李德因疟疾缺席,周总政委拿会议决定俄文本给他看,他们当面就大吵起来。周总政委本是温文尔雅之人,但他也有锐利的目光,这份锐利也是透着革命的热诚。李德的翻译伍修权不在场,他们就用英语争吵。警卫员亲眼看到周总政委拍了桌子,将那油灯都震跳起来！

猴场会议还有一个决定：关于作战方针以及作战时间与地点的选择，军委必须在政治局会议上作报告。

此前的情况是，军事行动一切由"三人团"决定，而李德实为最高军事指挥者。

博古正式宣布对刘伯承的任命，刘立马赴总部报到。

强渡乌江，如此重任的执行非刘伯承莫属。乌江是"天堑"。这黔地第一大川，将贵州分为南北两半。乌江比湘江更宽些，两岸是乌黑色崖壁，江面水流湍急，像一条乌青色蛟龙向东北方奔腾。群众说这江水深不可测，鹅毛也要沉到水底。渡口有黔军防御工事和火力，群众说架浮桥也难。前些年王家烈他们军阀之间打仗，架了好几天都没架成。群众说，看你们红军的本事呀！然而，渡过乌江，夺取遵义，这是没有价钱可讲的。"不过去就不行，无论如何要过去！"这是部队指战员们的最新口号。我们"大搬家"至此，正如敌人所言，我们是"倾巢而出"。没有退路，谁要拦截，我们就必然与他拼命，不惜任何代价！……截获猪场江防司令密电："江防工事，重垒而坚，官兵勤劳不懈，扼险固守，可保无虞！"

李德仍是警告说:不要过乌江!不要试图在遵义附近建立新的根据地!乌江很可能是另一条湘江!

二局最新敌情报告:"中央军"正全速向乌江方向推进……

遍行天下路,难过乌江渡。刘伯承,我们这位官复原职的总参谋长是大有胜利希望的。他曾是川军将领,当年也曾带兵在此地打仗。这是他复职后的第一仗。

遵义是黔北重镇,桐梓则是贵州烟鬼主席王家烈老巢,据说县城不大,却很洋气,号称"小南京",是因桐梓出了独掌全省军政大权的大人物,亲朋好友都跟着飞黄腾达。他们各据要津,用搜刮的民脂民膏回乡置地,遂建起各式西洋小楼。"天险乌江"实为遵、桐天然屏障。攻占遵、桐,此乃创建新革命根据地之战略,一军团二师奉令担任先头师。领受了这样的伟大任务后,每个指战员都抱定了必胜的信念,不顾一切的牺牲的决心,无论是什么"天险",都非摧破不可。

首长们站在雪地里,借着星光认真地对了表,以朱老总的表为准。如此重大的行动,时间必须一致,表不能有快有慢。敌人就要紧追而来了,我们没有退路,也没有更多犹豫的时间。过江就是胜利,这个胜利的希望稍纵即逝,就如手上的一片雪花,你若慢慢研究它,它就会在你指缝间消失。……然这贵州的雪不见大片雪花,感觉更像是带针刺的冰碴子,落在地上,地上又像是铺了一层滑油……

跨年午夜,踏着湿滑的泥泞雪地,红一、三军团奉命向乌江进发。刘总长伯承同志也亲自带工兵队上去了,而我们侦得的最新敌情是,那些在我们身后的追兵,吴奇伟部四个师和周浑元部四个师离乌江不到两百里路了。乌江若过不去,我们又将在此与追兵决一死战。

林彪向红一军团下令:赶在敌人之前把渡口拿下来!

英勇的红一军团二师四团、一师一团,红三军团五师十三团、十四团、十五团,勇士们开赴江边,他们从三个渡口向对岸突击!在乌江最险要的江界河渡口,刘总长亲自指挥渡江。"游过这条河!"江水寒冷刺骨,赤膊泅渡不成,竹排被浪卷回,浮桥又被冲断。工兵连的干部和战士们,有很高的阶级觉悟和一般的作业技术,再大的困难也难不倒他们。冒着黔军密集的炮火,二师四团扎起六十多个竹筏,将三层竹筏做成门桥,又用篾绳在两岸扎深扎稳,将一百多个门桥连成浮桥。他们奋战三天三夜,一座巨长的浮桥出现在江面上。这条通向胜利的浮桥,像一把锐利的钢刀,将乌江切成两段。红四团立即勇猛地实施大规模强渡!

强渡成功!我们望见夜空中升起的白色信号弹。

1月3日,黔军乌江防线全线崩溃。我们随军委首长过江,王家烈却给蒋发密电说黔军正在与红军殊死作战,说红军两次强渡均未得逞,"刻尚隔岸相持中"。

王家烈这番表白,老蒋想必是不会在乎了,铲除地方势力,他终于有了这个大好时机。对于老蒋的意图,薛岳自是心领神会。就在我军向乌江进发的这一日,这个新年第一日,我们破获薛岳给吴纵队和周纵队的密令。薛岳命令他们只以一部追击红军,主力则直指王家烈大本营——贵阳。

……本路军以迅速向西追剿共军进犯贵阳而促我中心城市以利尔后向四川进剿之目的……

……以欧师在北郊村落,韩师在西郊村落,唐师在南郊村落,梁师在东郊村落……

本路军部署,不得向友军宣泄。

……

"不得向友军宣泄","友军"首领王家烈,他独霸一方的好日子该是到头了。

王家烈,远在1927年9月就曾率部进抵湖南沅陵,欲进攻毛泽东率领的秋收起义农军,尚未与起义军接触,就为抢地盘与湘系军阀打起来,无奈只好退回贵州。依靠老蒋,他在贵州军阀混战中终于坐大,但如今"中央军"跟着红军来了,他实指望红军只是路过,白军也只是路过,但薛岳却不以主力追击红军,反倒对省会贵阳更感兴趣。

对薛岳密电之分析:薛岳也是想拥有自己的地盘吧?

乌江北岸,遍地都是红军的战利品,溃散的黔军丢下步枪,也丢下了烟枪,还有好多难得的迫击炮弹!川南边防总司令侯之担,仓皇下令部队向遵义撤退,而他的官兵早已是闻风丧胆,他们绕过遵义向北逃窜,逃往更北边的桐梓。

我们在雾中飞跑,一口气跑二十多里泥泞山路,直奔江防指挥部所在的猪场。听说先头部队已打了土豪,捉了土豪家的肥猪,来不及杀,就让群众用锄头打死;也来不及刨去猪毛,就分给他们每人一块。我们却不觉饥饿,我们更想得到敌军的密电。我们直奔江防指挥部,不料却是大失所望。江防司令林秀生已逃窜,指挥部虽丢下好多机要文件,但并无我们最想找的密码本。残留文件中倒是有一张电报稿蛮有趣:"红军水马过江,火力非常猛烈!……"

我们在猴场时决定抢渡乌江,至此我们来到猪场,三天时间我们就取得了胜利。这猪场也是绝有意思!守江黔兵向猪场溃逃时,我们一个先头连猛追他们四个团。侯之担一基干连长负了重伤,红军便用绳捆起他四只手脚,抬着他走,可惜未到这猪场,他就死了!

大　城

1月9日,我们冒雨随军委纵队进城。红色战士满身都是泥污,人人都先在城边小河洗了脸。我们是从新城南门入城,过丰乐桥时看见欢迎群众,首长们便在桥头下马,这时人群点起了鞭炮。遵义城并不是很大,却是我们西征以来攻占的第一座大城。这是贵州第二大城,这也是王家烈起家的地盘。第一大城是贵阳,薛岳率"中央军"已于7日占领。蒋介石在致薛岳密电中,曾有痛斥贵州军阀"鱼肉人民"的字眼。黔地有这么多活不成人样的"干人",军阀劣绅们却花天酒地住西洋楼,却是如此之豪阔!听说贵州经济为几个军阀所垄断,盐、糖、布、粮等主要东西都控制在他们手里。这就是他们的"德政"!朱门酒肉臭,路有冻死骨。此番对比更激起红军战士的旧恨新仇,也激发起更高的阶级觉悟。

敌人在哪里?这永远是我们二局的任务,每时每刻的任务,中央首长最关心这个。

孙子曰:先知者,不可取于鬼神。

我们知道敌人在哪里。王家烈哀求蒋介石派兵围堵,而蒋目前是捉襟见肘。我们从各路敌军频繁往来的密电中分析,遵义周边敌人兵力非常空虚!

入城当日,我们即破获一道蒋令。"追剿军"总司令何键转发,蒋要求"追剿军"消灭湘西的贺龙、任弼时红军,也要消灭中央红军。何键也要求薛岳兵团"节节尾追压迫追剿",对于进击我中央红军,蒋介石的命令只是一种姿态,何键的部署不过是应命交代而已。何键湘军二十个团去常德地区与红二、六军团作战,刘湘川军摆在长江南部一线,因不明我军虚实,不敢轻易南进。"追剿军"前敌总指挥薛岳意在控制贵阳地区,意在趁此控制整个贵州省,其兵团长途尾追红军,至此已是十分狼狈。各部皆位于乌江南岸,毫无对我追击迹象。而在乌江以北,侯之担先失江防又失遵义——黔军果然是不经打。然这位黔军师长却又给一连串上峰发电求援,先说自己孤军顽强抵抗,寡不敌众,再表杀敌决心,"山河可残,壮志不磨",最后伏乞"中央早颁围剿明令"。这位老兄也煞是可笑了!他恳请如此一大串上峰"钧鉴":南京中央党部、国民政府主席林,行政院长汪,军事委员长蒋,各部长,北平何部长,汉口张副司令,何主任,宝庆何主席,南宁李总司令,柳州白副司令,广州陈总司令,巴县刘督办,云南龙主席,贵阳王主席,犹总指挥。

敌情如此,红军终于有暇休整扩红了。各军团均已到达指定位置警戒:红一军团在城北,红三军团在城南,红五军团和红九军团构成东南防线。以遵义为核心,南北长约四百里,东西宽约两百里,这片区域已为我军所控制。此地乃川黔交通枢纽,黔北经济政治中心,我军据此四面发展,真适宜也。这会成为一个新的根据地么?

是有些回到老苏区的感觉了。人们手上擎着彩色小旗,前呼后拥来看我们,有人非要看"水马"不可。是敌人为掩饰自己的溃败,声称红军有"过江水马",简直就是天兵天将!红军没收王家烈价值数十万的盐行,还截获没收其价值数万的白金龙香烟。他向上海南洋公司订购这批香烟,原是准备给薛岳"中央军"的年礼。红军将咸盐及香烟部分发给贫民,其余以低于平昔价格出售,以此两项收入之现洋兑换苏区钞票,因我们购物既用现洋，也用苏区印有列宁头像的纸钞。苏维埃银行有能力按日兑现，歇张店铺遂纷纷开门营业。在此"红军之友"社尤值得一写，该社青年男女在街头热情发传单。那些青春少女穿着漂亮旗袍，配以白袜青布鞋，也成一道新风景。男青年们宣讲说跟着红军有饭吃、有衣穿、有出路；女青年们则跟女同胞大声说，革命是为求解放！她们说到了世界大同那一天，我们的孩子读书都不要钱！听说她们都赞叹男红军跳的外国舞，我们便想到那定是红色干部团的萧劲光队长。他早年留学苏联，最擅长跳那个高加索舞。而在中央苏区时，李伯钊也曾给我们跳过苏联踢踏舞。在那棵高大茂密的樟树下，这位高尔基戏剧学校校长也教战士们学唱歌。而今满城都是欢庆的民众，满街都是新刷的标语："红军为土地革命而战！""红军不拿群众一点东西！""打富救贫，穷人翻身！""打倒蒋介石，工农坐江山！"……

打土豪，分浮财，这也是需要一番启蒙，好在学会也不难。据说有群众起初不会打，他们去南门杨家打土豪，却不知么个打法，只知号召有个"打"字，就抬起条凳朝杨家的花窗打！有红军战士就对他们说，打东西不等于是打土豪，捉猪、出谷才是打。他们立时就晓得该做哪样了，就杀了土豪的猪来过年。年关到，节日的气息是日渐浓厚了，孩童们也开始玩炮仗了。红军战士教孩娃们唱歌，红军剧社演新剧，《打倒军阀王家烈》。演剧也是为宣传，戏演完了才能分粮。听说红九军团召开了纪念李卜克内西和卢森堡大会，也在湄潭县开设了苏维埃银行。在这节日的气氛里，红军首长们的女眷也可与丈夫相见了，邓颖超、贺子珍这班首长的夫人，平时她们是编在总卫生部干部休养连，随同董必武、徐特立那些老人行军。远在井冈山时期即有规定，夫妇双方只能在星期六晚上见面。唯有总司令夫人康克清是例外，她不编在干休连行军，她是中央纵队司令部的政治指导员，也是冲锋在前的女战士。干休连也有十几名女干部，她们做宣传鼓动工作，更重要的工作是帮着抬担架、挑药箱和护理伤员（干休连"休养员"仅限于团级以上干部及机要人员），她们叫作"政治战士"。肖月华同志与首长夫人们都编在干休连，而因她是李德夫人的特殊身份，有时便难免成为别人的趣谈，我们也借机开心一乐。这次听说他们又吵架了。然而李德不会讲中国话，肖月华不会说洋文，他们之间如何吵得起来？伍修权不可能随时给他们当翻译。博古也曾安慰肖月华,因为李德的德国恋人已为革命牺牲,他在自己的祖国已无亲人,他是在为世界革命吃苦。着实说,夫妻吵闹的情景我们也是久违了,这似乎也能带来正常生活的味道。首长们夫妇相会,便为大家增添了一些趣闻。有人就想象说,他们夫妇团聚的首要事,当是脱下丈夫内衣捉虱子了。大家喜见这些女人忙里忙外的身影,总之是有些安家乐业的气氛了,加之时近年关,鞭炮声更是声声入耳。鞭炮声与枪声有时听来很像,也都带着弥散的硝烟。硝烟的味道是真,可鞭炮声不是枪声。建立根据地的工作真正开始了,红军深入周围村镇,动员发动贫苦群众,建立党组织和革命政权。万人大会,会场就在老城中学校的大操场,也是满眼红旗和标语。博古主持大会,毛、朱先后讲话,群众今日亲睹朱毛庐山真面目,原来朱毛不是一个人!他们当然不是传说中的红眉绿眼,青面獠牙,凶暴残忍的样子,那都是国民党和反动民团的造谣。眼前朱德相貌敦厚朴实,说话也蛮和气,毛泽东也更像是个文人。在他们热情讲话之后,红军代表和群众代表发言,博古接着宣布:遵义工农兵临时政府正式成立!一切都好似回到了当年,回到了瑞金建立苏维埃国家的场景,这令人不禁怀想瑞金苏维埃共和国的好时光。有人说苏维埃共和国就要定都遵义了。遵义城比瑞金城还要大……

真是令人惬意的好时光。大会结束,红军与当地中学举行篮球友谊赛。银笛一声,比赛正式开始。朱总司令也成了球员,也开心地抢球、带球跑。许是好久没摸球了,那位留过洋的红军球员过于激动,时而便蹦出几声英文,当地学生便窃窃私语:"是大学生呀!"他们也是大开眼界了!

军委首长住在坡顶的柏公馆,国民党第二十五军第二师师长柏辉章的私邸,这该是遵义城最气派的小楼了。两层砖木结构,中西合璧,青砖廊柱,雕花门窗,有宽敞的回廊和阳台,院子里还有一棵槐树。我们住在近旁另一幢小洋楼,这只土豪也是相当大,东西早已搬完,但也还是有些遗留。酒柜里有半瓶白兰地,书房里有散落的罐头、香烟和画报。取暖烧着白炭,手夹香烟坐在摇椅里,翻看来自上海的《良友》,很有几分布尔乔亚滋味了。

只差没有明亮的电灯。这土豪家里也残留了大烟枪,鸦片的烟味尚未散尽,但这东西是我们决不能碰的。我们更乐于逛街。老城和新城都是店铺毗连,商行、当铺、绸庄、洋货铺、书店、酒楼,一切一切,都呈现着城市的景象。我们近来一直在深山僻野中行军,看久了荒村和茅屋,而今进了大城,感觉街面上真是应有尽有,而我们首要的一件是吃鸡子。曾局长豪爽请客,他请我们在遵义最好的川黔饭店吃,而我们吃到了比鸡子更好的美味:辣子鸡丁!

我们二局是受军委首长特别关心的,这一次给了我们不少皮货,还有好几双马蹄形胶鞋,自然这都是打土豪得来。钱副局长说,我们每人都要做一件皮衣!

吃了一盆辣子鸡丁,侦收科的李建华,我们二局唯一的女同志,她就带我们去找裁缝店。午后时分这样逛着街,这冬天的太阳懒洋洋的,也是很有些暖意了。这个时候不敢多想,阳光中似有飘动的血色,想到飞机和炮弹炸起的湘江血水,想起那些背井离乡永远牺牲了的小战士,那些曾和我们一起学习和战斗、一起憧憬着革命胜利的亲密战友,还有那些受惊的被炸死的可爱的战马,想到这些,立时就忍不住要流泪……

进驻这座大城,也有更多报纸可看了。新闻纸上有蒋介石的悬赏令，也有中央苏区同志们遇害的消息。《大公报》详述红五军团三十四师师长陈树湘惨烈牺牲之情状。三十四师打没了，陈树湘率部掩护红军主力抢渡湘江，他们自己却未能过江。陈师长负伤被俘，他拒医绝食，拒不说出有关红军行动的秘密，他在保安团押送途中扯断肠子。我们29岁的陈师长，苏维埃革命的优秀干部，敌人将其首级悬于长沙城楼上，而不远处就是他的家……

一切都增加着不断的回忆，如麻的思念。苏区的亲人，他们拿着新做的布筋草鞋，站在河边眼巴巴地送别，他们何曾想到我们要走几多远！那些声音，那些亲切的叮咛仿佛仍响在耳畔："回来的时候，有适用的好东西带点！""买一股电筒，还帮厓老妹量几尺布！""哥哥多捉几个师长回来啊！"……那些死去的人，那些为胜利而决死的牺牲者，更多无姓无名的烈士，他们的身影已是淡去了，来日恐是连个影子也无处可寻了……

我们路过一家照相馆，大家都想拍一张合影，岂料店门上挂了歇业的牌子：溃兵抢劫，暂停营业。门板也被砸坏了，这显然是王家烈溃兵干的。曾局长说英雄的四团团长耿飚有台照相机，是打漳州时缴获的。有照相机可是缺胶卷,有时他为寻开心让人摆好姿势,然后就说哎哟忘了没胶卷了!

耿团长的人马先锋开路,他们率先抵达乌江南岸,只不知那时他照相机里是否有胶卷?很多人死在那冰冷的河水里……

照相馆边有家旧书店,这个店门却是敞开着。我们正想进去买些铅笔和拍纸簿,曹科长就兴冲冲朝里头一人打招呼,原来是军委直属队政治部的黄镇。遵义真是个大城,这位店老板也是手提文明棍,看似是个新派人物。黄镇招呼我们进去,便又接着对那店老板讲,你们大可不必歇业躲避,我们红军公买公卖。你们做生意的也是苦,我们是要保护的。对那些贪官污吏、土豪恶霸,我们则是不客气的。……黄镇是新华艺术大学毕业,宁都起义参加红军。中央苏区的时候,他也曾登台演戏。他是军中蛮有名气的画家了,苏维埃二大召开时,他的巨幅油漆画《粉碎敌人的"围剿"》很轰动。今天他是上街来买纸笔。我们照不成相,难得在这悠闲时逮着画家,便嚷着要他给我们画一张像。他便给我们看一张《夜行军中的老英雄》,画中人一看就是林祖涵同志,苏维埃共和国财政部长。右手执一根手杖,左手提一个马灯,昂首阔步走在暗夜中。那副深度眼镜也是很传神,似乎比手中的马灯更闪亮。

从苏区出发直到过湘江,那些日子我们差不多都是夜行军,想不到画家就这样画了出来。点着火把的巨长的队伍,在夜幕下的山间蜿蜒行进,那也是蛮壮丽的景象。我们也曾看见林老在路口举着马灯给人照明,黄镇画家显然也是看见了。在这西征途中,林老也是总没收征发委员会主任、总供给部部长。画家说这是一张"速写"。他说很多事若是不及时记下来,将来就会感到很惋惜。因为我们的政治委员说,我们的革命是有未来的事业,而我们未必能活着见到那一天,未来新世界不会忘记我们,但我们最好也得留下点纪念……

不愧是政治部宣传科长,看来他也是能当政治委员的,可他这幅速写实在是好看!他是刚刚画完,因此还带在身上。曹科长问为何叫"速写",难道还有"慢写"不成?黄镇画家便笑道,"慢写"也是有,那叫工笔画,像是绣花。这行军途中,莫非你有工夫绣花吗?大家就齐声笑起来。黄镇画家又说,"速写"是粗线条,但最重要的是传神;速写可以有多种,画笔可速写,文字也可速写,记事记人都可以是速写。

我们也曾跟着曾局长去看过那幅油漆画,他先是点头赞赏画得好,又转头严肃对我们说,画画也不漏掉这个引号,好!他是说画题中"围剿"二字的引号。此刻我们这样说着话的时分,曾局长却在翻看架上的一本旧书。他是相当好学之人,行军每到一地,但凡有书店,他就会进去逛一遭。所购之书,他也借给我们读;虽说是借,他并不要还,我们也很少还过;有时也难免遗失,故一种书有购至四五次者,他说也是一乐。此刻他要买下这册书,我们也不以为意。他向店家询价,店家说看着给,曾局长出三块银洋,店家说是太多了。我们也暗自吃惊,曾局长却说不少就好,如此便顺利成交。"文明之师!"店老板不由赞叹。《庸庵文续编》,清末薛福成著。店老板便拿出哈德门香烟,先敬曾局长,又给我们每人发一支。抽烟的点着,不会抽的将烟卷夹在耳朵上。曾局长方才是忙着翻书,其实也未漏过我们的谈论,此刻他美美地吸一口香烟,便语气严肃地对曹科长说:"记事记人都可以是速写,咱们与国民党斗法,也是跟文字打交道。你们年轻人,都没念过几年书,虽也识得几个字,但是远不够。都是个人,是人就得多求点知识,有个好文笔就更好。你们写得起文章吗?"

这个问题好突然。好似忽然收到一份新密报,你无法立马说什么。曾局长却晃着手里这册旧书,固执地盯着我们,好像是说这个话题不能滑过,就如一份密报,必须准确破译。我们七嘴八舌绕着说,曾局长只是微微摇头,神情依然很严肃。

出了店门,曾局长才跟我们说,毛泽东同志正在看这本书,一入黔地,他就让先头部队着意找这本书。我们便顿感好奇。曾局长又说,近来蒋介石密电中有句话,很怀疑也是从这书上学来。此即是说,蒋介石也在看这本书!见我们若有所悟的样子,曾局长就说,此书写的是石达开当年过黔地,最终兵败大渡河的史事。

他却不忘刚才的话题:"文章千古事,不说这远的,就说为了咱们的工作,为了做这篇革命大文章,你们也该多读书,得空多练练笔头,不妨就学黄镇大画家,就从速写练起!我建议。"

局　长

　　那末,不妨趁着暂未有迫近的枪炮声,在这喜迎新春的鞭炮声中,也抱持着在此建立一个永久根据地的热望,看看能否得暇写出几篇。记事记人都可以是速写,而此前写下的这些,也该算是记事的篇什吧,就不知算不算是速写。而记人的速写,就该先从局长开始吧,既然是他要求这样做。他说是建议,其实也是命令。自然,这也只是偷偷写,写不好就不敢给他看。努力为之。曾局长也是蛮有学问了,但还是如此好学,我们就不敢逃避!写得起一篇好文,写得起一手好字,都是令人羡煞!犹记得那次打下县城,军委设营队让我们住县衙。那位县长是新上任,人早已开溜,大门口尚留着墨色对联一副:荣禄天赐,大吉大利。曾局长尚未走进院子,第一眼看着这个就来气,便顺手抓过路边宣传员手提的白石灰桶,挥起麻刷唰唰几笔,新联便压过了旧联:

贪官污吏，狗屁狗屁。

蓦然想到这事，便又勾想起他早年的一副对联，那时他还只是个学童！曾局长能文能武，他却说自己连个半拉子文人都不算。他曾让我们学习毛泽东那篇文章，那还是井冈山时期，革命处于低潮，毛泽东写给林彪的信。星星之火，可以燎原。曾局长是要我们欣赏其文笔："我所说的中国革命高潮快要到来，决不是如有些人所谓'有到来之可能'那样完全没有行动意义的、可望而不可即的一种空的东西。它是站在海岸遥望海中已经看得见桅杆尖头了的一只航船，它是立于高山之巅远看东方已见光芒四射喷薄欲出的一轮朝日，它是躁动于母腹中的快要成熟了的一个婴儿。……"

革命的人，很少谈说自己的过去。早在井冈山时期，朱、毛之妻都已被反动派所杀害，但是没人会谈论这些事，他们自己也不会多说。多少情感都是深埋在心底，人人都是如此。曾局长实为性格爽快之人，有时陷入密码中却可以三天不说话。有时他也跟我们打趣，有时也说起往日革命经过的历史，是为提高我们的技术能力、战斗能力。比如当初破译国民党军第一份密电，这事他就不只讲过一次，当然是对不同的新生讲。

曾局长给二局新来同志讲课，最早讲到他早年一副对联：所长无所长无所事事，好处真好处真好器器。横批：迎进烟土。

他是讲如何在密电中寻找重码。破译犹如攀爬断崖，必须找到攀抓的裂缝，再光滑的岩壁也会有缝隙，而重复的数码便是这裂缝。我们都有攀爬陡峭断崖的经历。面对通篇难解的电文，这些重码便是突破口。在敌军大量密电中寻找这样的缝隙，同志们哗啦啦打着牛骨算盘统计其频率，然后便是苦苦一番猜想了。先是破译了这个"所"字，而这个"所"字当可连带很多字，若是猜到这个"长"字，若是将"长"字放回电文能讲得通，这个"长"字也就破开了……

对联是他在县立高小时与哥哥合写，他11岁，哥哥曾钟圣15岁。欧战爆发，日本强占青岛，袁世凯签了"二十一条"，国难当头，禁烟所却是一派乌烟瘴气！只见人进人出，熙熙攘攘，里边猜拳行令，好不嚣闹！这个禁烟所长平日里倚仗权势撑腰，四处敲诈勒索，开口闭口要好处，人们送他一个外号叫"好处"。兄弟俩散步至此，见着"好处"生意照常热闹，便不禁怒火冲顶。他们立即跑回宿舍，一个研墨，一个挥笔，立时便写就这副对联。夜深无人时,他们悄声将对联贴到禁烟所门口。次日一早便有好戏看了,兄弟俩约上同学去观察,就见禁烟所门前聚集着一大群人,有人扯着嗓门高声念,有人拍手打掌哈哈笑。日上三竿,这所长打着哈欠走出来,见此情景便是七窍生烟了!"哪个吃了狗胆子?翻了天哩!都给我死开!"曾局长多年后说起这事,又学那所长的腔调,还是很开心!

同字异音,一词多义,他也讲到这副对联的修辞。敌军的电文内容繁杂,除通常的长官职务、姓名,部队番号、作战企图、兵力部署、战术动作,时间、地点、方向以外,往往还有长官恭称或字号(譬如陈诚字辞修),修辞用语也颇为讲究,有时甚至文体古怪。这些电文也普遍较长,且有不常用汉字和简化词组,我们译电和破译人员都须熟悉这些。曾局长有旧学功底,其家族乃当地名门大户,祖上也曾出过武举,曾氏子弟便因此有习武传统。早期革命者,多有崇文尚武之人。早年兄弟俩在爷爷开办的黄阳学馆读书,爷爷也请人教他们习武。习武之人,多是争强好胜之人,这也是我们所见的他的性格。黄阳庵有个八十多斤重的石碾子,他能用脚一撩而起,再用手接住,如是连举七八下,面不改色。那时他已是功夫在身了,而他哥哥曾钟圣也甚是了得!满满一箩筐稻谷,再压上一块三十多斤的磨石,他用牙齿咬住绳索,双手反剪绕着天井走三圈!

能文能武曾氏兄弟,哥哥也曾是中央军委最早的三常委之一,另二位是周恩来和关向应,他也是鄂豫皖苏区的领导人。曾局长虽是戴眼镜的人,但他跟钱副局长不一样,大胡子局长是有火暴脾气的。重任带来压力,压力令他焦躁。我们自然是惧怕他发脾气,但这是为了革命事业。

曾局长有赳赳武夫的身形,这与彭军团长相仿佛。他们都是爱吃辣椒的湖南人。彭军团长是穷苦出身,听说当初走上革命道路,也是因为打抱不平。他烧了土豪的谷仓让穷苦人吃粮。曾局长则是生在耕读人家,虽已家道中落,但也是薄有田亩,小康之家,而因父亲在乡公所谋得公职,家境也就日渐富裕起来。父亲让他去收租,他见年成不好,佃农好可怜,便私自给他们减租,对那些赤贫者则是一粒不收。为防日后父亲扯皮,他干脆为佃农们开具已交租的假凭据。他是父亲眼中的败家子,而他已有自己的志向。他不想继承父亲的家业,他想如哥哥那样读中学,要为自己找新的出路。

湖南省立第三师范在衡阳。湘南最高学府。与长沙的第一师范及常德的第二师范齐名。学校门前的牌楼上有"南学津梁"四个大字,而校门两旁的楹联是:吾道南来尽是濂溪子弟,大江东去无非湘水余波。

好一派阔大气象!"濂溪"是北宋哲学家周敦颐,湘南道县人氏。第三师范校歌里也有一句"前濂溪兮后船山","船山"是明末清初的思想家王夫之,湖南衡阳人。曾局长也拿这首校歌给同志们讲修辞。上高中之前,他就读完了爷爷那里的所有古书。他的毛笔行书也煞是好看,我们没这童子功,学不成这个。曾局长也没要求我们写好字,但我们不能写错字。大敌当前,我们实话说哪有这等条件!有时候连红蓝铅笔都找不到!一切有待革命胜利那一天!

今日革命早已不是"三民主义"革命了,今日我们是实行土地革命纲领了。我们是在为着这个革命的胜利而奋战,是为天下千万万穷苦人。昔日大革命时代,国民党曾是我们的朋友。孙中山先生创办黄埔军校,蒋介石是校长,恩来同志是政治部主任。"怒潮澎湃,党旗飞舞,这是革命的黄埔。主义须贯彻,纪律莫放松,预备作奋斗的先锋。打条血路,引导被压迫民众,携着手,向前行……"他们的校训是"亲爱精诚",蒋介石亲手书写。学生们相亲相爱,他们有个响亮的口号:"不要钱,不要命,爱国家,爱百姓!"1925年秋,曾氏兄弟成为黄埔四期学员。那时广州是革命策源地,一批又一批热血青年决意南下,就如辛亥革命时奔向武汉,他们奔赴广州,就是为黄埔军校所吸引,那里有时代的新气息。这些寻找出路的热血新青年,他们最多的就是热血。他们来到"真正的南方",投身大革命的洪流,打倒列强除军阀!学生们每日都高唱校歌:"以血洒花,以校为家……"国民党"联俄、联共、扶助农工",国共精诚合作,革命形势一派大好。曾勉刚入伍便要求加入中国共产党,党支部个别人却以为他是赶时髦,年轻气盛受不了冷言冷语,他便一气之下撤回了申请。他不容许别人将他要求入党视作赶时髦。但是大革命以失败而收场,蒋介石向昨日同盟者挥起屠刀,同志变成敌人,共产党被打入地下,一些意志不坚定者脱党叛党。在那样一片白色恐怖中,在面临最严酷考验之时,他却毅然加入了共产党。

某一日言及此事,曾局长对我们说:"我那时也不是单纯的赌气。那时的想法就是,大海况且有潮起潮落,革命也会有潮起潮落,待当革命处于低潮时,看谁是真正的共产主义者。"早在衡阳师范读书时,他就读过不少进步杂志,诸如《向导》《先锋》《新潮》《新青年》之类,而进步教师们已喊出"我们必须走俄国人之路"的口号。在第三师范,他加入了革命团体"心社",与黄克诚等同学一起闹学潮,也曾多次听过毛泽东的演讲。

在我们这些后生看来,曾局长俨然已是成熟老练的共产主义者了。共产主义者当然也会发脾气,但这是为了革命的成功。不发脾气当然更好,那天他终于有了许久不见的愉快,他带回几只橘子与大家共产共享,那份愉快是因我们的情报给了红军新方向。因有这样的新方向,我们来到这里,红军指战员们不再迷惘。我们攻占了这座城市,这将是我们新的红色根据地。

此刻确是有回到中央苏区的气氛了。在这小洋楼上观景,眺望着夜幕的山城景色,远处的戏台,火把通明,人影杂沓,是有新剧在上演了。那些看戏的人们,红军战士和当地群众,雾霭中走来走去的人们,他们逛街、看戏,夜风中飘来他们兴奋的歌声,和着那隐约传来的号声。也是辛苦那位小号手了。红军号谱有三百多种,远比旗语更复杂,往日是在中央苏区的山间和村野,如今是在城市街巷的上空,这号音是红军队伍联络的密语……

做个合格司号员也真不易!他要识谱,他要有气力吹号,耳朵还要灵敏,要有好听力。很早就有出色的司号员调来我们侦收科,侦收敌台要有好听觉。军委首长早有明令,我们二局可从全军挑人,但凡有合适的人选,就应优先调给我们。想当初,侦听是大有收获了,无奈我们无从读解,那些"天书"般密密麻麻的电码,只是一组组恼人的数字。敌人在哪里?敌情究竟是怎样?攸关整个红军生死的情报,军委首长最想知道这个。

压力在曾局长身上,也在曹大冶身上。墙角是那两个大箩筐,箩筐里是无人能识的"天书"。曾局长说,就算是"天书",我们也必须识破它。天下无难事,只要干,没有做不到的。他冥思苦想多日,忽想起当年在烟台搞兵运时,他曾听一位报务员讲,密码其实是可以破译的!

当年北伐时,他做宣传,他是国民革命军前敌政治部宣传队分队长。宣传队一到长沙,所在部队就被湘军唐生智改组。唐生智信佛,他在部队推行"佛化精神"教育,战斗前也要烧香拜佛。曾勉和同志们面对困难,开展艰苦的思想鼓动,让官兵们明白自己是在为国民革命打仗。北伐军挺进两湖,势如破竹。工农群众支援北伐军,北伐战争亦促进工农运动。革命风暴如此迅疾,曾勉的家庭也受到了冲击。父亲身为小地主,也成农民运动对象了。农协抓了曾父,他以为要被杀头,便大喊大叫对共产党的怨恨,说两个儿子都为共产党做事,自己却落得如此下场!其实彼时曾勉尚未加入共产党。幸好农协后来有一番调查,一因曾父只是小地主,并无血债和恶行;二因两个儿子都在革命队伍中,于是就把他放了。曾父回到村里,一则感激农协通情达理;二则认为儿子参加革命还是有用、有出息,从此他不再愤怨儿子们离家出走。当年他筹得八百多块大洋想送他们兄弟俩去东洋留学,是为留学归来便可有个好前程,即令当不了官也可谋份好差事,也是光宗耀祖。奈何这哥俩儿百般说不通,提起日本他们就来气!日本是帝国主义,他们也不想当官,他们是要为救国救民做点事。父亲气得又跳又骂,兄弟俩见这般情景,便决意尽快离家返衡。曾勉向岳母家借了二十块大洋,便与哥哥悄悄溜走。而今哥俩儿眼见是有了出息,为父者脸上也有了光辉,也对两个儿子的革命事业多些理解了。儿子们的革命却是出人意料地遭遇了暗礁,一股国民党反革命的滔天逆流,使形势陡转直下了。共产党人被大肆捕杀,于是在南昌打响了武装反抗的第一枪。这已是公开的武装斗争了,但也需要隐蔽的地下斗争。曾勉是秘密加入共产党的,表面仍是国民党中层军官,这个身份更适合搞兵运。在国民党反动派统治区组织群众,在国民党军内部分化出革命力量。曾勉在上海找到党组织,中央军事部派他北上烟台,打入国民党军刘珍年部。

至1930年初曾勉回到武汉时,共产党已拥有二十多个苏维埃运动区域了。中央将指导各省军事工作的军事部改为中央军事委员会,统率全国红军。8月,中央军委派刘伯承为长江局军事委员会书记。曾勉任军事委员会秘书长,但是仅在一个月后,中共汉口区委即有人被捕叛变,继而中共武汉市委又有人被捕,周恩来等中央领导决定,刘伯承、曾勉撤到上海。在上海,曾勉出任中央军委参谋部谍报科科长。

是为适应斗争需要,他与何叔衡及党内交通员黄杰组成了"家庭":何老扮作父亲,黄杰为女儿。何老像是个教书先生,曾勉与他相貌相差甚远,难以扮作儿子,便作为黄杰小叔子客居大嫂的"娘家",而真实的情况是,黄杰本也是曾勉的大嫂!她是曾勉兄长曾钟圣的爱人,也是黄埔毕业。然而,即令身为大嫂,黄杰也不知曾勉具体做些什么。他独自住在后厢房,时常把自己关在那个小屋里。那是他的机密工作。……我们敬爱的何老是被留在中央苏区了,他说要为苏维埃流尽最后一滴血……

那时候,中央军委情报来源其实并不多,国民党上层内线由周恩来直接掌握,无线电通信限于与共产国际及香港南方局联系,上海租界也有一些内线,但这些渠道还是很有局限,主要的军事情报还是来自报章。那时候国民党对军事新闻管制还不严,报纸时常透露一些军事动态。曾勉把自己关在那个后厢房,从报章新闻中捕捉敌方军情,有时也整理内线提供的密写报告,如此便摸清了国民党军的三次"围剿"计划。

他在沪上时间毕竟也是短暂的,形势是在骤然间致命地恶化了。来年4月,顾顺章叛变。身为中央政治局候补委员,他违反白区斗争纪律,竟在娱乐场所抛头露面!他被叛徒认出,被捕且叛变。过不多久,总书记向忠发又擅自外出过夜,被捕且叛变。向忠发、周恩来、顾顺章,中央特委三人竟有两人叛变,党在上海的中央机关不得不紧急疏散了。博古、周恩来、瞿秋白、项英、何叔衡、邓发、陈云……他们多是从上海乘船直达香港,然后经转汕头、潮州和大埔,绕过国民党军封锁线进入闽西,再经汀州而至中央苏区的瑞金。曾勉是年年底到达苏区。而在此之前,中央派任弼时和王稼祥等人来苏区,任弼时就带来了"豪密"。"豪密"是周恩来等人在上海创编,周恩来化名是"伍豪",而密码本就是任弼时随身携带的《圣经》,他是化装成牧师赴瑞金。"豪密"实为一种"书密",《圣经》的册码、页码、行数及字序本身就是密码。

上海与瑞金之间便以"豪密"通联了。"豪密"加密程度高,红军的敌人恐是难以破开。而敌人的密电,我们是必须破解的。这是阻挡红军走向胜利的一座高山,是一座最顽固的堡垒。

终有这一日,顽固的堡垒被曾局长和曹大冶攻破了!我们越过了这座山!

时为1932年8月。红一方面军在乐安、宜黄一带寻求作战,此乃中央苏区北部边沿。二局大部组成前方二局,跟随红一方面军总部行动。我们破译的突破口应是获取江西敌军密码本,而敌军师一级均配有电台。曾局长向朱德、毛泽东建议,立即打一场师级建制的歼灭战,于是便有宜黄大捷,红军歼灭国民党等九路军孙连仲部第二十七师大部,缴获电台两部。曾局长希望这一仗能缴获密码本,他亲率二局人马随主攻部队前进。部队突进宜黄城,他们迅即直奔敌师部。他们冲进无线电台机房,搜寻敌军遗留的机要文电。机房里已是狼藉一片,有梅兰芳牌罐头、香烟,也有蒋该死的印像纸。曾局长他们寻获两大箱文书,但多是来往电报底稿,没有他最想要的密码本。

曾局长却是有了一个极大的发现!这大量电文中有一份密电,第九路军司令孙连仲发给所部吉鸿昌,密电是用"展码"发送,其中有二十多组密码附有三十多个汉字。已有三十多字译出,这便是难得的线索了!曾局长布置侦察台重点抄收孙连仲与所部往来密电,又与曹大冶一起"顺藤摸瓜",从这三十多个已知密码下手,全力猜译这份电文其余部分。敌军尚不知电报丢失,仍以"展码"发报。曾局长文字功底好,曹大冶熟悉敌报代码,曾曹二人便以已译出单字为依据,与不断侦收到的"展码"敌情相比照,据此前后猜字联结。国民党电文内容繁杂,文体古怪,碰到疑难军语时,朱总司令和周总政委也常一起来猜,一起研究敌报格式和文法。称谓,番号,兵力,部署,时间,路线……如此这般,反复假设,不断推演,破译文字便越来越多,密报原文遂渐渐显形。

此乃国民党军的一份作战令。军情紧急,而这尚属二局首次破译敌军密电,没有人敢说有把握地确信。为求周全,曾局长请示军委首长,并特别注明"不知确否,仅供参考"字样,就这样发往鄂豫皖和湘赣根据地。

鄂豫皖和湘赣根据地发回了捷报!根据地领导人接获密息后紧急部署部队出击,果然就打了漂亮仗!捷报称红一方面军情报准确无误、特别灵验,就像诸葛亮在用兵,料事如神,无半点走样。

"展密"破译,一个巨大的开创性胜利!时为1932年10月,福建建宁红一方面军司令部。军委首长周恩来、朱德亦是特别兴奋,他们当即予二局以嘉奖。红军首破白军密码!从此我们就能与敌人开打密码战了!二局同志们为这巨大胜利鼓舞着,这也标志着二局从此既有电台侦收,也有密报破译了。二局破译力量要加强,邹生便从红一军团调来二局。他是红一军团出色的报务员。

国民党中央军用的是"通用密码",密码是以明码为基础编制,密本上没有的字便以明码代替,明码加括号。"展密"破译不久,二局又截获国民党军以新密本所发带有"(2407)"的密电。"2407"在明码本上是"敖"字,曾局长推断这个字的词组是地名,于是就在敌军活动区域图上寻找"敖"字,果然就有个"敖城"!那么,"2407"后边的密码就应是"城"字。敖城在江西吉安西南部,这份密电当与敌对湘赣苏区红军行动有关。曾局长即据此突破,他通过总参谋部电令湘赣苏区红军核实敌发报期间情况,以相关敌情猜译敌之密电,如此用不多久,敌军这第二个密本也被他攻破了。

1933年1月,枫山埠之战。二局破译"围剿军"第二纵队长吴奇伟作战命令,红军据此与敌激战,歼敌一部。敌退回抚州地区。但敌军还是早已意识到了无线电通信泄密,设在南昌的闽赣边区"剿共"总司令部特地聘请了外国专家,帮他们改进密码编制。1933年初,江西国民党军几乎全部改换新密码:猛密。

"猛密"是一种特别本,保密性增强,破译难度陡然增大。曾局长及时调整二局体制,将侦收与破译分开,指定曹大冶、邹生专事破译,又对侦听台做调整和分工,每台侦收对象相对固定,日夜盯住敌军主力师各个电

075

台。如此一来，敌军"猛密"使用不多久，二局便成功破开！

这是红军首次破开国民党军特别本密码。

第四次"围剿"，敌军来势更为凶猛，40万！蒋介石飞抵南昌行营坐镇，并亲任"围剿军"总司令。但是临时中央也从上海迁来中央苏区了，博古负总责。红一方面军和中央苏区的直接领导是苏区中央局，而项英苏区中央局执行博古的冒险进攻战略。博古诺夫同志到来，周、朱的自主指挥权便受到了限制。1933年的博古只有26岁。这个身材瘦削的青年人，戴着那副厚厚的眼镜，军事他却是完全不懂，惶惶无主，便将洋顾问奉若神明。洋顾问李德，博古说他是"卓越的布尔什维克军事家"，为了不泄露其身份和原名，我们一律以中文名"李德"称呼他。李德穿着他的皮夹克，住着他的"独立房子"。他是拿苏联正规战的教程来指挥。他说自己只是个顾问，但博古给他这个最高军事指挥权，他便认为自己的这一套最正确。……敌情严重，曾局长带二局紧跟在周朱身旁，为他们的前线指挥及时提供依据。蒋嫡系部队无线电通信已装备到了团一级，而我们的二局不漏任何关键密息，周恩来发出的电报每每都是"确悉"！

国民党大军退出中央苏区,红军第四次反"围剿"以胜利而告终。这已是红军创建第六个年头,中革军委报请苏维埃中央政府决定,以1927年8月1日南昌起义纪念日为红军建军纪念日,并决定在此纪念日颁发红星奖章,获奖者须是有特殊功勋的红军指战员。三个等级奖章分别为金质、银质和铜质。为防敌机袭击,庆典大会于凌晨时分在瑞金举行,且为迷惑敌人,又如一苏大时那般,在离瑞金数十里外的长汀列宁公园设假会场。工农红军首次庆祝自己的建军节,亦是首度颁发功勋奖章。数千支火把照亮会场。阅兵,宣誓,授奖。中革军委代主席项英宣读授奖令。获一等奖章者:红军总政委周恩来、红军总司令朱德、红三军团军团长彭德怀、红一军团军团长林彪等数人;获二等奖章者:红军总政治部主任王稼祥、红军总参谋部长刘伯承、红一军团政治委员聂荣臻等二十余人。曾局长也是荣获二等奖章,曹科长和邹生等数十人获三等奖章。为二局人员颁奖却是要秘密进行的。二局秘密庆祝大会也是在晚间,周总政委、朱总司令亲临会场。他们亲手为曾曹邹他们挂上红星奖章。为曾局长授奖,其实也是朱、周二人的提议,因为曾局长是红军情报工作"创业的人",因他在"挽救危局关系胜负"中有杰出贡献。

红星奖章,我们军队至高功勋荣誉奖。有人开玩笑说,获此殊荣,红星奖章是"免死金牌"了。这当然是封建的老套说法,但《工农红军纪律暂行条例》第十六条确有相关规定:"凡曾受苏维埃功勋奖章而犯本条令者,得酌量减轻之。"

要革命就会有牺牲,随时都会有牺牲,但我们理解的牺牲是死于敌人的子弹、炮火或屠刀。湘江血战,二十二师师长周子昆部队打散,自己受伤突围,李德下令将他捆起军法处置,据说是毛泽东阻拦了。师长是执行错误的命令,若说师长有责任,那么更高层指挥者更有责任。过湘江行动迟缓,本是一场突围,中央纵队却还带着那些盆盆罐罐,巨长的运输队伍抬着那些笨重的石印机、制弹机、制钞机、爱克斯光机,还有文件柜!红军血染红了湘江水,这个责任谁来负?

毛泽东和彭德怀反对过湘江。红军在湘南行进时,我们二局即有情报表明,敌军已调集20个师在湘江沿线布防。毛、彭主张向湘中挺进,抓住机会消灭国民党军有生力量,继则创建新的根据地。毛、彭意见不占多数,博古、李德坚持过江,与湘西的二、六军团会合。这使蒋介石对中央红军的意图摸得一清二楚,于是任命湘系军阀何键为"追剿军"总司令,兵分五路进行堵截和"追剿"。

我们二局的情报明摆着,就看军事指挥者如何用。我们军委机关29日过湘江,当时尚无战斗声音。30日就打起来了,天上又有敌机轰炸。朱总司令催促中央纵队加速前进,但是那个"大搬家"的运输队伍有数十里长,依然难以走快,行动十分迟滞。过湘江中央红军遭重创,若非有我们二局情报,使红军在防御空虚的江面先敌两天抢占渡口,后果将更为不堪。

二局的作用由此也为毛泽东所看重,虽然此时他并无军权。我们的情报如何使用,那是军事指挥者的事,我们无权干预,但我们必须提供,提供最为及时准确的密息,供最高指挥者决策。曾局长是有一种坚韧不拔的精神,认准目标就往前冲,头破血流不回头,不服输,不言败,不畏任何艰险。他有力量赢得最终的胜利。想当初首破"展密",此后一年间二局即破获敌军百余种密码,每破一个邹生都记在那个黑皮本上。

我们只能以秘密的方式庆祝,也只能以秘密的方式说话。曾局长自然深知哪些话当说,哪些话不当说,而每次最后他都是以特殊方式提醒我们,保密!保密!某一日在侦收科,讲完一个破译案例他便又提问:"记得我们是如何起家的?"

"第一次反'围剿'啊,我们缴获敌人半部电台。"

"么个是半部?"

"战士没见过这东西啊,劈头就砸坏了……只能收,不能发……"

"嗯,只能收,不能发……今天说的这些,也是一样!"

革命者是特殊材料制成的,而我们确乎比特殊材料还更特殊。我们的名字不能公开,我们的成绩不能宣扬,我们的委屈也难以申辩。很多事都是这样,我们不能多说。这是铁的保密纪律。革命者随时可以牺牲,而疏忽泄密与有意出卖一样后果严重,也必须受严惩。上不禀父母,下不告妻儿。其实我们好多人已无父无母,他们或死于饥馑、疾病,或死于反动派的报复。我们也都无妻儿。或许也曾有过恋人吧,故乡已是遥不可见了,或许忆念中也有某种花,譬如秋日的千穗谷……

钱副局长是有妻室的人,据说他是有两位夫人。因着对母亲的敬重,两位夫人以礼相待,和睦相处。第一位夫人是读大学之前订婚的,第二位则是长他两岁的大学同学。老夫人不喜北京城新派"大脚媳妇",而这"大脚媳妇"其实是安徽桐城名门望族出身,祖上也曾出过宰相的,家境也是富裕。如今他们可是音讯全无了。钱副局长说来算是我们的长辈了,他比曾局长都年长好几岁。1933年的红星奖章,可是由他亲手设计。远在瑞金叶坪村,那座炮弹形红军烈士纪念塔,还有沙洲坝的八角帽形苏维埃大礼堂,也都是他的图纸设计。他是中央苏区六大献礼工程的总设计师,也是我们军委二局副局长,是共产国际顾问李德的地图翻译员,而在中央苏区,他的公开身份则是红军剧社编导。红军剧社是负着革命文艺使命的,1933年庆祝八一文艺演出,话剧《杀上庐山》是压轴戏,好一个兴奋热烈的场面!古庙里搭起舞台,周围燃起熊熊篝火。钱潮副局长是编剧之一,李克农、胡底也是编剧。钱副局长扮演蒋介石,童小鹏饰宋美龄,聂荣臻饰宋子文,李卓然饰德国顾问塞克特。塞克特曾是德国国防军总司令,蒋介石发动第五次"围剿",据说是他为蒋设计了《铁桶"围剿"计划》。1927年蒋介石背叛革命,不再与俄苏合作,遂又找上了这个德国人,而我们的军事顾问李德也是德国人。两个德国人,分属两个敌对阵营,他们通过两支中国军队实施较量!李德对塞克特战略战术有正确分析,因此他就更为博古所倚重。

《铁桶"围剿"计划》:以中央苏区瑞金、雩都、会昌、兴国为目标,调集150万国民党大军,于指定时间同时从四面八方突然合围。此包围圈乃极为周密之部署,地图上画有很多有编号的方格子,各部队单位须于指定时间到达格子所定位置,然后立即布设铁丝网,铁丝网预留缺口装以鹿砦、拒马,同时构筑火力网及碉堡,分段建立粮秣、弹药仓库,以及医院、绑带所及有线电话网、中继站等等。一旦包围圈形成,各部队便依令每日向瑞金中心地带推进数里,每推进一里布一层铁丝网,每推进五公里筑一道碉堡线,碉堡设置火力构成极严密之交叉封锁网。计划每月向纵深推进25公里,如此6个月便可逼至红都瑞金,而中央苏区周边届时将竖起300重铁丝网,30重碉堡线以及难以计数的障碍物。为防红军突围,铁丝网之间再布置有地雷阵;如有突发情况,立即调拨大批美国军用卡车应急。作为"铁桶计划"之前奏,在包围圈尚未形成之前,先派出12个师兵力与红军纠缠,以迷惑红军争取时间。一俟包围圈形成,这12个师将随即撤离，同时立即断绝军需之外一切交通，以严密封闭苏区消息，断绝红军一切物资来源。……

钱副局长扮演蒋介石，大家都说他是个好演员。对于二局之外的红军官兵来说，他更受欢迎的身份是医生。他是浙江湖州人氏。浙江又名钱塘江，钱塘江有钱塘潮，因此他有了"钱潮"的名字。钱潮上的是北京医学专科学校，彼时北京尚未改名为"北平"。医专毕业后先是在北平挂牌行医，后转入京绥铁路医院当医生，并兼任美术学校教师和报馆编辑员。这第二位夫人也是在北京天坛传染病医院当医生，其弟则是早期中共党员，夫人受其影响有了改造社会的理想。他们以医生职业为掩护，为共产党从事秘密工作。他们时常拎着漆有红十字的医用皮箱"出诊"，而药箱内就装有党的秘密文件，或是标语、传单之类。那时的"传染病房"招牌也是绝好的联络站，因为敌人不敢靠近。有时秘密入党仪式就在这"传染病房"举行，一时没有党旗，就用手指蘸茶水在桌面上画出，而宣誓仪式依然是很庄严。钱潮夫妇也创办有光华影片公司，以此为地下工作掩护，也因此他既是编剧也是演员了。1926年光华公司拍摄《燕山侠隐》，钱潮是主演，而海报上的名字是钱西溪。

钱副局长有侠气，而他当然远非草莽之辈，他是我们队伍的大知识分子。难比他的博学多艺，我们就只能算作小知识分子，至多算是半知识分子。苏维埃中央民主政府早有认定，知识分子也是劳动者，是使用脑力的劳动者。而在这革命的队伍里，知识者本身就是革命者了。钱副局长是革命大知识者。某一日他给我们讲唯物史观，就借给我们看王纯一编译的《西洋史要》。他说作者真名是杨匏安，是南方有名的马克思主义传播者，曾是国民党中常委，也是中共中央监察委员。说来革命也是有奇缘，原来曾局长在黄埔军校时，也曾去过他在广州杨家祠的住处，而军校政治部主任周恩来也曾去他家开会。然而钱局长说，杨匏安是被蒋介石在上海杀害了，坚拒利诱，死不变节。可是撇下一大家子人生活无着，他托人从狱中带出信说，若在上海实在没法生活，就回广东老家去，但千万别把缝纫机卖了，那是全家今后生活的依靠。说到这里，我们就不由想到，钱副局长一大家人也是抛在远方了。……他在空闲时，常给我们局的年轻人补文化课。某一日讲到英国诗人雪莱，讲到冬日已至春天还会远吗，他说这就是浪漫主义，就有人点头说是明白了,说是浪漫主义啊,就是不怕冷啊!钱局长便又正色道,这也是革命乐观主义!

他也给我们讲"德先生"和"赛先生",讲些科学的知识,讲医学方面的原理。他总能深入浅出讲,很多道理我们都是闻所未闻,这令人受益很深。有一日屋外正在打雷,他就给我们讲雷电。他说雷电是走直线、走短路的,哪里离地面近,它就走哪里,因此,打雷时尽量不要靠近树木,不要靠近高建筑。他自己也是遵照了这个原理,不管条件何等简陋,他的床都要安在屋子中间,尽量不靠墙。他说打雷时最好平卧在床上,这样即令雷电经过身体,卧床要比站立的电势低……

难忘我们吃掉钱局长一罐猪油!钱局长军事图标绘得漂亮,这可给李德看中了。李德很看重这个,他自己也是绘图高手。李德便要派钱局长上前线,让他为前线参谋做出示范。他便把一些用不着的东西送人,我们瞄准了他的一罐猪油,那是他用绘漫画的稿费买的。想着前方的生活要比后方好,他就把猪油分给我们吃了。可是没过几日,李德又说不用他去前线了,可是他的猪油却没了!……中央苏区被国民党长期封锁,反复烧杀,甚至出现几十里地无人烟的景象,红军的生活十分艰难。军委和总司令部也是一样,官兵平等。吃饭是严格按定量,每人每天也就半斤多红米,分作两餐装在蒲草包里煮熟。二局人员要值夜班,可以吃个素夜餐,已是特殊优待了,但也很想吃到油和肉。二局运输员同志多数是大个子,有的还是特大个子,就真的很不够吃了,见到我们就经常说吃不饱,说有时候饿得肚子里像起火,免不了就幻想着吃饱饭才好。蔬菜也是很少,盐多从前方部队弄来,但还是味苦而难吃的硝盐。更苦的时候,天天都是清水煮竹笋,没有丁点儿盐,这东西是长纤维,吃了难消化。曾局长吃出了胃病,邹生某次吃了未煮透的竹笋大出血,是钱副局长给他打了吗啡才救过来。为鼓励节俭,共产主义青年团中央号召"三戒"运动:戒烟、戒酒、戒辣椒,总司令部机关指导员康克清同志负责监督。没有什么菜,又不准吃辣椒,心里可就难免有意见。有一次我们炒了半脸盆红辣椒在吃,康指导员来检查,急忙把辣椒盖上,但还是被她发现了。康指导员就批评我们违反"三戒"号召,钱局长对不准吃辣椒本来就有意见,便和她争论起来。……为了改善生活,在乌石垅曾局长带我们在屋旁种了南瓜,后来为躲避敌机轰炸,我们移住云石山梅坑,就没吃上那些南瓜……

钱局长是革命大知识者。他原本就并非底层贫苦出身,即令是在上海埋伏的年月,党组织也要求他扮作吃喝讲究的派头。1927年国民党反动派挥舞屠刀,李大钊同志壮烈就义,北方党组织遭受严重破坏,钱潮身份暴露逃离北京。1928年初他转移上海,并与党组织取得联系,被编入法租界支部。这年下半年,他在上海国际无线电管理处工作,负责广告和招商。此乃国民党政府官办对外营业机构,专为在沪外国人收发国际往来电报。为反击国民党屠杀政策,中共中央建立特别行动科,其主要任务是保卫中央领导机关安全,惩治叛徒,营救被捕同志,了解敌人动向并向革命根据地通报敌情。钱潮身在敌营有此隐蔽位置,便于掌握收发报技术并获取有关情报,党组织遂决定让他长期埋伏,不再参与中央特科其他活动,且要扮成灰色人物,吃穿讲究,不问政治,住小洋楼。……而今我们攻占了这座大城,我们二局也住进了小洋楼。钱局长小楼里也有一台留声机,枣红色的木匣,绿呢子垫的转台,但却是坏的。警卫队战士很想听这"话匣子",钱局长一入住便鼓捣修理它。他摇动手柄给机器上发条,铜喇叭发出嗞嗞的声音,但却不是音乐。转盘上的唱片是古曲,其中有一首是《梅花引》。我们同志也是说文解字的习性了,便又要随时求学问了。侦收员小何问这个"引"字是何意,钱局长便笑道,你不是能背《康熙字典》吗?小何说,字典哪比得了大活人,大先生在前,不讨教就可惜了!钱局长又说,那我有个条件,改天拿字典来,我信手翻开一页,看你能背多少!小何爽快道,成!钱局长便讲解说,"引"是古琴曲题材之一种,琴曲有正调与泛音,泛音亦是极富魅力,便又例举说《霹雳引》《极乐引》《思归引》……

见他这般神采飞扬,若是黄镇画家在场,会给他画一张怎样的速写图!大概就不是《夜行军中的老英雄》那样风格了!其实钱局长自己也是画家呀!或许可以自画一张《西行路上的知识者》。他与周总政委都是一等英俊飒爽人物,周总政委还更文雅些,更沉静随和些,眼神于犀利中有热情;钱局长则是更洒脱更像诗人些,眼神中也是有激情,更有一种梦幻的不羁;他与瞿秋白同志气质里头也有些近似,但投笔从戎的阿秋更有书生文弱的一面;这些知识者都是留分头的,钱局长发式是偏分,毛泽东同志是中分,三局局长王诤同志也是中分。王诤同志是我们解放过来的,只不知此前他是何样发式……

钱局长真该给自己画一张。他给《红色中华》设计刊头、绘漫画，他作画时有一次要人当模特儿，要人趴在墙壁上供他画，还要趴地上摆出打屁股样子！

他毛笔字也是写得好，自称"苏区第一"啊！

这个他可以大声说，大家也都快活。这个有传奇经历的人，对于过往的传奇，却保持着缄默。但我们还是听说了，从多些个途径，尽管他本人被问起时往往是闪烁其词。每每这种时候，他倒是显得很谦逊了，但我们还是约略知晓了其原委。某次我们逼他讲自己的浪漫史，说到上海女人，话题不知为何转到了"黎明"这个词，他便说起那个化名"黎明"的叛徒。而更多的秘闻，其实是小何刺探来的。小何是钱局长的崇拜者，辛亥年生人，原本也是家境殷实，其父开着小矿场，他是因逃婚走上革命道路。父亲指定门当户对联姻，他却要自由浪漫恋爱。新潮学生，几乎人人都跟家里闹不和。小何修过音乐，某日说起俄罗斯音乐《春之祭》，说起为春回大地而祭献，他就说出了自己的梦想，他说革命胜利后他最想去"远方"，去莫斯科。学过音乐，辨音能力极强，前方开炮打枪，他只要仔细一听，就能辨出枪炮的型号和数量。也有文字好功底，他人虽是侦收员，有时竟也帮着译电，有时甚至也参与猜码。谁都看得出，他是最想调入破译科。他自认为是"这个材料"。他就不止一次半开玩笑地说，还是破译科"有搞头"。他得空便向钱局长学几句俄语，其实也是另有企图。钱局长是个谜样的人物，他想走近这个谜团。也因此，有关钱局长当年的传奇，我们便知晓了更多的情节。

在此大书一笔！1931年4月25日，晚十时许，正在南京"正元实业社"值班的钱潮收到武汉国民党特务机关发来的电报，是给中组部调查科主任徐恩曾的密电。六封"特急绝密电报"，每封电报上都写有"徐恩曾亲译"字样。这是要徐恩曾转呈中央党部秘书长陈立夫。"正元实业社"是调查科面向外界的幌子，实为国民党特务机关最高秘密指挥部。主任徐恩曾以他精明能干的湖州同乡钱潮为助手。作为机要秘书，所有送给徐恩曾的情报总是要先经钱潮过目。"亲译"密电本应由徐恩曾亲译。他有一个与国民党高官通报所用的密码本，他总是将其藏在贴身口袋里，但是钱潮已将这个搞到了手。徐恩曾有一大嗜好是好色，当初陈立夫安插他任上海国际无线电管理处处长，他要钱潮帮他的姘妇解决住处，钱便将自己法租界住处的二楼前楼让给那女人住，他也因此更博取了徐的好感和信任。徐恩曾主掌国民党调查科，也将钱潮带往南京。某一日徐恩曾要去上海南京路新开的怡春院，钱潮便提醒他带密码本去那种地方不安全，万一丢失可是大麻烦，徐便把密码本交给深得他信任的钱潮，钱答应将其锁进机要柜。机要柜是特制锁，且装有多种报警器，钥匙也只有两把，徐、钱各持一把。当天夜里，钱用德国微型照相机拍了密码本。这个星期六的夜晚，送报的机要官离去之后，钱潮便进了密室。他当机立断，拆开徐恩曾的电报，对着拍摄到的密码本逐字开译。第一封电文："黎明被捕，并已自首，如能迅速解至南京，三日内可将中共中央机关全部肃清。"

黎明，中央特委顾顺章在组织内部的化名，中共中央政治局候补委员。他是前一日在武汉被捕。他护送张国焘赴鄂豫皖苏区工作，完成任务后竟违反秘密工作纪律，在汉口游艺场擅自登台表演魔术赚钱，遂被叛徒认出。顾顺章练有缩骨功，魔术、化装和枪法都是他在苏联学得的本领。党组织曾选派他与陈赓一起赴苏联学习政治保卫。顾顺章协助周恩来领导中央特科，而他的公开身份是著名魔术师化广奇。机警多智，精干勇敢，以冷酷手段处置叛徒，他曾带人在霞飞路巧设埋伏枪杀白鑫。白鑫是出卖彭湃的叛徒。那时顾顺章的"红队"只有四把手枪。白鑫头部有四个弹孔,法医判断他是同时中了三枪,三颗子弹从不同部位打进,从同一个部位穿出。这次在汉口,他不只是以化广奇的身份表演魔术,他也跟舞女、跟交际花们鬼混,结果是被国民党武汉侦缉处逮捕。顾顺章既是中央特科行动科长,也主持中央特科具体工作,且兼管上海与苏区的交通线,几乎知晓中共中央的一切秘密。他也知晓钱潮的存在,钱潮就在徐恩曾身边。

钱潮记下武汉密电内容,又将电报原样封好,便立即向上海地下党组织拍发急电:"天亮已走,母病危,速转院。"

"天亮"即是"黎明"。钱潮又派自己的女婿立马乘夜车去上海,让他速告中央:黎明叛变,将有大破坏降临。

女婿刘杞夫在夜色中离去,钱潮迅速清理文件和电报,他为即将来临的一切做好准备。时将午夜,钱潮又收到武汉密电:"黎明已专轮押解南京,一、二日可达。"幸好不是飞机押送,这便有一二日的应对时间。黎明一到南京,钱潮的一切隐蔽活动都将暴露,中央饭店四楼的联络站及各地通讯社也将遭破坏。钱潮连夜又向上海、南京、天津等地发急电："潮病重速返。"以此示意各地党组织从速撤离。

但不知第一封急电中央是否收到？不知女婿刘杞夫是否顺利到达上海？明天并非接头的日子，女婿能否找到"舅舅"李克农？李克农能否及时向中共中央报警？……一场腥风血雨就要袭来，中共中央面临灭顶之灾。时间紧迫，钱潮心急如焚，他决意亲赴上海。

次日早晨，钱潮一副若无其事的样子，像往常一样将这批密电交给徐恩曾，接着装作回家休息的样子，从容镇静地离开了国民党特务大本营。来不及回家换衣服，也来不及与妻子儿女告别，他跳上一辆马车飞奔下关，又登上一辆开往上海的火车。为防徐恩曾派特务在上海火车站拦截，他机敏地在沪郊真如小站下车，又改乘汽车绕道进入上海市区。中午时分，钱潮见到了李克农，那封急电已由李克农和中央特科情报科长陈赓转送党中央。这是多么惊心动魄的一日！中央军委书记周恩来临危不惧，指挥中央特科抢在陈立夫、徐恩曾行动之前紧急应变，至当日晚间，中共中央等领导机关全部安全转移。

钱潮只身紧急去上海,而家人仍在南京。他决定让女婿刘杞夫再返南京照料家人,因他临走时曾给徐恩曾留下一封信。他在信中说明"一切由个人负责,不得加害家人",并严厉警告徐恩曾,如若加害家人,他将向报界公布其丑事。

事发突然,他无法让家人逃离,以免引起徐恩曾的怀疑。家人成了他的掩护。

打入国民党中组部这三个人,钱潮、李克农、胡底,他们在大上海也是无法隐身了。1932年春,党中央决定将他们撤离。他们绕道香港、广东到达瑞金。

顾顺章叛变,中共中央总书记向忠发被抓,中央委员恽代英、政治局常委蔡和森遇害,中央特科情报科长陈赓遇险。周恩来也不得不离开上海了。中央机关撤离上海。中国革命总指挥部由此撤离大城市。

12月,《苏维埃临时中央政府人民委员会通缉令——为通缉革命叛徒顾顺章事》:"……苏维埃临时中央政府特通令各级苏维埃政府、红军和各地赤卫队,并通告全国工农劳苦群众:要严防国民党反革命的阴谋诡计,要一体缉拿顾顺章叛徒。在苏维埃区域,要遇到这一叛徒,应将他拿获交革命法庭审判;在白色恐怖区域,要遇到这一叛徒,每一革命战士、每一工农贫民分子有责任将他扑灭。缉拿和扑灭顾顺章叛徒,是每一个革命战士和工农群众自觉的光荣责任。……"

侦收员小何问钱局长:"那天夜里,女婿离去之后,你要为即将来临的事做准备……那会是怎样的准备?"

"那要待到天亮,见到徐恩曾才能决定。黎明一二日可达南京,他要面见蒋介石才会开口。这一二日便是中央机关紧急转移的时间……不只是党中央,他也掌握各地党组织机密……"

"黎明既知你在徐恩曾身边,他却要到南京才开口,莫非是要给你一些时间?"

"你尽往好处想!……我的分析则是,他更是为自身安全着想,见蒋再开口。"

"要是他路上说出那么一点点……这种危险也不是没有。武汉到南京的水路,至少也要八九个钟头吧?情报已发出,任务已完成,那天夜里你本该安全撤离了……"

"黎明在上海青帮混过,遇事百般机灵,但他也有沉默寡言的一面。我也只能赌一把了,毕竟这有望干扰他们的行动时间。"

"你再见徐恩曾可就有大风险,杀机四伏……"

"这我有所准备,无非是三个选择:撤离、被捕或牺牲。"

"牺牲不是上策。那时候我若是在场,若是真要牺牲一个……"

"革命嘛,命该如此,也就只好如此。"

"我情愿替你去死。"

"别说死!你们都还年轻,都还没尝过人生的滋味……"

……

科　长

　　钱局长有美学的眼光,好似他那副眼镜也透着这种美,他也能在这些枯燥的密码中发现美。破译"展密"之后年余间,二局破获敌军百余种密码,每破一个都记在那个黑皮本上,钱副局长竟然名之为"百美图"!这当然是破译科的大功劳,前方军团靠这个打胜仗。二局破译高手其实就是这三位:局长曾勉,破译科长曹大冶,副科长邹生。

　　"你的脑袋我不敢要,我倒要送你一个好脑袋!"彭军团长在给曾局长的电话里哈哈大笑。"要脑袋"是指数月前的赣州之役,因情报不准彭在前线大发雷霆。"送脑袋"是他要把红三军团优秀报务员曹大冶送给总部。总部需要"好脑袋",而彭军团长是爽快人。

　　二局人马是"特殊之中的特殊",曹大冶无疑是"这个材料"。他很快便显示出破译方面的"天才",很快就成为二局破译科长。曹科长记忆超群,破译也是高手,速度快,数量大。吃苦耐劳,忘我奋战,他是有非同寻常的表现!破密码是要天赋加才能,而他更有近乎疯狂的热情。经常是日以继夜连轴转,吃饭、走路也都沉浸在密码猜想中。他常说:"我们多流一滴汗,前方少流一滴血。"为破敌军五位数密本,他是连续七天七夜未上床,而神经必须时刻绷紧,直到密码破开,才因肺炎发烧倒在床上。他工作时候那真是全神贯注,完全的忘我状态,冬天炭火烧着了鞋子和裤子,他竟全然不知。别人也不敢上去扑火,因他那神情直呆呆死盯着窗外那棵树,像是迫近灵光闪现的瞬间了,旁人稍有惊扰恐就前功尽弃,灵光稍纵即逝。好在只是鞋裤在烧,尚未烧到皮肉。旁人却闻到了一丝怪味,烧羊毛的焦臭味。他们会意地相视而笑,是他裤兜里的钞票烧着了!苏区钞票纸浆混有细羊毛以防伪,有这烧羊毛的气味,他兜里的纸钞无疑是真货。就看着那火势越来越大,火苗向上蹿跳蔓延,眼见就有火烧眉毛之虞了,而他终于欣喜中大喊一声:"逮着了!"大家便猛冲上去将他扑倒,又抱着他在地上打几个滚,将火滚灭。

我们的情报关乎前线将士之生死，关乎全军安危。

曹大冶参加过攻长沙。1930年8月，一军团与三军团在浏阳永和市会师，成立红一方面军。总司令朱德，副总司令彭德怀，总政委毛泽东，副总政委滕代远。红一方面军总前委决定再夺长沙。然而敌人实在太强大，攻打长沙失利，红一方面军遂退往江西。毛泽东向中央报告说，技术条件不具备，交通器具如无线电我们也没有，致使两个军团联络不好，因而失机。

这年10月下旬，10万国民党军分三路进攻江西苏区。国民党江西省政府主席、陆海空总司令南昌行营主任鲁涤平出任"剿总"。朱德、毛泽东发布命令：诱敌深入赤色地区，待其疲惫而歼灭之。朱、毛又特别签署命令：战斗中不准破坏无线电！

万木霜天红烂漫，天兵怒气冲霄汉。雾满龙冈千嶂暗，齐声唤，前头捉了张辉瓒。

浓雾弥漫的龙冈山谷，国民党军第十八师师长张辉瓒被活捉，他是中路右纵前线总指挥，中将军衔。这个红脸胖子，本想化装逃走，红军战士发现了他的狐皮大衣,便将他从山洞里揪出来。张辉瓒克扣军饷,随意打骂、侮辱士兵也如家常便饭。被俘当天,十八师被俘士兵都不顾红军劝阻,纷纷冲上去打骂这位老长官泄愤。"剿总"鲁涤平坐镇南昌,张辉瓒虽是十八师师长,虽是中路右纵统领,实则是这次"围剿"的总指挥。

战斗中不准破坏无线电。这一战红军缴获敌军电台一部,俘虏电台人员十名。电台已在战斗中损坏,只能收不能发,这是被俘中尉报务员吴人鉴使用的电台。红军优待俘虏,且是特别优待技术人员。朱、毛也在百忙中接见他们,促成其思想转变。吴人鉴、刘寅等人加入红军,吴人鉴给自己改名王诤,诤言笃信。红军乘胜追击,又击溃敌军一个多旅,又缴获电台一部。

不几日,红一方面军总部无线电队成立,王诤任队长。只有这一部半电台,无法实现完整的通联,王诤他们就先开展无线电侦察。他们找到了充电机、蓄电池、干电池,就是找不到发报机,找不到天线。江西竹子很多,用竹子拉起一根单线就是天线。东拼西凑,就这样架起了收报机。侦察工作就如此开始,一是抄中外通讯社新闻,二是抄敌军电台讯号。第一次中华苏维埃代表大会时,无线电队将抄收的中央社、路透社、合众社电文整理油印成《参考消息》,发给代表们作参考;抄收敌台讯号,是以QRC为主。敌军一到宿营地都要出来联络,都要问QRC,电台自报所在位置,对方也必然回答QRC。QRC不用明码,而是用通密,亦即台密,此为电台之间的联络密码。用通密答两个字,加上地点三个字,但是王净他们是从"那边"过来的,他们轻易就能翻译出这些QRC,红军首长便高兴地知道敌人动向了。这只是最简单的联络信息翻译,敌军参谋部门并不用这种台密。而我们再进一步,就是为破译敌情而抄报了。

第二次"围剿",何应钦取代鲁涤平任"剿总",亲率20万国民党大军。红一方面军诱敌深入,集中兵力先打王金钰、公秉藩两个师。无线电跟随总部移驻东固坳上,二十多天不分白黑,时刻监听敌台的每一个信号,既有QRC,亦有QRG(电台自报隶属部队),准确提供敌军行止。一天黄昏,终于收到敌人电台的明码交谈,红军总部据此部署,次日便打响第一仗。仗打得很是激烈,无线电队就把收报机安在白云山山腰。下午便收到公秉藩师部连发的"SOS"呼号了,过不多久,王金钰师部也发出了这呼号。首战告捷,红军乘胜由西向东横扫700

里。第二次反"围剿"胜利,红军又缴获三部电台,其中就有公秉藩师的100瓦特大电台。这些电台随即配给红三军团、红三军和红四军,100瓦特大电台给苏区中央局,这使苏区与上海的中共中央正式建立起无线电联络。红一方面军总部与前方红三军团也有了无线通联。红军有了自己的无线电台,而在此之前,苏区与中央的联络都是要靠地下交通员传送,用密写药水将文件写在竹纸上,写在白衬衣上,传递时间通常需要一月乃至数月。当年朱毛井冈山会师前,他们彼此寻找,花费了多少功夫!

而今有了更多缴获的电台,朱总司令和毛总政委遂发布开办无线电训练班通知,要求各军团各军"选调可造的青年到总部无线电队来学习"。与此同时,彭德怀的第三军团也开办起无线电训练班。1931年夏,曹大冶成为这个训练班第一期学员。

1931年6月。第三次"围剿",敌兵30万,蒋介石亲率大军。红一方面军"避敌主力、打其虚弱、乘胜追歼",先是三战三捷,继而是三战两胜,再一次粉碎国民党军"围剿"。红十二军军部电台见习报务员曹丹辉随红三军团行动,他侦收到何应钦发给各路国民党军的密电,电文以缴获的密码本"壮密"译出,这份密电有极大价值,使得方面军首长掌握了敌军部署,由此保障了作战胜利。毛总政委让副官处奖些钱给曹丹辉买鸡蛋吃,副官处发给三块钱,曹丹辉买鸡买肉请大伙饱餐一顿。

12月,国民党第二十六军发动宁都起义,17000名官兵参加红军,其中有无线电通信人员40多人,并带有8部电台。国民党军于是更加警惕,各部无线电通讯全面加密。

敌报全面加密,红军无线电侦察陷入困境。年底,曾勉同志到达中央苏区。他在上海时曾任中央军委谍报科长,来到苏区,他便出任总参谋部侦察科长。不久中革军委将总参谋部下设科改为局,侦察科遂改为侦察局,不久又改称情报局。总参谋部下设作战局是一局,情报局按排序便称二局。中革军委也将无线电侦察台划归二局。

1932年2月,中革军委按照中央决定强攻赣州。由于无法译出国民党军加密电报,无线电侦察基本失效,而派出的谍报员很难及时反馈信息。敌人忽然多出来几个团。攻城的红三军团受到内外夹击,虽用大刀杀开一条血路撤出战斗,但红军伤亡三千多人,十多位师团级干部牺牲。

"谁谎报军情说是两个团？"彭德怀军团长在前线怒骂。朱德总司令打电话质问："敌人是怎么联络的？难道是举火为号？"

此役惨败固然是因中央领导人的冒险主义错误,而敌情不明也是一个因素。二局面临的首要难题便是突破敌台密码,江西敌军无线电通信用的是"展密"。

面对这巨大压力,曾局长迎难而上。密码是可以破译的。密码必须被破译。他布置侦察台多抄敌军密电,按部别和时间登记编号,通过战况分析,再比对缴获的密码本和电报底稿,力求判断电文大概内容,从中寻找破译方法。与此同时,他向王净等原敌军电台人员了解对方密码和译电情况,他也向周恩来请教编码知识。

他也向各军团要人。合适的人选实在是很难找,因为仅有热情四溅是远远不够的。曾局长向红三军团要人,彭军团长送来了曹大冶。时为1932年5月。

曹大冶是作为报务员调来总部的,曾勉同志其实是想物色有破译潜力的人。曹大冶读过四年私塾。他天资聪慧,学习勤力刻苦,在红三军团无线电训练班学习时,他便有优异成绩。敌人不断"围剿"和封锁,苏区各类物资奇缺,训练班学习条件很艰苦,干电池、文具常难有补充。没盐吃,以碱代;没粮食,吃南瓜;没床板,铺稻草;没鞋穿,光赤脚。在教学上则是困难更甚,教员上课若无黑板粉笔,便以墙为板,以炭代笔。训练班只有一只蜂鸣器,用以发出微小信号,以此训练学员听力,他们边听边抄。学员之间用嘴念电码符号代替蜂鸣器,一人嘀嘀嘀发声,其他人就用树枝在地上写。练习发报也是别有风趣,右手前三个指头随处按,或按在木桌的边缘,或按在自己腿上,而且要上下长短地抖动着手腕,并使其弹力均匀。困难越大,越逼人想办法克服。曹大冶以优异成绩毕业,又成为红三军团最优秀的报务员。来到总部,面对积了几箩筐的无从破译的密电,曹大冶在报务当班之余,开始与曾局长一起钻研密码。

8月宜黄战斗,他们寻获孙连仲那份译出三十多个字的密电。一个多月之后,在福建建宁红一方面军司令部,他们成功破开了"展密"！此后年余间,他们破获敌军百余种密码。1933年5月,曹大冶成为破译科长,此时他尚不满19岁。8月,荣获三等红星奖章。

"展密"破解,枫山埠一役便立见奇效。时为1933年1月。

4日、5日,红一方面军集中兵力在黄狮渡歼灭敌第五师一个旅,再占金溪。6日晚9时许,二局侦悉,蒋介石为进行报复性攻击,电令国民党军进攻金溪附近的左房墟、黄狮渡,左路由吴奇伟率第九十师和第二十七师担任主攻,第十一师为后备,右路由周至柔指挥第十四师和第五师在琅踞一带牵制。国民党军由罗卓英代陈诚为总指挥,这五个师都是蒋介石的精锐部队,其中第九十师为张发奎部,素有"铁军"之称,第十一师和第十四师也都是陈、罗手中王牌。据此敌情,红一方面军以林彪第一军团、彭德怀第三军团、赵博生第五军团和罗炳辉第二十二军分路设伏,待机歼敌。敌兵10万,红军4万。

　　敌军既已下达进攻命令,一般就不会有新情况,通常就是激战前的无线电静默,而我军也已据此部署迎击。二局除留一台机器值班外,其他均已停开。午夜12时,曹大冶独自接班守机,却突然发现国民党军电台异常活跃,敌军五部电台同时发出"十万火急"讯号!如此这般异常联络,敌军必有异常行动,必有重大军情!先听哪个台?吴奇伟既已下达进攻命令,当无大事,乃先听十四师电台。电文太长,像是宿营报告。他旋即转听第五师电台,是发往南昌的,与眼下战事关联不大。曹大冶手脑并用,听译并行。信号转为代码,代码确定密型,密码转为文字,而这一切都须即时反应,都应瞬间在大脑中完成。信号稍纵即逝,而他是在同时处理五个台!最后再转回吴奇伟电台,恰好收到关键信息。信号旋即在他脑中转译为文字:"如下:(1)"。吴奇伟正在下达新命令!

"乘共匪小胜稍懈,待机偷袭。……"

原来,我军分路迎击的部署已为敌发觉,敌军连夜改变主攻方向,左路以第二十七、九十两师向枫山埠方向侧击左房墟,以第十四师迂回配合第五师之一部向黄狮渡进攻,企图切断我军后路,对我形成大包围。据此敌情,我军紧急调整部署。7日凌晨4时,红一方面军首长下达作战令:红一军团和第二十二军星夜转移至枫山埠附近待敌,红五军团开赴黄狮渡西南阻击敌第十四师和第五师,红三军团仍向琅踞方向进击。我军且予敌以"小胜稍懈"假象,诱使吴敌放胆前来。8时,敌军进入我诱歼圈,我一军团遂在枫山埠附近展开正面攻击,势如猛虎之逐群羊,至八角亭已将敌人消灭大半。第二十二军更是攻占浒湾,追击敌军直至抚河对岸。

枫山埠之役，以我获全胜而告终。倘若没有二局的这份情报，倘若我方不能及时发觉敌军这个新部署，则我红军主力和军委总部势必陷入重围乃至遭致覆灭。

国民党军又一次惨败。新一轮"围剿"必将到来。

来势汹汹的第四次"围剿"，左中右三路大军，足有40万人。时为1933年2月。

2月2日夜，二局破获蒋介石决定再调三个师到江西的密息；接着又侦获陈诚中路军三个纵队的战斗编组、集结时间和地点。国民党中央军已启用"猛密"，而"猛密"此前已被曹大冶和邹生破开。

敌强我弱，红一方面军总部建议避免攻坚作战，应在抚河以东以运动战消灭敌人，但中央却强令强攻南丰城。红一方面军攻城受挫，主力向东韶、洛口地区秘密撤退，另以红十一军伪装主力向黎川佯动。二局侦知国民党军误以为红军主力退向黎川，陈诚率中路军三个纵队向黎川分进合击，第一纵队司令罗卓英率第十一师由宜黄南下，令第五十二、五十九师东进至黄陂与十一师会合，而后向广昌、宁都前进，以切断红军归路。

据此情报，红军主力分左右两翼隐蔽接敌，对分别沿罗嶂大山两侧东进的第五十二、五十九师设伏。中间是林木茂密的高山，山两侧云遮雾障。细雨蒙蒙中，左翼红一军团对进至登仙桥的第五十二师突然发起攻击，将敌军拦腰切成数段，红三军团随后加入战斗，全歼敌五十二师，生俘师长李明。与此同时，红五军团围歼第五十九师，活捉师长陈时骥。

公审李明、陈时骥，我们二局人员也去开大会。李明当年是护国军讲武堂毕业，陈时骥也是保定陆军军官学校毕业，身为"国军"师长，他们虽已受伤，可对败在红军手下很不服气。就见曹大冶冲上台去，凑近他们嘀咕几句，他们便立时蔫蔫耷拉下脑袋。曹大冶便各赏他们一个耳光。

曹大冶究竟对他们说了什么？

他是背出了他们通联的密电！

给他们几个耳光固然是好，将他们的嚣张气焰立时打下去。曹大冶固然也是痛快了，但事后开组织生活会，党小组就有人批评他。我们有严明的纪律。远在井冈山时期，红军已有俘虏政策：严禁杀俘，也不许打骂；战场上缴枪就不杀，受伤者给予治疗；愿去愿留，悉听尊便，要走的发给路费。此前张辉瓒被擒拿，朱毛原本也是要放他一马。这个张辉瓒且也算是朱毛的老熟人。当年护法运动时,他也曾是革命热血青年,驱逐湖南亲日派封建屠夫张敬尧,而毛泽东也作为学生代表赴京请愿。国共合作在广州时,他们也曾打过交道。朱老总当年在国民革命军,也曾与张辉瓒相识。朱毛本想放他一马,秘密谈判正在进行,国民党急于赎人,开出金钱、枪支、药品之类诱人优厚条件,而红军物资条件也实在是很困难!毛泽东也想将他留在苏区,因他曾在德国和东洋学过正规军事,正好给筹备中的红军学校充当教员。而蒋介石也公开承诺,只要红军放回张辉瓒,他愿释放关押在白区的大批共产党"犯人"。张辉瓒任南昌卫戍司令,上千名共产党人死在他手上。如今这位"张屠夫"也向朱毛套近乎求饶了,然而龙冈兵败被俘前,他可谓嚣张得很!"进剿"东固时他搞"三光":"石头要过刀,板凳要火烧。四十里内,凡十岁以上的男女老少,格杀勿论。不论民房公房,草屋土屋,在部队撤退前,一律烧光!凡可携带之物资、食物,全部带走!"他的第十八师也在龙冈屋墙上写标语,说要剃了朱毛的头!

朱毛想留张辉瓒一条命,苏区群众哪里肯轻易放过?东固区苏维埃应广大群众强烈请求召开公审大会。毛泽东急派红八军军长何长工去做说服工作,可是中央决议尚未到达,张辉瓒的项上人头已被搬了家。公审现场完全失控。张辉瓒被头戴高帽、五花大绑从龙冈押回东固。这个让无数军民家破人亡、妻离子散的刽子手一到场,群众的愤怒瞬时被点燃,"剥皮""抽筋"的喊杀声此起彼伏。负责维持会场秩序的红军战士来自红三军,这个军在龙冈战斗中伤亡也十分惨重,这些红军战士也是十分痛恨张辉瓒。血债累累,民愤极大,公审大会决定当场处决!张辉瓒死于乱棍乱石之下,置于木匾上的首级顺赣江漂流到吉安,方才被蒋军捞获。

张辉瓒被处死,其后果是蒋介石取消了一切谈判许诺,代之以更疯狂的报复,先是屠杀狱中共产党人,继之以变本加厉的"围剿"。

第四次反"围剿"胜利,得益于二局的准确情报,我们活捉了敌军两个师长,蒋介石怎能不震惊!公审时他们被押上台,但还是不服输,他们怎知这也是我们密息情报的胜利!另有一个师长,也还是蒙在鼓里。第十师师长李默庵。李默庵奉命率部在主攻部队之后跟进,有感于第五十二、五十九师被歼,自己虽侥幸未至登仙桥、未被活捉,但却是很有些厌战情绪了,他便以密电给远在上海的夫人发去几句感怀诗,而他万万想不到的是,他这"私密"也随即为我们所破译。

这首诗的末句是:"登仙桥畔登仙去,多少红颜泪始干。"

红三军团来了曹大冶,红一军团来了邹生。两个月前,曾局长和曹大冶首破敌军密码,红军据此打了一个漂亮仗,二局便被军委首长格外重视,二局破译力量要加强。邹生也是适合破译的"好材料"。

邹生15岁参加红军,先是在红一军团任组织干事,17岁被推选参加总部无线电训练班。他读过私塾,记忆力强,摩尔斯明码背诵如流。与曾局长、曹科长一样,都是有股永不服输的劲头,有压倒一切敌人的气势,有最高度之努力。他们性格上却大不一样,曾局长和曹大冶都是耿直急脾气,但又不尽相同。曾局长领导全局,火暴脾气虽是有,有时是一团烈火,但更多是沉稳老练;曹科长则时而有些野性子冲动。曹大冶性格开朗,邹生则是内向安静,说话也是轻声细语时多,很少见他发火。

他们的共同之处也是很显然,都是勤勉好学,都是纯朴坚毅,都有一个"好脑袋"。该静则静,外头炮声隆隆，杀声震天，他们也必须屏声静息，沉潜到那些码子里。

邹生调入军委二局时，本职岗位是报务员。作为报务员，他也与曹大冶一样，一人能控多部电台，也能辨识对方发报细微的指法。至1932年底，蒋嫡系部队无线电通讯已装备到团一级，仅苏区北线之敌师、旅、团电台就有上百台，二局报务员是如此之少，但必须做到关键情报不漏！

二局做到了！关键情报不漏。多一份情报，就多一份胜利的希望。1933年初，周总政委上报战役敌情，每每都是"确悉"。

1月21日，曾局长将近日侦破之敌情综合报告给周总政委、朱总司令。周总政委当日致电中央局并密报中央，报告："确悉陈诚依蒋召十一师开回永乐间，二十三师移乐安，四十三师移永丰、吉水、峡江、阜田一带，五十二师集结吉安水东，五十九师俟谭道源派队接防安福后开吉安附近……"

23日，二局再次确悉敌已确定以第五、六、十、十一、十四、五十二、五十九、八十、九十师为"进剿军"，其余各师为"清剿军"，后者将坚守各县城防。部署一如21日报告,并确悉蒋介石不日来南昌,已令各部准备运输药品和修筑公路,其大举进攻定在2月。周恩来当日以"确悉"情报电告中央局急转中央。

24日,苏区中央局不顾"围剿"大军大举进攻在即,电令周恩来、朱德、王稼祥,"集中我们所有主力取得南城,并巩固和保持它","特别着重地指示占领南城和南丰"。

二局确悉:蒋介石已到南昌;蒋介石召开各方将领会议;"围剿"进攻即将开始。

周恩来无奈再度致电苏区中央局,提出以消灭敌增援部队为主的变通方案。2月4日,苏区中央局再次致电周、朱、王:"根据上海指示电,我们讨论在总政治任务之下,应以抚州为战略区,目前行动先攻南丰为适宜。"

"上海指示"即共产国际代表指示。最高指示。

12日黄昏,红军对守备南丰城的敌第八师发起攻击。敌凭借城外碉堡和城墙炮楼,以猛烈火力顽抗。强攻不下,周恩来13日致电苏区中央局并转临时中央,要求改强攻为佯攻,尽力打敌之援军。

二局获悉敌对我攻南丰反应,敌已提前集中。15日,周将此动态再报苏区中央局,并提出红一方面军将迎击罗卓英第一纵队。22日,二局侦悉敌总指挥陈诚命吴奇伟第二纵队、赵观涛第三纵队、罗卓英第一纵队协同将我军围歼于南丰。

曾局长将此敌情报告周、朱,周、朱当机立断:彻底放弃原定"进攻战略",以战略退却立即返回苏区腹地,以求适时对深入苏区的敌第一纵队实施反攻,同时派红十一军向黎川方向佯动,造成我主力撤向黎川假象。

蒋介石、陈诚果然为这假象所迷惑,便令第一纵队三个师向广昌、宁都推进,以图堵截我军退路。27日午后,敌第一纵队第五十九师由西源向黄陂前进,第五十二师进至黄陂附近桥头、蛟湖、大龙场、登仙桥一线。

早已埋伏的我红一、红三军团突然出击,如猛虎下山,歼灭敌五十二师绝大部,击伤并俘虏师长李明。红五军团也向敌第五十九师发起攻击,歼敌绝大部,俘敌师长陈时骥。

陈诚这才方知上了当。3月的这些日子,陈诚在调兵遣将寻找红军主力去向,红军在寻求消灭敌军主力的机会,二局紧盯住敌军作战方针变化。19日夜,朱德总司令和总参谋长刘伯承、作战局长张云逸正在吴村一个地主院子里分析敌情,曾局长送来敌情报告。张云逸念道:"敌前纵队第十四师、第十师、第九十师和后纵队第五师经东陂、新丰向甘竹前进;其第九师在东陂山区占领阵地;其第十一师已进驻黄陂。"总司令说,我们的战略是各个击破。刘总长提出在草台岗准备战场。总司令让张局长起草命令。不多久又接到二局敌情报告,敌第十一师后续部队已停止向草台岗前进,其先头部队三小时即可撤离。于是刚才起草的命令作废,重新研究作战方案。鸡叫头遍,第二个作战方案刚形成,曾局长的第三个敌情报告又到,敌第十一师正彻夜构筑工事,前卫部队并未北撤,后续部队明日天黑前将全部到达。刘总长哈哈大笑道:"天助我也！总司令,下命令吧！"总司令请周总政委来,刘总长汇报一夜间敌情变化及我军部署,周总政委看过命令,表示完全同意。命令即由朱、周签署下发,21日拂晓发起进攻。

拂晓时分,红三军团首先发起攻击,红一军团随即投入战斗,战至黄昏时分,敌第十一师大部被歼。除师长萧乾受伤逃脱外,敌第十一师大部被歼,俘虏三千多人。

第十一师是"围剿军"总指挥陈诚的王牌。得此消息,陈诚急得吐血。蒋介石也十分痛心说:"此次挫失,惨凄异常,实有生以来唯一之隐痛。"

二局侦悉此情,也获知蒋介石遭此惨败后仍要打肿脸充胖子,他正在亲临崇仁城的陈诚指挥部视察,而红一方面军司令部已移驻崇仁东南。二局又确悉蒋介石定于日间取水路回南昌,聊以观山景水色,"示形败而不馁"。周、朱急派部队设伏。崇仁河水不大,极易截击。遗憾后来敌人密电说,蒋介石临时改乘汽车回南昌,就这样侥幸走脱了。

疯狂的革命热情,奋不顾身的斗志,这些都是隐藏在文静的性格下,但每每言及此事,邹生却表现出少有的激动,说完都是一声长叹!假若那次活捉了蒋介石,定然我们就还是留在苏区,更大更强的中央苏区,也许革命就更早胜利了,当然也就不必这样一路西行了……

这是邹生来二局后亲历的大胜仗。第四次反"围剿"胜利,有周总政委和朱总司令英明指挥,有红军战士浴血奋战,当然也有二局这些"确悉"敌情。邹生既是报务员,也是破译员。起初他是当班报务之余向曾曹二人学破密码,而他入门也是奇快,很快便能独立破译了。这一次反"围剿",他和曹大冶的头等重任是破译。

破译首先是猜译,猜密码,猜报,猜字。分析,假设,推断，证实或否定，剥除各类编码加密，综合，归纳，还原明文信息。

蒋介石的密码最初是用明码电报作底本，只是在角码和横码、直码上面做编码变化，这种编码法变化有限，寻找重复电码是关键。后来他们发展到乱数加码，重复性被掩盖了的密码，就得先把乱数码剥掉，以恢复重复字眼的原样。

我们从侦获的蛛丝马迹分析，蒋介石是重金聘请了外国专家改进密码编制，很可能是一个荷兰人。第四次"围剿"前后，蒋嫡系完全弃用明码作底本，他们另行自编密码本，我们称其为"特别本"。自编本花样多变，最复杂的是完全不按部首的单字和单词的混编，我们称其为"来去本"：同一个密码，敌人自己也必须是翻发报和译收报各编出一个密码本，破译难度和工作量都立马加大了。用明码电报本作底本的编码，每个字的上下左右必有某种联系，"来去本"则没了这种联系。如此一来只能是，破一个字是一个字，破一个词是一个词。有的自编本把常用词每个字都有多种编码，譬如，破出一个"军"字并非破出所有的"军"字。而且他们的自编本很少重复使用，一个密码有一种自编本，密码又换得很勤，而且有的密码改成了五位数……

而我们二局破译人员其实也只有这三人:曾局长、曹大冶、邹生。但是这些永不服输的天才还是成功了!先是破开第一个特别本"猛密",继而势如破竹般破开了敌军所有密码。每破一密,邹生就在他的黑皮本上记一笔。

"破!"在江西南丰,当曹大冶和邹生解开"猛密"最后一组数码时,曾局长猛地一拳头砸在桌子上,从此他们有了这个习惯动作。每当破开一个密本时,就不再说"猜着了"或只是默默点头,改作喊一个"破"字,爽快得很,也是更为自信,且都是猛击一下桌子。大脑战斗多日,何等的憋闷!看不见,听不见,而最后需要有个动作,有个响声。

1933年4月,红军军旗将斧头改为锤子。5月,中国工农红军总司令部成立。与此同时,中华苏维埃中央革命军事委员会总参谋部第二局在瑞金乌石垅成立。前方二局设在福建建宁,由曾勉局长负责,曾勉、曹大冶仍留前方;后方二局仍在瑞金,由钱潮副局长负责,邹生调后方二局负责破译。前方二局将侦收与破译分开,增加破译科建制,曹大冶任科长。

邹生加入后方二局,后方二局人手相对少些,破译人员只有邹生一个,而他很快打开工作局面,连续破译敌军密电,平均两天破译一个。敌情转发全国各苏区,亦取得实战胜利成效。其中特别是湘赣苏区,按照密电通报,5月份连打两次胜仗,歼敌两个团。

黑皮本上已有一百多笔破译记录了,钱副局长名之为"百美图"。1933年8月,建军六周年纪念的光荣日子,中华苏维埃中央临时政府和中革军委决定向红军"极有功勋者"颁发红星奖章,战斗在隐蔽战线的军委二局也受此最高奖赏:曾局长获二等红星奖章,曹科长、邹副科长获三等红星奖章。曾29岁,曹19岁,邹18岁。

那天晚上,周总政委、朱总司令亲临二局秘密大会,这是颁奖大会,也是祝捷大会。"同志们辛苦了!同志们胜利了!""首长辛苦!革命胜利!"周、朱亲手为他们挂上闪亮的奖章,又与二局同志一起欣赏"百美图",大家也讲故事也唱歌,一直热闹到深夜。

后方二局主要侦破对象:国民党福建第十九路军、广东军阀陈济棠、湖南军阀何键。这是一类特别机要的通信任务,而邹生即担负与十九路军及广东军阀之联络。与这两处联络的密电,都不经中央机要科,都是由二局邹生译报,此乃所谓"极密"。早在1927年,南昌起义队伍进入广东,陈济棠即率师驰潮汕阻击,但他并非蒋介石嫡系,便只想稳稳做个"南天王"。他曾鼎力支持筹建中山纪念堂,据说他自认为比蒋更有资格传承中山先生精神,总之是决不甘心只充当蒋的一枚棋子……

1933年底,前方二局随前方总司令部回到瑞金,不久前后方二局即正式合并,仍称中革军委第二局。合并之后,从事破译工作的仍是曾、曹、邹三人,而曹、邹是侦收、破译双能手。他们继续承受着急迫的压力,不仅及时破开一个个四位数密本,也攻克了国民党军五位数密码。

第五次"围剿"已于9月开始,国民党纠集100万兵力、200架飞机。蒋介石嫡系的密码完全都是自编本了,而且很多都已升级为五位数码,变换频率也明显加快,但很快就被曾、曹、邹攻克。这次反"围剿"开始的一年多时间里,他们顽强破译敌军352本密码,几乎每天破译一本。敌发我收,敌通我通,主控方向抄报率几乎是百分之百,译通率亦是"来一个通一个",而在许多关键时刻,更有不少"边抄边通"的奇迹。然而,红军的指挥大权是在博古、李德手上了,一个不懂军事,一个独断专行,我们的密息形同废纸。李德也深知情报之重要,但他的战略是阵地战,"寸土必争""短促突击""御敌于国门之外"。强大的敌军广筑堡垒,稳扎稳打,步步为营,节节进逼,而经济上也对中央苏区彻底封锁了。敌强我弱,而李德仍是强令全线抵抗。红军英勇拼杀,伤亡惨重,但终是难以抵御。4月,苏区北大门广昌陷落。8月,广昌以南阵地全部失守。敌人有德国造博福斯山炮,最远射程近20里!9月中旬,中央苏区仅剩下瑞金、会昌、雩都、宁都、长汀等狭小地区,人力物力濒临枯竭,危在旦夕。情势如此,唯有紧急突围一条生路了。

迫在眉睫的突围。唯有向西,一条可能的通道。红军近来与广东军阀陈济棠多有秘密接触,而邹生就是负责这项极密的译报。原定10月底或11月初突围,但是形势日益险恶,陈济棠让道的机会不应错过,更有二局侦悉,国民党军大规模进攻将提前实施,李德遂决定提前行动。雩都河上,傍晚突击搭桥,晚间迅速渡河。

10月10日,中央红军开始大转移。粤军电台收到周恩来电报,将其转给正在筠门岭谈判的红军代表:"你喂的鸽子飞了!"

红军从雩都出发了。秋风萧瑟,秋雨绵绵,穿着整齐一色的新军服，背着斗笠、草鞋和干粮袋，荷枪束弹的阶级的队伍，在下弦蒙蒙月色下走过浮桥。我们步履沉重不断回望，挥泪告别中央苏区的山山水水，作别党所缔造六年的这片乐土，作别这些深情的人民。我们只是暂别，我们还要打回来，我们一定会打回来……

有幸从粤军地盘借道，顺利通过蒋敌第一道封锁线。在此之后，陈济棠即不再与红军通电。

渡过湘江之后，陈与我已无战争关系，邹副科长也不再侦收粤系密电了。

土　城

　　一个美梦数日之间就破碎了。遵义亦非我们长驻久留之地,在此并不适合新建根据地。"追剿军"就要来了,而这并非单是"中央军"的"追剿",实为六面敌军的合围:东有湘军,西有黔军,南有薛岳"中央军",北有川军,西北有黔军和"中央军",西南有滇军。他们有40万大军,有德国军械,有空军助阵,有充足的弹药和补给,而我们只有3万余人,且半数是非战斗人员,多半人手里无枪。天上还有敌机轰炸,地上还有反动民团为害……

　　欢乐时光就要度完了,辣子鸡丁过几日就定准吃不到了。遵义城的姑娘们,也断难再见我们萧劲光队长跳高加索舞了……

　　1月11日至15日,二局破译科连破敌军三个密本,得悉蒋介石部署薛岳部协同川、黔、桂、粤、滇诸军向红军合围,以抑制与围困红军于乌江西北地区,最后"聚而歼之"。15日,再获"追剿军"总司令何键的全面进攻作战令。各路敌军都要向遵义扑来了。正在此日,中央政治局要开会了。

"何键要全面进攻,他要调兵遣将,想必没这么快就到位。咱们有时间开会,有时间休整几日。"曾局长拿着新破译的这份作战令分析说,"这个何总司令,他想保的是湖南。咱们不是已在贵州了吗?"

"何键是总司令,薛岳是总指挥。薛岳心里能服吗?何键是地方实力派,薛岳是'中央军'大帅。老蒋这个任命呐,感觉蛮有讲究的。只有这个解释,蒋是想让他出省作战……"钱副局长也在沉思。

"此一时,彼一时,如今他已在湖南地盘坐大了,恐没那么容易调动了吧?要他围堵红军,而红军的突击前锋也是他们湖南人,他的老对手!噢,关于这个何键,我这儿倒是有个故事,或能有助于你们分析。国民革命军北伐时,他是唐生智第八军一师师长,我是三师营政治指导员。此人带兵奇袭汉阳,智取武昌,为北伐立首功,蒋介石两次发电嘉奖。噢,何键师率先打开武昌西门,第一个冲进城去的,是谁?刘建绪旅!战后何键即升任三十五军军长,一举成了北伐名将。唐生智在部队推行佛化教育,这个何军长也信佛力,生怕军官不听他的话,他就请来一个和尚,令准尉以上全体军官受戒。整个第一师,只有一位营长不吃这一套,你们猜想这是谁?"

没人猜得出。故事倒是蛮有趣。

"故事嘛,谜底我已说出来了……"

"湖南人彭德怀。咱们彭军团长!"邹生冲口说出。

大家便立时恍然有悟。

"都是咱们湖南人……"曾局长神情忽有些惆怅。

"后来呢?"

"后来?真以为我是在讲故事?好吧,后来,国民党军第一个攻下井冈山的,不是别人,就是他何键,而防守井冈山的,正是彭德怀。这是1929年的事。再后来,咱们红军唯一攻下省会的,不是别人,就是彭德怀,而当时防守长沙的,又正是何键。这是哪一年?"

"1930年!"曹大冶兴奋地抢着说,"7月!我参加了那场战斗!红三军!"

"那时你多大?嗯,15岁。……"后来,他杀害了毛泽东的妻子,挖了毛家的祖坟……

……

我们从窗口望见那些身影。天色阴沉,他们的步子似有些沉重。这是黄昏时分,首长们陆续走进柏公馆。王稼祥副主席仍是躺在担架上,聂荣臻也是躺在担架上。曾局长说这话可是有些意味深长:"穷则变,变则通。开这个会……就必须解决问题了,非解决不可了……"

这几日比平时更紧张忙累,我们日夜战斗在机房,既要锁定薛岳的"中央军",也要盯牢各省军阀的电台。在这一片密雨般的电台嘀嘀声里,密集的虱子也在猖狂干扰了,可我们哪有闲时煮它一煮!

时已深夜,李德神情沮丧地走出柏公馆。中共中央政治局扩大会,洋顾问李德只是列席者。在院子里的那棵槐树旁,曾局长遇见李德的翻译伍修权。伍修权悄声跟曾局长说,这场翻译他是累得够呛,会议的火药味很浓,争论激烈起来。大家都是快言快语,翻译简直很难跟上。李德抱怨听不全,其实大意他还是真正明白了,而他就是大家开火的主要目标。他只是坐在门口的椅子上,一个劲地抽闷烟。这位列席者是要有出局的感觉了。我们与共产国际已完全失联,李德手中不再握有

"尚方宝剑"。西征这一路走来,他与毛泽东几无任何私下交流,少有的时候是他们分享山上的树叶子,将那树叶当烟草。毛泽东也是害疟疾的时候多,大多时候是躺在担架上,是与洛甫、王稼祥同行。曾局长难得有了很愉悦的神情,他跟我们说,这个会还没开完,明天晚饭后还要接着开。

回到二局,曾局长又与钱副局长说起李德和博古在会上的抗辩,说这次反"围剿"失败,主要是敌人太强大,打阵地战也是不得已,而中央纵队若不是"拖家带口",本可以更快过湘江,作战部队成了轿夫,坐轿子的反倒埋怨抬轿子的。"李德辩解说,他只是个顾问而已……也许他说的是实情……"

"他的实权可是最高军事指挥者,这不是他自己争要的,是我们中央拱手让给他的,是博古同志。他就这样扮演了'太上皇'的角色,前方来电先送他,我们翻译后绘成简图供他批阅,批阅完提出处理意见,我们再译成中文送周副主席。周副主席一般酌情处理,重大问题则提交军委或政治局讨论。"

"我的意思是……咱们也没见过确实的文件吧,第三国际的任命……似乎并无这样的文件,电文也没有吧?"

"'远方'来电要经上海,博古来瑞金前,倒是收到过指示,指示用语却很含混,只说李德是有建议权……"

说到此处,他们都沉默不语了。

……

第三日仍是阴天,晚间仍是接着开会,仍在柏公馆二楼那个房间里。听说红一军团首长是住老城南门一土豪家,红三军团首长开会晚到了半天,他们骑马赶到,就住在柏公馆楼下,但他们只参会一天,就又匆匆返回部队,是因南面防线三军团和黔军已打起来。这一次率黔军作战的并非别人,正是敌二十五军二师师长柏辉章!而红军正在他遵义洋宅里开会!

政治局会议开完第二天,我们又截获国民政府军事委员会委员长行营电:"查侯之担迭失要隘,竟敢潜来渝城,已将其先行看管,听候核办。"那个丢了乌江江防的川南边防总司令,一路潜逃竟是去了重庆!真是自己送死!红军进占土城后,蒋曾致电薛岳及王家烈追究罪责,薛岳电蒋要求严惩作战不力将领,以申军纪。侯之担作战不力擅离职守,蒋下令将其缉拿归案,侯遂为国民党军委参谋团所拿获。

目的地又有新变化。放弃遵义。黎平会议确定以遵义为中心建根据地，这个设想被否定了。遵义这个政治局扩大会，首先就是讨论战略转移之目的地。我们二局情报明确显示，敌人40万大军正在向遵义聚拢，遵义难作久留之地。刘伯承、聂荣臻建议打过长江去，到川西北建立根据地。理由一是有红四方面军川陕根据地接应；二是四川为西南最富省，人烟稠密，有利于发展；三是四川对外交通不便，川军排外，蒋调中央军入川不易。刘、聂建议被采纳。他们都是四川人。

我们的迎面之敌将是川军。进驻遵义之后，我们二局即已将破译川军密码作为最头等任务，但不曾想到这个紧迫性是来得如此之快！国民党"中央军"密电难不倒我们，湘军也不再难，我们此前作战对象主要是他们，对于他们的密码，二局已是了如指掌。而今作战对象增加了川军、滇军、黔军，最重点是川军。"中央军"与地方军联络是用"通用密本"，而"中央军"内部和地方军内部是用"专用密本"。"专用密本"破译难度就更大。

1月19日，我们侦获蒋介石长江南岸"围剿"中央红军计划："我军以追剿军蹑匪急追，压迫该匪于川江南岸地区，与扼守川南行动部队及各要点之防堵部队，合剿而聚歼之。……"

此为蒋向"中央军"薛岳下令,命薛兵团联合黔军于2月15日北渡乌江,联合川军一举"扫除"遵义一带红军。蒋电言及川军部署,透露的一个信息是,黔北赤水县一带敌兵力薄弱,而薛岳大举"追剿"是在25天之后。曾局长将此敌情呈报周恩来、毛泽东。政治局会议已增选毛泽东为常委,此前常委有四人,博古、洛甫、周恩来、项英,而项英留在了中央苏区。会议剥夺了洋顾问李德的军事指挥权,这也是众人所盼的决定。第五次反"围剿"惨败,中央苏区丧失,过湘江牺牲了那么多性命,这惨重的血的代价,必须有人对此承担责任。红军将士的血不能白流!血水染红了湘江水,博古拿手枪对着自己脑袋,是聂荣臻夺下那把枪。博古太有理由绝望,他难以向共产国际交代。相比于追究个人责任,红军的命运才是更重要的大问题,革命前途不能被葬送。而今问题是解决了,政治局会议取消此前成立的"三人团",从今以后仍由朱、周为军事指挥者,周为党内委托的军事指挥最后下决心的负责者。关于下一步行动,会议决定是北渡长江,进入川西寻求发展。我们二局最新情报显示,薛岳兵团尚在乌江南岸,川军潘文华兵团尚未到位。毛、周遂决定乘此之机,立即实施北渡长江计划。

19日,朱德发布命令,将军委纵队改为中央纵队,中央红军分左中右三路撤离遵义。军委机关离开柏公馆,那个柏辉章便带兵紧跟在中央纵队后头,不敢猛追却又不甘放过,便在后头跟得很紧。红军后卫在城北一小桥边停下,与这追击黔军便形成对峙,相隔只有两百多米。黔军一营长正欲驱使手下前冲,可他刚一动身,便被红军一枪撂倒。

20日,中革军委正式下达渡江作战计划:"我野战军目前的基本方针,由黔北地域经过川南渡江后转入新的地域,协同四方面军,由四川西北方面实行总的反攻。而以二、六军团在川、黔、湘、鄂之交活动,来钳制四川东南'会剿'之敌,配合此反攻,以粉碎敌人新的围攻,并争取四川赤化。……"

补记:正是在此1月中旬,国民党四川省主席刘湘在重庆召集团以上军官会议,刘湘判断红军将会沿赤水河出合江,渡长江北上;或经古蔺、叙永出泸州北上。我军行动完全在他意料之中!他将新省府迁至重庆,亦是为阻止红军过江。我们何曾想到他有这般先见!惜乎他这想法未见诸密电,不然若经我们及时破译,此后两个月我们想必就不会是这样的行军路线了。我们原是想出其不意过江,而他先已想到我们会经赤水河……

是一个阴雨的早晨,北风依然能吹动我们的战旗。军号是格外嘹亮,我们向赤水方向运动。遵义十日休整,红色战士们吃得好,睡得好,武器弹药有了补充,有了更多毛瑟枪,有了更多新草鞋,有些草鞋且是皮底子。而今又有了明确的运动方向,新蓑衣,新斗笠,红军不再是疲惫之师,又是一支士气高昂的队伍了。

行不数里,就听见远处山上有枪声。"干人"们背着竹篓站在路边,有人流着眼泪望着大部队开走,"红军先生"已帮他们插了牌分田,队伍却突然开拔,他们恐也分不成田了,他们有人就干脆跟着红军走。据说"红军之友"社的女青年由李伯钊带进部队了,男青年也有不少人穿上了青布军装。我们沿着前头部队留下的箭标行进。在这行军途中,红小兵们也在兴奋地学识字,这是洛甫同志的发明:"看后背"识字课。前边战士背后缠上白布条,上边写有汉字,后头战士就跟着念。阿根挑着前梯队沉沉的担子,我们抢行通过,他便朝那写字板瞥几眼。阿根也不识字,可他不好意思像小战士这样明着学。离开中央苏区以来,红军走在真正的公路上,而毛泽东也骑上了高大的白马。

中央红军以多路纵队在大路上并行,浩浩荡荡的队伍有序前进,我们二局的前梯队要赶到最前头,我们要跑到大部队前边很远处,要搭帐篷,要架天线,然后开机侦听。曾局长的大青马驮着器材,我们都跟着一溜小跑。我们要穿过大部队抢先走,每当有战士叫嚷说我们无纪律,就有干部低声说,啊,是二局来了,快给他们让道!

一般干部并不确知我们二局性质,但他们都知二局很重要,要为二局的前梯队让道。他们总看见我们跟着军委首长行动,看见我们的帐篷和天线,有时也听到嗡嗡的马达声和发报的嘀嘀声。二局有电台,电台很重要。也有最为紧急的时候,队伍干脆传令向后转,随即闪开一条通道,让我们快速穿过。这时战士们就小声议论我们是哪个部分的,也高声赞美我们的大青马。……

补记:途经桐梓。城不大,却比遵义更漂亮。大城遵义无电灯,小城桐梓却有。据说有战士第一次见电灯,走时将灯泡拧下来,想拿回去照明或点烟。敌人造谣说红军是杀人放火的"长毛"(指太平天国石达开部),桐梓小城群情惶惶,权势官僚们闻风而逃,带着家眷和细软逃往重庆、贵阳,一般有钱人也躲避进城郊大山洞。红军攻破蟠龙洞,里头的人便鱼贯而出。红军将洞中土豪的财货,将这些不义之财分给穷苦百姓,这些属于我们的胜利果实。我们二局竟也有意外所获:其中就有桐梓县电报局长!我们遂补充了蓄电池和汽油,还加备几只真空管。桐梓不愧为"小南京",此地人名亦颇讲究,堪为一记。那位电报局长名令狐大芳,而我们借宿这家,男主人外出躲避,其妻名冷冰如,孀居大嫂名令狐守贞,大嫂娘家弟令狐八哥。此日大霜大晴,男主人归来,见红军秋毫无犯,其妻正在为红军筛大米,而红军战士挑了满缸的水。挑水者是我们阿根,而他的腿伤还没好,绑带上仍渗着血水。男主人说,从来就没听说有这样好的军队,更甭说亲眼看见了,红军礼性多好呀!我们说,你们这里令狐姓好多,都是一个大家族吗?令狐小弟便说,富的富死,穷的穷死,家族不亲,阶级才亲!男主人便拿出一个食盒,说,红军先生,吃块穷人的点心吧!……

135

土城。赤水河中游小城,东、南、北三面环山,西渡赤水首选渡口。赤水城,黔北入川要冲。桐梓至土城均系大路,其中几段有汽车路基,地势渐有上坡感。

24日,红军先头部队到达土城附近,乌江失守退至此地的侯之担部不敢应战,侯将所部交其堂弟(副师长)侯汉佑,便只身带卫兵和家眷仓皇出逃(据说这只土豪是向着四川方向奔窜了)。侯汉佑率一百师残部抵抗,很快即被击溃。

25日,红一、三、五军团和中央纵队均已到达土城,红九军团正向土城方向前进。

26日,南岸"剿匪"总指挥潘文华电令郭勋祺旅等川军速追红军。郭勋祺旅从习水杀将而来,谍报队说敌军兵力是四个团。如不打掉这股追兵,就不能按计划北渡长江。

27日,中革军委采纳毛泽东建议,决定以红一、九军团继续阻击向土城杀来的川军,以红三、五军团在土城歼灭川军郭勋祺旅。土城以东青杠坡是葫芦形山地,低谷周边山峰林立,追兵孤军深入,我军可以此有利地形伏击,此乃事关北渡长江的一场决战。下午,二局随军委到达土城后,立即全力搜寻郭勋祺旅电台。午后三时,郭勋祺旅前卫团进至青杠坡,与对面楠木山红军发生激战。敌军包抄而来,并迅速抢占青杠坡等多个高地。激战持续至黄昏,双方相持不下,我军难以扩大战果。郭旅开始构筑工事,准备翌日再战。这一仗我军损失惨重,在惨淡的下弦月色照耀下,我部队从阵地上抬下伤员。

28日凌晨五时,红三、五军团向青杠坡川军阵地发起猛攻,红三军团担任主攻,激战四个小时,敌军却仍难以击退。双方反复争夺阵地,敌人竟是越打越多!川军借凶猛火力向土城进逼,青杠坡离土城镇只有数里路!情势万分危急,红一军团本已奔袭赤水城,毛、周令其火速回援,又令陈赓、宋任穷率干部团投入战斗。冲锋与反冲锋,川军越来越多,火力越来越猛,他们一直攻到了军委指挥部前沿!……

战场硝烟弥漫就在不远处,密集的枪炮声震荡耳鼓,而我们必须屏蔽干扰,一万分地聚精会神。这个破庙门窗倒也坚实,关上门窗,枪炮声便立时消失了。这绝然的静寂也有人受不了,立时便感觉闷得慌,耳机捂紧的脑袋,也在这巨大压力下发木了,便赶紧打开一条窗缝,立时便听到风声呼啸,风声打着嗯哨呜呜响。门窗未关时可是并无这风声呀,不仅没这风的咆哮,其实是没有一丝儿风声,只有密集的枪炮声。对面山上的树林,树枝也是纹丝不动。于是又打开窗户,果然没有风声。又将这厚实的木窗关上,只留一条小缝,立时便又有风的呼响。山风裹挟着枪炮声,枪炮声也更响脆。是这花窗的细缝儿造成的风声!风来本无影,遇阻而成声。钱副局长曾给我们讲过电阻原理,看来这该是"风阻"了。风声经这窗缝儿所放大,令我们得以听到。我们须尽快找到这个细缝儿,找到这个声音,郭勋祺旅电台信号,并将其放大处理。

前沿激战正酣,我们并不知晓那边的真实情形,不知朱总司令也上了阵地!我们所有电台一齐开动,全力捕捉郭勋祺旅信号。我们在期待着胜利的消息。来土城的路上,军委首长还跟我们说,这一仗可能会捉到大批俘虏,二局也会分到一些,可以补充到运输队。有电台人员就更好,可以解放过来为我所用。首长让我们多烧些饭,准备接受俘虏。首长还说,打完这一仗,我们就要在合江附近过长江,到泸州与红四方面军会合。……昨天下午就在这青杠坡打起来了,但并未有俘虏送来。昨日之战我军并未取胜,今天又接着打。我们全力搜寻郭勋祺旅电台信号,搜到之后又是抄收、破译,饭也未能吃上一口。好消息迟迟不来,门却突然被撞开。两个人急急地冲进来,他们是周恩来和王稼祥!两位军委副主席都来了!

他们满面尘土,气喘吁吁,定是一路跑来。我们顿感情况不妙!周副主席焦急地问曾局长:"郭旅有台情吧?"

曾:"找到了,正在抄。"

王:"破了吗?必须赶紧破开!"

曾:"我们尽快……昨天一到就开机,直忙到现在,正在全力破……"

周:"赶快搞清敌情,我们帮你们弄饭!"

……

必须突击赶紧破开!郭勋祺密码是"正密",是自编本,且是复杂的"来去本"。再复杂也得破开,而且必须迅速破开!革命者不怕失败,但此刻没有时间失败!虽是饥肠辘辘,可哪还有饥饿的感觉!

电话铃响,传来阵地消息:抓获川军俘虏审问得知,昨日交战的是郭勋祺旅、今日又有潘佐旅赶到参战,这两个旅均为"模范旅",每旅不是两个团,而是三个团,且都装备精良。

敌军究竟有多少?我们边收报边破译,军情万分危急!

静极,但每个人都能听到自己的呼吸,这呼吸其实是没有声音的。阵地上战士们在拼命肉搏的此刻,这个巨大的压力,就沉压在我们二局身上。令人窒息的压力,但我们必须正常呼吸,脑子必须高速运转。无坚不摧,无险不克,但这是没有声音的战场。但是这三位突击队员,此刻他们其实都是在强忍着病痛,一个是胃病腹痛,一个是肺炎发烧,一个是失眠头晕。曾局长在墙边缓缓踱步,又蹲身以冷水洗脸,边撩水边苦思,洗完只用手抹一把,又抓过一册《康熙字典》,急急地翻开一页。曹大冶对着火盆,拿火钳将火拨旺。他呆呆地望着蓝色的火苗,忽然又在纸上写写涂涂。邹生埋头比对几份密电,又拿起茶缸空喝一口,茶缸早已见底。……这破庙离阵地并不远,敌台离我们也并不远。这个破庙也是战场的一角,我们的战士正在同一座山上拼杀,枪炮声震荡着我们的耳鼓和天线。就地侦听,就地破译,我们从未有过这种体验……

……独立第三旅正火速驰援,教导师第二旅亦向土城迂回,……

"破!"曾局长拳头猛然砸在桌子上。下午3时,郭旅密电终于破开!如此复杂的"来去本"!一字之破,全文贯通!如此我们才完全弄清敌情:周围敌军已有九个旅!

最新敌情:东有郭勋祺、潘佐、廖泽三个旅,后续独立第三旅正在增援途中;西有教导师第二旅正向土城迂回;西北方有两个旅一个团在向红军侧后方运动;东南方是薛岳重兵。

川军密电中亦有最新战况描述:此役"调集机炮,多次肉搏",红军"阵毙达二千",伤俘"官兵三、四千人",被俘红军"稍立辄倒地,没枪仅弹数枚"……

南岸川军总指挥潘文华电告:"刻尚在土城东端猛战中,我达、廖两旅正向土城猛攻,期协同郭、潘各部,一致歼灭。匪主力全在土城一点,合围之势已成,请各友军各派小部轻装截击。"川军主帅刘湘下令：将"饥疲不堪"的红军"一网打尽"！

二局密息显示，敌人大军正奔集而来，一个包围圈正在迅速形成，眼前包围圈尚未最后合拢，尚有一个缺口。此刻已是下午5时，激战仍在进行中。土城后山指挥部，中央政治局紧急会议。北渡长江计划已无法实现，我们难以由赤水北上入川，为保存中央红军实力，必须立即撤出战斗。

夜色迷蒙，敌人的探照灯照得天空雪亮，信号弹不断地划过夜幕，更大的危险即将到来。

敌军最新密电："赤水河以西兵力空虚，极虑赤匪乘机窜犯。……"

趁敌军尚未最终合围，而河西敌人兵力空虚，军委决定立即西渡赤水河。

工兵连夜架桥，周恩来现场指挥。凌晨时分，三人并行通过的浮桥架成。此刻我们仍在工作，曾局长忽接电话，就立即冲我们大声说："关机！军委要二局先走！"

土城之战这个万分危急的下午，曾局长一边与曹、邹二人破译"正密"，一边处理"正密"之外的急务。他匆匆来到侦收科,报务员钱江正在当值。曾局长拿出一张字条,字迹潦草,长方形,这是毛泽东的手令。毛令二局指定专门电台,限三天内找到龙云及其下属电台并加以控制。

龙云是"云南王",国民党云南省政府主席。我们在这黔地土城激战,为的是北上,激战正酣,而这场恶仗尚未结束,毛泽东就忽发奇想要我们关注南边。或许这就是高瞻远瞩吧,而智慧超群者总会有某些与众不同之处。我们对他渐渐有了新认识。他并非风纪严整的军人,虽说我们军装破烂,但也有换新衣的时候啊,而他总是喜欢敞开着衣扣。"赋闲"的那些个年月,我们眼见他抽烟、读书、思索。身为苏维埃共和国中央执委会主席,自然也不会是完全的"赋闲",他也要开会,要讲话,要搞调查研究。红军突围时,他是带病在雩都河帮着架桥。然军事斗争是要务,失去军队指挥权,对他来说也就相当于赋闲了。爱读古书,留长发,诗人罗曼蒂克气度自是有几分。说话也最是风趣,可谓谈笑风生,有时是开着玩笑发牢骚,讲道理,拉家常,人人都能听明白,红军战士和苏区群众也爱听他讲话。宁都会议他被调离前方,且被免去总政委职务,后来也不见他跟博古、李德发生意见冲突,其实他也无多参与说话的资格了。我们甚至不知如何称呼他。在中央苏区,当地群众自然呼他为"毛主席",他是苏维埃政府主席,如今我们失去了苏维埃共和国,这个职位就无多大实际意义了。在这战略大突围的行军打仗中,军内实权当然更重要,一切服从于战争。若是仍称他为"毛主席",反倒是显得有疏远感,显得有些不合时宜,似乎也会触及某种隐痛,这不只是因我们失去了苏区根据地。行军打仗,我们有总司令,有总政治委员,有军委主席和副主席,而他并无此类职务。中央政治局常委,这也并非专属个人的职务,常委也有多位呀,而且他是新增。好在还是有"同志"这个称谓,我们仍是这样称呼他,泽东同志。有时见他边吸烟边眯眼望着远方,像是一位放眼远眺的诗人,而那表情却是有显见的抑郁,若有所思的神态,有几分漫不经心的样子,又有几分深奥莫测,眼神也很有些飘忽。而今他不再郁闷,见他悠悠然地吸着烟,却倒显出更多几分神秘了。当他在土城为曾局长写这纸条时,他那飘忽眼神可曾投向南方的滇地?若说这是某种远见,这倒也是我们行军打仗所需要的。曾局长也多次强调说,我们的工作要有先见之明,因为我们是中央红军的耳目。也因有如此之高的要求,西渡赤水之后,他要我们也为土城失利反省。

"两大险情!一个是送客礼,一个是见面礼。"西渡赤水之后,在古蔺,曾局长一脸凝重,严肃地给全局开会。这种时刻,这个话头看似有些趣味,但看局长那神情,却是有另一个预示,大家都还是感觉到了沉重。于是都噤声不语,他便接着说:"19号那天,咱们跟军委纵队出发——哦,中央纵队,刚出城就有那么一幕……"

"不就是黔军拦截么?一个连突然出现在山坡上,居高临下朝咱们开火,整个纵队都在射程之内!"曹科长还是急忙接了话,"听说警卫连火力不够,幸好是叶剑英带人赶到……"

"咱们走在队伍后头,前边那一幕看不真切。我也是刚听说,那时候周总政委赶紧招呼大家,都赶紧匍匐到一条土沟里。好在是有惊无险!泽东同志也是有了好心情,他站起来拍打着身上的土说:这个房东硬是客气,要送送客哩。"

听到这里,大家都开心地笑起来。

"再说这见面礼。28号,青杠坡争夺战,伤亡三千多人！红三、红五军团子弹打完,与川军长时间肉搏厮杀！四师十团政治委员杨勇带队冲锋,子弹打穿了腮帮子,一下子打掉六颗牙,用嘴指挥不了战斗,就用笔写,满脸满手是血,纸上笔上也满是血。红军阻击阵地被突破,川军冲到军委指挥部前沿,朱老总拔出驳壳枪亲自上阵地,首长们劝阻不了,很悲壮……曹科长他们也在场。干部团也顶了上去！拿干部团顶上去,真是绝境了！……川军实力低估了！我们入川是要进入其地盘,四方面军已够他们招架了,因此才会竭力阻止我们,因此就比黔军更难打。而且他们也是擅长山地游击战！咱们这个优势也没了！朱老总、刘总长可都是四川人,刘总长与郭勋祺还是旧相识！第一次与川军开战,便有这样的见面礼！"

大家会意地点头,曾局长语气却是更严厉。

"敌情不明,情报没跟上！"

"这……"曹科长困惑地摇头,"有这说法么？军委首长有批评么？"

"27日我们刚到土城,一昼夜破开了郭勋祺'正密',已是……"邹副科长又是三天三夜没睡了,此刻他声音很细小,像是随时会睡着。

"没谁人责怪我们,但是首长们也都自我检讨说,是有些盲目了,不该如此轻敌,轻易说'决战'。朱老总和刘总长熟悉川军,原都以为川军派系林立,战斗力不强,好打,岂料今非昔比,他们与蒋介石关系也更紧密,对外作战他们可以消极敷衍,你要进入他地盘他就要拼命!他们也有新装备,捷克迫击炮!首长们在反省,我们也就应自觉反省,战术情报有误虽然不是咱们的责任,但毕竟,若是我们能更早关注郭勋祺的'正密',作战就会减少些盲目。与国民党较量,既然兵力上我们是劣势,情报上就该是优势,而且应该是绝对优势!数次反'围剿'胜利,足可证明这一点!"曾局长见大家疲劳之极的样子,语气也就缓和了些,"当然,我们及时破开郭勋祺密码,已是尽了全力的奇迹。假如没有我们的情报,假如不及时撤离,你们想想看这后果……刘湘说要一网打尽!这么多中央领导,这么多红军将领,都在这里……尽管如此,我们看到自己情报的作用,更要看到这个残酷教训。大致不行,大意更不行,敌情要时时刻刻掌握,敌报要百分百地破开,敌变我变。因此,我们要自觉自咎,首先是我!"

"提个意见吧……"侦收科那位小何,拘谨地试探着说,"你们三位搞破译,常常是累到身心极限,有时也不妨发扬一下大家的力量,兴许也能抓住一点点……"

"好哇!你这个小鬼头!难怪你偷着背字典,憋着劲儿呐!上次你抓住一点点了!"曾局长便立时有些兴奋。

小何受到表扬,便有些羞涩,但还是继续说出自己的想法:"曾局长说两大险情,我刚晓得这意思。军委首长遇此险情,的确是不应该的事!都是牺牲,他们却是无可替代地影响着我们红军的命运……咱们二局,尤其是你们三位,也是无可替代的。如此艰巨的破译任务,你们可不能倒下……"

"希望你快快替代!"曾局长朗声大笑。

土城之战失利,蒋已派重兵扼守长江北岸,刘湘川军更是戒备森严,我军难以在此渡江。此战郭勋祺力挫红军,蒋立即予以提拔,并通电嘉奖:"……忠勇可嘉,着晋升二十一军模范师中将师长,以资鼓励。"

2月2日二局敌情报告:

蒋调整战略部署:以何键为第一路军总司令,

刘建绪为前敌总指挥,首要应对贺龙、萧克之红二、六军团;以龙云为第二路军总司令,薛岳为前敌总指挥,全力应对我中央红军;以朱绍良为第三路军总司令,杨虎城为副司令兼前敌总指挥,负责应对徐向前之红四方面军及徐海东之红二十五军。

第二路军调整作战序列:以吴奇伟部编为第一纵队,周浑元部编为第二纵队,滇军孙渡部编为第三纵队,黔军王家烈部编为第四纵队,湘军李云杰部编为第五纵队,川军郭勋祺部编为第六纵队,湘军李韫珩部编为第七纵队。

郭勋祺又一跃成了纵队司令!第二路军由"中央军"薛岳部及滇、黔、川、湘军组成,而"云南王"龙云竟也成了总司令!薛岳依旧只是前敌总指挥,名义上亦要接受龙云遥制。土城激战的那个下午,毛泽东令二局限三天内找到龙云电台,而今不几日,蒋介石也要在龙云身上做文章了。他们像是在暗中赌一盘棋,龙云就是这枚重要的棋子,而这两位棋手,他们未必是同样的布局。

蒋显然是欲调动龙云的积极性,欲使其卖力与川军衔接防堵。滇军兵精粮足,龙云对内统驭亦比较巩固,远非王家烈可比。王家烈名义上是二十五军军长兼省主席,实际上犹国才割据盘江八属,侯之担割据赤水、仁怀、习水,蒋在珍割据正安沿河各县,他能调动的只有何知重和柏辉章两个师长。

经由这番调整,何键"追剿军"总司令被撤,改任第一路军总司令,主要应对湖南境内之贺、萧红军,亦可见蒋是把西南省份当作首要目标,红军主力在西南。

"各怀鬼胎,各省都是要'保境安民',都是尽量避实就虚,保存实力……"钱副局长看着地图,忽然若有所悟,"他们既要防共,又要防蒋,既不能胜,也不能败,而蒋某人是要一箭双雕,既消灭红军,又统一西南。他'中央军'进得了贵阳,却未必进得了昆明。龙云没王家烈这么好对付。"

"借刀杀人,他是想收渔翁之利。这算盘打的!看起来,这一遭哇,他们是既讲军事,又讲政治……"曾局长转向曹科长,"还记得他给薛岳那份密电吗?咱们出发没多久,关于这个追法……"

"匪行即行,匪止即止。蒋匪蒋该死!"

四　渡

夏历甲戌年除夕，1935年2月3日，曾、曹、邹三人在迎着山高林深路滑、忍着饥寒交迫困倦，在向扎西而去的荒僻古盐道上，竟然攻克了破解川军密码的难关。

2月2日午后4时，国民党川南"剿总"潘文华发给所辖第一军、第二军指挥范子英、陈万仞和总预备队指挥郭勋祺命令电：

一、综合各方情况，除有匪三千人现在叙永城下与我周团激战外，其入山为大股似已化整为零……

二、基此情形，目下亟应将任务从新分配如左：郭指挥所部，除廖旅拨一团驻赤水以顾运道外，即率郭、潘、廖三旅向古蔺锐进……

2月4日18时《野战司令部关于敌军部署的通报》：

各军团：

敌潘文华二日称：

（一）综合情况：除我三千人现在叙永城下与周团激战外,我大部似已化整为零……

（二）郭勋祺所部除廖旅抽一团开赤水以顾运道外,即率郭潘廖(欠一团)三旅向古蔺急进……

我军4日敌情通报即是来自对敌2日密电的破译。从1月28日因敌情不明土城之战受挫,到2月3日破开川军密电,刚好是一周时间。

28日傍晚那次土城战地会议,是在战斗正在进行时政治局紧急开会。会议决定毛泽东、朱德、刘伯承留在后山指挥战斗,周恩来负责天亮前在赤水河上架起浮桥,陈云负责安置伤员并处理有碍轻装行军的物资。29日凌晨3时,朱总司令发布西渡赤水命令,向古蔺南部西进。

红军撤离土城阵地,敌军在后猛追。总司令的妻子康克清,中央和军委首长女眷中少有的战斗员,她是神枪手,此刻她手握双枪在队伍最后勇敢地阻击敌军。子弹就在耳边呼啸,敌人冲到眼前了,她依然在沉着地射击。一个川兵抓住她的背包,她猛一转身将背包甩给那敌人,然后迅疾消失在夜色中。

混乱而紧张的一夜!土城方向的枪声依然激烈,赤水河上红军突击队又与对岸黔军交火了。中革军委的渡河部署是:中央纵队从土城下游渡河,彭德怀指挥左纵队从土城上游渡河,林彪指挥右纵队从猿猴场渡河。工兵们用收集来的木船架桥,周恩来在现场奔走指挥。天亮之时,三架浮桥如期架成。为能轻装前进,这天中午时分,各纵队又扔掉一批辎重,将一路艰难抬来的石印机、制钞机坚决地扔进赤水河,也埋了那台需要多人抬着的爱克斯光机,多余的枪炮也都统统扔掉。大家虽是舍不得,但毛泽东说没有什么可惜的,我们早一天赶到前线打敌人,这些东西敌人都会给我们准备好。

红军从三个渡口迅速渡过赤水河。工兵向船主们付了钱,然后把浮桥全部炸毁。

西渡赤水,虽是情势危急中的无奈撤退,但目的还是要寻机北渡长江,但是这个动向敌人也已觉察,且已付诸行动了。川南"剿总"潘文华,他的密码已被我们破译了,这个他却压根不会觉察。2月4日13时,他又照样密令陈万仞、郭勋祺、范子英,连同第三路军一起撤至川南高县、长宁、叙永一线,取攻势防御,遏阻红军接近长江南岸。

进入川南叙永、古蔺地区,是为绕过川军防线北渡长江,这几乎就是当年太平天国石达开走过的路线。我们都已读过那本《庸庵文续编》。当年石达开率部经贵州远征四川,也是经过遵义、仁怀、叙永……

我们原是想从叙永北渡长江,但叙永久攻不下。潘文华2日、4日两份密电显示,叙永一带是川军拦截红军之重防。

叙永未克,军委决定野战军转移到古蔺、长宁地带,"再向西北前进",于宜宾一带渡过长江。但是二局侦悉,潘文华已令川军八个旅在长宁一带追堵。

从川南渡过长江已不可能,军委准备实施转经川滇边境渡金沙江方案,于是电令各军团,将"向西北前进"改为"继续向西",到云南境内的扎西地区集结。

红一军团为北渡长江打先锋,正处在渡江的前锋位置,军委却电令其向扎西集结。军团长林彪不明敌情已有这番变化,便向军委总部发电质问:我们的驻地离你们很远,又叫我们掉头南进,究竟是什么意图?为什么老要绕来绕去?!

从川南北渡已不可能,改为经川滇边境渡金沙江,然而这条路却也被堵死了。二局5日侦悉:滇军主力孙渡纵队正从毕节和昭通扑来,从西面防堵和包抄红军。

蒋介石和龙云显然已有充分部署。

6日凌晨1时,中革军委致电野战军主力军团长林彪、彭德怀:"根据目前敌情报经金沙江、大渡河的困难,军委正在考虑渡江可能性问题。如不可能,我野战军立即决心留川滇边境进行战斗与创造新苏区。……"

我们就这样来到扎西,来到云南东北部这个人烟稀疏之地。这里的雪是鹅毛大雪,不再是贵州下的那种冰碴子。我们茫然走在雪地里,民团和土匪躲在村庄碉堡里,地主豪绅们也都是筑碉自卫,他们藏起粮食,我们无处可找。这一带碉堡甚多,是为便于行动起见,凡与我无扰并对我表示好感而自动开门者,我们均不加以罪。山地原本就少稻田,当地人多以苞米为主食。时为大年初四,筹粮干部们四处奔走,是想尽量让官兵们吃上一顿饱饭。他们尽力向当地人宣讲，说红军是为人民办事的军队，希望他们卖些粮食。唉！即令是年节，辣子鸡丁也是没得吃了，我们每人喝半碗苞米粥，又围着火盆吃烤山芋。

军委通报说，"以战斗的胜利展开局面"，我们需要一场胜利。土城之战失利，这是毛恢复军事权力后指挥的第一仗，我们打不赢，就只好一路向西来到这里。红军该往哪里走？官兵们也是一片茫然了。

红军总部设在江西庙大殿里，这庙宇古色古香。看来是与江西有缘！就听见朱总司令对一个江西籍战士说，打了几个月，没打到我们四川，倒是打到你们江西了！

远在江西的中央苏区，怎不令人怀想！我们还要走多远？曾局长骑马从鸡鸣三省归来。所谓"鸡鸣三省"，是那个小山庄的名字，滇川黔边界，一鸡啼鸣，三省可闻。庄子里并无几户人家，毛泽东住在那里。曾局长说，政治局又开了几个会，通过了遵义会议决议，常委们有了新的分工，洛甫代替博古，负中央总的责任。

这当然是重大人事变动。在这边陲之地，我们都不必想象这该有何权力交接形式，其实也就是博古那几个白铁皮文件箱子,从今以后它们就得跟着洛甫走了,党中央的大印就在那箱子里。

按政治局常委新分工,毛成为周军事指挥上的帮助者。而今我们是在龙云的地盘上,我们已遵毛指令找到并控制了龙云的电台。我们也破获滇军指挥官发给龙云的密电,大意是说,因红军既入滇境,薛岳部队却仍无离黔迹象,王家烈遂抱怨说,"中央军"对待贵州人比帝国主义对殖民地还不如,他说贵州人实有"亡省之沉痛"。我们为破译滇军密电而兴奋,也为王家烈的怨气而暗笑。我们也因此掌握了滇军某些兵力情况,实话说,真是大感意外!滇军尚未与红军交战,但他们装备有新式武器,均为从法国、捷克、比利时三国购置,非但黔军不能比,蒋嫡系军也赶不上。

欲在这滇川黔边界落脚,我们就应先有一个大胜仗。必须打,打痛、打怕敌人,打得"追剿军"暂时撤出,我们才有可能分兵发动群众,创造新苏区。行军的性质也要变了,主动寻战,不再只是撤退和转移,我们需要一场反攻。反攻必须慎重出战,第一仗必须打赢,必须确保打赢,这就应选择合适作战对象与时机。

为达此目的,我们二局就必须耳听各方,每部电台都盯紧敌人一两个军,每时每刻监听,随时掌握敌军一举一动。与此同时,我们也重点侦获蒋介石的全面部署,以保证军委领导抓住其百密一疏的机会。

滇军当然不想我们久留,他们要将红军尽快撵出云南。蒋介石令龙云将滇军集结于毕节,以衔接川军防堵。而今获任第二路军总司令,龙云更显得劲头十足。他在电报中说"匪既残破,又入死地","昼夜兼行,未克喘息,纵为铁铸之身,至今亦难持久","消灭之功,指日可待"……

龙云的孙渡纵队正在向扎西推进,大致方向是扎西南部大湾镇。

毛、周遂拟以孙渡纵队为首战对象,以红一、三军团南进镇雄,待孙渡先头部队深入大湾镇,即予其以狠狠打击。然而2月7日,二局截获龙云当日宣布的《作战方略》,并向军委呈交综合敌情报告:"目前川敌以其主力由长宁、珙县向西南攻击,并固守金沙江两岸,令以其三个旅在大坝至两河口之线向滇边布防,并以一部追击;滇敌三个旅将集中在大湾镇至镇雄之线向我逼近;薛敌兵团主力及黔军仍在赤水河东南地段。"

据此敌情,若按原计划打进入大湾镇之敌,有可能陷入滇军川军南北夹击,既难得手,还可能陷入被动。野战军总部据此判断:"四川追敌几全部西向,滇敌侧堵我入滇,黔敌尚未参加'追剿',而薛敌追我行动亦不迅速。"

以黔敌和薛岳兵团为目标。毛、周决定东渡赤水,再向黔北寻机发展。11日,中革军委下达命令:"我野战军为准备与黔敌王家烈及周浑元部作战,并争取向赤水河东岸发展,决改向古蔺及其以南地域前进,并争取渡河先机。"

13日,二局截获蒋介石致"追剿军"第二路军前敌总指挥薛岳电,命令"第二路军须协同川军,在大江以南,横江、筠连以东地区,将西窜之匪完全消灭"。

薛岳"中央军"八个师均在贵阳一带休整。这道命令暴露了蒋介石战役总方针,亦与龙云《作战方略》相吻合。然而,这份密电也透露一个重要信息:黔北地区仅有王家烈一部,此乃国民党军防守最薄弱之处。

蒋介石终于露出了破绽。毛、周立即抓住这个机会!挥师东渡,杀他一个回马枪,攻击黔北王家烈孤军!

15日20时,中革军委下令:"我野战军以东渡赤水河消灭黔敌王家烈军为主要作战目标,决心由林滩经太平渡至顺江场地段,渡过赤水,然后分向桐梓地段前进,准备消灭由桐梓来犯的黔敌,或直达桐梓进攻而消灭之。"

避实就虚,再入黔北,红军又要掉头往回走。阴沉的天空,一如指战员们郁闷的心情。有人抱怨说,一天走个百八十里是小事,可转圈子就真受不了!一下东,一下西,敢情是穿梭子!走到哪儿是个头?我这两脚再能走,也要不听使唤了!北上抗日猴年马月到!……

队伍在绵绵阴雨中东行,他们需要有个更明确的理由。具体战术动机是不能明说的,这是军事机密。不能公开言明,更不能传达和动员。当初撤离中央苏区,干部战士不断提问,部队是往哪里开?军团首长也只能笼统说是战略转移,翻过几座山就到目的地了,后来才不得不明说是与二、六军团会合。放弃与二、六军团会合,是避开敌人的围堵,可是转道西进,这一路不还是屡遭围堵吗?原说是去湘西,后改为去黔北,放弃黔北又说去川南,北渡不成再改为去川滇边,刚说是要在川滇边创造新苏区,忽然又回头向贵州走……

目下有关最新敌情,我们二局人员只能是守口如瓶。关于为何要"转圈子",军委能说的只能是战略意图。16日,中共中央、中革军委发布《告全体红色指战员书》:"……我们必须寻求有利的时机与地区去消灭敌人,在不利的条件下,我们应该拒绝那种冒险的没有胜利把握的战斗。因此红军必须经常地转移作战地区,有时向东,有时向西,有时走大路,有时走小路,有时走老路,有时走新路,而唯一的目的是为了在有利的条件下,求得作战的胜利。……"

18、19日,中央红军从太平渡、二郎滩等渡口东渡赤水河。

19日,蒋介石电令薛岳:"我军以集歼匪于叙、蔺以南,赤水河西,仁怀、毕节以北地域为目的,拟联合各军向匪围剿。……"

红军已东渡,而蒋介石还要将其消灭于河西。他们难以破译红军的密电,而他们的行踪我们能随时侦获。红军行动飘忽无定,蒋介石亦是电令频传,朝令东行,夕令西往,而其嫡系及地方军却都在不停变换密型,我们二局破译科便全力应对。本月上旬,四日之内我们竟是连克六本新密码!唯因有这些及时而准确的敌情报告,西渡赤水后这十余天里,军委的决策才会几乎是一日一变。毛泽东对此的说法是,我们现在这点兵力,不能和敌人硬碰。硬碰,那是叫花子与龙王比宝。目前,我们只能是见缝插针,该躲时躲,该闪时闪。机会好时,就敲他一下子。

敌变我变,军委只能依据情报而决策,但这不能向部队解释,军队必须依令行动。我们只能看结果,这就是,红军步步走在了敌人的前头。

我们随时能看见敌人在哪里。上至蒋介石的作战意图,下至各路"追剿军"的具体部署和行止,我们都能及时侦获。敌人却不知我们在哪里。国民党军的侦察主要靠飞机,辅以实地调查报告。飞机侦察只能靠飞行员目视,而贵州的春季阴雨多雾,能起飞的天气实在是不多。更何况此地林木繁茂,红军行动又多在山区,一听到飞机声音,我们就躲在树林和草丛中隐蔽。再者我们行军一般是在夜间,即令是白天行动,我们也会故意迷惑,甚至在敌机临空时,我们佯作来不及掩藏,故意向反方向行动,甚至故意暴露河上架设的浮桥,因此他们的飞机侦察,要么是根本找不到红军,要么得到的是虚假情况。至于所谓当地报告,更是有用的不多,待他的部队赶到,红军已离去多日。这些所谓的调查,既不及时,也不全面,往往是道听途说,结果反倒是误导。

蒋介石19日这份密电不下也罢,下了反倒暴露他对红军去向的无知,同时也向我们透露一个重要信息,这也证实了我们此前的判断:黔北仅有王家烈孤军。

此电更令毛、周坚定决心:打王家烈!

我军迅速东进,再渡赤水河。出其不意的秘密行动,敌军也还是略有察觉。2月16日,刘湘致电薛岳:"南窜之匪,经我滇军压迫,有回窜蔺叙之模样。电请薛总指挥,饬驻古蔺部队出击。"薛岳回电:"古蔺附近阵地,职已配备完全,俟其到达,彼劳我逸,可操胜算。"刘湘的电报本已是迟,薛岳以逸待劳更显可笑,因为红军已从古蔺南侧悄悄经过了。红军是秘密行动,亦是快速行动。兵贵神速。

唯有川军察觉到这点异样,川军离红军最近。红军离开扎西快速东行,而一山之隔,敌军各路依然在向扎西急速推进。

从敌军包围圈的唯一缝隙穿过。

二局密息:薛岳获任贵州绥靖主任。

"看王家烈情何以堪!"……

红军突然间挥戈东进,蒋介石定是大感意外。23日,二局报告:蒋命黔北部队负责阻击红军东进,黔军一部进至遵义并以六个团前出娄山关。

薛岳比蒋介石更清醒,黔北部队恐难是红军对手,他令周浑元纵队三个师过赤水向土城等地衔尾"追剿",令吴奇伟纵队二个师北渡乌江,增援遵义。

遵义城内,仅有王家烈少数部队守卫。中革军委决定乘追兵大部未到之机,迅速占领娄山关,然后再取遵义。

我红军于23日当晚向桐梓县城发起攻击。进至桐梓的黔军一部果然有自知之明,闻知红军杀将而来,惧于被歼,当即弃城退到娄山关。黔北重镇桐梓几成空城,红三军团又向桐梓以南疾行。

夜半时分,敌我双方几乎是同时发布作战命令。朱德令红一、三两军团向南进攻,薛岳令周浑元、吴奇伟两纵队向北"进剿"。

24日,敌我两军相向而行。双方部队均是行止听令,这黔地山陡路曲,即便是隔河相望,真要绕路过桥追击另一方,恐也非一日脚力所能赶上。双方的遭遇之地将是娄山关。

遵义城北大娄山,东西向绵延数十里,群峰耸立,其最高峰中通一线,是为蜿蜒而过的遵桐盘山公路。这个狭窄的隘口即是娄山关,地势险要,易守难攻,自古为兵家必争之地。

红三军团行军途中抓获黔军俘虏,由此得知娄山关守敌仅有柏辉章三个团。这是到口的肥肉,而周边敌军必定会闻风而至。又有窃听电话得知,杜肇华旅在娄山关南五里之黑神庙。打肯定是要打,但该如何打?周边敌情很重要,此情关乎成败。我军兵力有限,这一仗不能"蚀本"。俘虏口供和窃听通话是否可信?军委首长举棋不定,这时二局送来了最新破译的敌情:"守娄山关、黑神庙的柏、杜两部可能为黔军第一、第四、第五、第八、第十五、第十六共六个团或仅一部共三个团,有凭娄山关相机出击,阻我南下,掩护遵义,以待薛敌来援模样。"军委遂发布命令:"我野战军决以一部阻滞四川追敌,主力坚决消歼娄山关黔敌,乘胜夺取遵义城,以开展战局。"朱总司令命一、三军团及干部团统归彭、杨指挥。(补记:此战大胜,毛泽东感慨赋诗《忆秦娥·娄山关》。彭德怀戏言,没有二局这个情报,他恐就忆不成秦娥了!)

25日拂晓,红三军团发起夺关战斗。彭军团长命前卫红十三团抢占娄山关主阵地,要在明天天黑前拿下来。强力夺关,为打赢这场恶仗,三军团全部上阵,不留任何预备队。夺不下娄山关,中央就有被合围的危险。军号齐鸣,枪炮声、喊叫声、山鸣谷应,红军指战员拼死血战!子弹打光,刺刀刺弯,马刀砍出缺口,三军团一举占领娄山关制高点,击溃黔军六个团。至26日下午天黑前,英勇的红一、红三军团胜利夺关。黔敌向板桥方向溃逃。

二局敌情报告:由娄山关、板桥、四渡站败退的黔军九个团残部已退至遵义,蒋介石、薛岳均严令该军坚守遵义新老二城,并令周浑元、吴奇伟率"中央军"三个师向遵义增援。

根据二局提供的吴奇伟两师进军位置,军委判断该敌当日难以赶到遵义。夜24时,军委发出向娄山关溃敌追击令。

乘胜猛追,乃是红军的天然本领。仗不胜则罢,胜一仗就要来一个猛追。猛打,猛冲,猛追,是为红军"三猛作风"。乘娄山关溃敌喘息未定之际,我军沿通向遵义的泥泞烂马路追击。27日,一、三军团奋力进攻遵义城,王家烈率残部弃城而逃。

我们再度占领这座大城。时隔不到一个月,便有物是人非之感了。庆功宴自然也是有,大口吃肉,大碗喝酒,但碰杯时就有人失声哭起来,想到那些牺牲了性命的战友,而自己又一次活下来。在这场乘胜追击中,红三军团参谋长邓萍跟先头团前进,他在城北遭黔军袭击中弹牺牲。邓参谋长落葬时,当初从三军团来二局的曹科长他们也都去送别。当初彭将曹大冶送给总部二局,邓参谋长很是不舍。曹科长跟邓参谋长,红五军时期他们就认识了。1928年邓萍与彭德怀领导平江起义,起义部队改编为红五军,彭任军长,邓任参谋长。他们是经历无数次血战的战友。曹科长回来跟我们说,看见邓萍遗体时,彭军团长立刻热泪长流。邓萍年仅27岁。彭军团长为他洗了脸,为他换上一身新军衣。那天夜里,彭军团长发布进攻令:"拿下遵义城,为参谋长报仇!"……我们再占这座城。彭军团长买了一口棺材,将邓参谋长葬在城外一棵沙棠树下。

这一次攻占遵义,悲伤冲淡了胜利的欢乐。第一次攻占时的美好记忆，繁华的街市，热情的群众，鲜红的橘子，甜软的蛋糕，都恍若很久远的记忆了，我们那时要创建一个新苏区。而今群众被军阀欺骗，市民已逃亡大半，街市一派萧条。上月我们撤离时，柏辉章带兵追至城外，回头他在城外屠杀三日才进城。在团溪，两天他杀了70多人。回到他的柏公馆，一天就指挥杀了100多人。土豪劣绅组织民团卷土重来，失散的红军伤病员，留下来斗争的党组织负责人，收留红军的穷苦群众，都死在他们的屠刀下。有农民一家六口被杀，两岁孩子也未能幸免。有农会会员被剖腹开膛。这是他们的疯狂报复。他们封山封路，提着马刀大肆捕杀。国民党区长把二十多名红军伤员全砍死，最后对一个十四五岁小战士说，你愿意当长工就可以不死，小红军高声怒骂：我给你们当爷爷！他便被砍倒在水沟里。有红军伤员头被砍了一刀后依然扑向敌人，脑袋抱在怀里与土豪拼命。红三军团一名伤员被搜出来，腿被打断也宁死不跪，牺牲时他倒在泥泞里，两眼望着红军离去的方向……

西风烈，长空雁叫霜晨月。马蹄声碎，喇叭声咽。……

苍山如海,残阳如血。我们再次来到这里,山风中依稀还能闻到一种气味,是那场大屠杀的血腥气……

要为死去的同志报仇!每个人心中都燃烧着一个愤怒。娄山关、遵义战役打响,曾局长命二局人员盯住可能增援黔军的敌军:往北线追过赤水河的川军郭勋祺纵队;"中央军"周浑元纵队预定进入仁怀的部队;南线吴奇伟纵队过乌江来遵义的第五十九师、第九十三师。

28日,吴奇伟纵队第五十九师、第九十三师进至遵义城南,与我红三军团反复争夺城南老鸦山。二局侦悉吴奇伟纵队指挥部设在遵义城南忠庄铺。军委领导据此判断:郭勋祺纵队目前在收复桐梓,暂无可能立马南下增援;周浑元纵队即使东进投入遵义之战,也得数日之后,而我预备以红五、红九军团监视此两路敌军。我红一军团已休整一天,红三军团已攻下遵义老城。王家烈残部已成惊弓之鸟,而吴奇伟纵队是孤军深入,军委遂决定以红三军团对付敌五十九师反攻遵义老城,以红一军团攻击敌第九十三师和吴奇伟在忠庄铺的总指挥部。

战斗当日打响。此乃娄山关、遵义全战役尾声,也是最关键的一仗。曾局长令侦察台紧盯吴奇伟和薛岳反应。晚上,吴奇伟果然向薛岳求援。午夜时分,薛岳回电指示可以撤出战斗,由大渡口渡河。曾局长当即报告毛、周、朱,周即令红三军团向西追击逃往鸭溪之王家烈残部,令红一军团火速猛追吴奇伟部,"注意两侧包围,压迫其走乌江边而消灭之,以竟全功。"

3月1日。红三军团追到鸭溪,王家烈带着残部逃向打鼓新场;红一军团火速直追至乌江渡口,二师师长和政治委员跑在最前边,近两千名国民党军官兵被俘。在此之前,吴奇伟痛不欲生不肯过江,坐在地上放声大哭,卫兵将他拖过乌江,他便立即下令切断浮桥。桥上的官兵跌入江水,未及过江的便成了俘虏。

一班同退,只杀班长;一排同退,只杀排长;一连同退,只杀连长;一营同退,只杀营长;一团同退,只杀团长;一师同退,只杀师长;一军同退,只杀军长;军长不退而全军退,军长阵亡则杀属下师长……

蒋校长亲自为黄埔军校制定的"革命连坐法",此亦是国民党军延续至今的传统。但是败将们自有人保,吴奇伟有薛岳,薛岳有陈诚,陈诚有老蒋。军中无戏言,然对其高层来说,所谓"军法从事",所谓"提头来见",往往也只是虚与委蛇……

遥想此时此刻,委座定是在山城行营大光其火了。"你们赶快地去死!"那该是怎样的一个作战室!壁悬青天白日旗,或也高悬先总理遗像,或也有"礼义廉耻"四个大字。那定是一个仪规森然的作战室,将衔高参们并不是与我们这般围着首长,委座定是肃立于长桌的一端,而长桌两侧是以阶而列的高官。高官们戎装笔挺,徽章光亮。他们也都戴着干净的白手套。他们的"新生活运动"早已发起,穿衣要快,站立要直,吃饭时不许说话,餐饮以四菜一汤为限,不许随地吐痰。"复兴民族,必须从用冷水洗脸谈起。"此刻他们直望着那张地图,望着地图上那些游移的线条和箭头,那些标识正在跟着我们走……

娄山关、遵义之战大胜!西行以来首次大捷!这一仗,两大主力军团自动配合,彭德怀(力拔山兮)勇夺娄山关,林彪(树林子里三只虎)突袭忠庄铺,五天歼灭击溃王家烈黔军八个团、吴奇伟中央军两个师,毙敌两千多,俘敌三千余,并缴获一大批枪支,尤其是缴获大量弹药和食盐,红军力量得以空前的补充。战士们说,还是打"中央军"过瘾,蒋介石送来的都是好枪!……战果极大地超出了预期,原本只为消灭黔军两个旅,最终又追歼了"中央军"两个师。这个战果初步回答了蒋介石的第五次"围剿"与追击计划,我们应当更努力地、审慎地去发展这一胜利,以创造云贵川新苏区。

二局侦悉薛岳致蒋密电,薛岳为掩饰败绩,刻意减少"中央军"伤亡人数,而为维护其嫡系吴奇伟地位,又特别嫁罪于王家烈。薛向蒋自请处分。

红军又能打胜仗了。第五次反"围剿"失败以来,红军处处挨打,而今中央和军委的正确指挥回来了。士气鼓舞,人心欢喜。4日,最新一期《红星报》发出社论:《准备继续作战,消灭周纵队和四川军阀》。社论指出,"这一胜利是在党中央政治局扩大会反对了华夫同志的单纯防御路线,采取了正确的军事领导之后取得的胜利。在党中央与中革军委正确的军事领导之下,我们发扬了运动战的特长,六天之内击败了二十余团敌人。这说明了:只要有正确的军事领导,只要不怕疲劳,勇敢作战,我们就能消灭与战败任何的敌人。……"

自被解除最高军事指挥权,李德就不再化名"华夫"写关于革命与战争的文章了。自那以后,他就被下放到红一军团了,跟着一军团"体验生活"。据说他那孤傲的神情是不见了,有时同志们跟他开玩笑,他也还是有顽皮和单纯的笑容。伍修权继续给他当翻译,军委派出一个小分队给他当警卫。李德身材高大,骑的又是大白马,就更易成为空袭目标,因此他就最怕飞机。那些有对空射击经验的战士却正相反,他们一见敌机飞来就兴奋。一边是部队在警号声中卧倒隐蔽,一边是他们镇静地对空射击,就以手中的步枪和机关枪。他们不要飞机"下蛋"(扔炸弹),他们要吃"飞机肉"(打下来)。

毛、周也在寻找战机,但合适的战机很难找。他们很想再打几个胜仗,迫使敌军暂停"追剿",以利创建新苏区。寻找有利战机,首先有赖于二局的情报战。3月1日,薛岳致电蒋介石,"听候处理,自请处分,以求宽恕"。蒋介石痛斥部下无能,说遵义之败乃"国军追击以来奇耻大辱"。2日,蒋带夫人宋美龄和陈诚等一班随员、幕僚飞抵重庆,坐镇国民政府军事委员会委员长行营参谋团,亲自组织对红军的新一轮围攻,要与朱毛一决雌雄。

蒋介石的图谋为我们二局所侦获。他的第一判断是红军必向东图,必将东渡乌江,然后进入湘西与贺龙、萧克的红军会合。2日至4日,蒋介石连发数道密电:令"中央军"周浑元纵队沿乌江南岸疾行,相机再渡乌江北岸,"力阻朱、毛与贺、萧合股";令何键湘军刘建绪兵团向西疾进,沿乌江东岸"扼要布防";令川军郭勋祺纵队向遵义红军进攻;令吴奇伟纵队在乌江南岸策应。

乌江已被封锁。毛、周决定红军由鸭溪西进,迎击由仁怀东进的周浑元一部。3月5日晚23时,设在鸭溪的军委前敌司令部电令红军主力伏击周浑元部,而同一时刻,蒋介石自重庆以专用密本给薛岳、周浑元发电:

各用专用密本

限即到

薛主任、周总指挥:

据下午飞机报告,匪万余人向鸭溪西南方向移动,察其企图,不外以下两种:甲、放弃遵义,仍向西窜,求达其原来的目的;乙、先求与我周纵队决战,然后再向西南对贵州压迫。此时我军应处置如下:

一、吴纵队明日仍在乌江南岸,暂时秘其行动,一俟匪情明了……

二、周纵队明日决在长干山附近集中,并构筑强固工事,暂取攻势防御……

据报,韩师密本并未损失,并闻。

蒋特别指定要以专用密本发此电。此乃他给"中央军"薛岳和周浑元部的特别指令:暂取攻势防御。

有消极避战之嫌,不能让地方军知晓此情。报尾说"韩师密本并未损失","韩师"是指吴奇伟部韩汉英第五十九师。遵义之战,我三军团十团伤亡严重,红花岗乃遵义老城屏障,据此可瞰制各方,而其主峰老鸦山为敌五十九师所攻占,韩师居高临下威胁遵义城,当此危急时刻,幸有林彪一军团突然直扑忠庄铺敌军指挥部,吴纵队便惊慌逃窜!据说一军团原是隐蔽在城东丘陵待命出击,林彪在一小山包树林里拿望远镜默默观战,待吴奇伟兵力全部压向三军团所在的老鸦山,待敌军大部进入红花岗山麓谷地时,他忽然令号兵吹响冲锋号,一师、二师便如猛虎般冲杀下山去,吴奇伟大军便立时掉头往回跑。林彪又将一张纸撕成两半,用红蓝铅笔标出追击方向,并在纸上各写一个"追"字,一、二师得令便立马狂追!人说此时也有"三只虎":一、二师这两只虎吃掉吴纵队两个师,另一只虎直捣吴的指挥部。韩师在山上望见指挥官开溜,顿觉情况不妙,便无意坚守主峰,旋即被我三军团和干部团赶下山去。这一仗,敌军本已得手,岂料却如此突然失手。蒋说韩师虽被红军击溃,但电台密码本并未丢失。不消说,此亦为"专用密本"。

"破!专用个头哇!该死蒋光头!"破开此密,曹科长他们非常之兴奋。蒋光头虽是如此谨慎保密,殊不知,我们根本无需依靠他的通用密本。他以专用密本发此电,我们也是照破不误。为了庆贺这个胜利,我们跟炊事班要好吃的,班长便跑去四局,向宋裕和局长要来几个皮蛋,我们正待慢慢品尝,忽然发现有问题。

问题是,蒋介石这份密电否定了他3日的指令!3日的密电,蒋令"中央军"周纵队、吴纵队加紧行动,此电却让他们仍留乌江南岸,"暂取攻势防御"。我们立即报告军委首长,并且特别指明这个变化。

6日清晨,红军主力到达预定战场,果然不见周浑元部的影子。7日,我野战军总部向各军团通报近期敌情,原样照搬如上电文,但却将"暂取攻势防御"改为"暂取守势防御"。敌军明面是"攻",实则为"守"。一字之改,是我们军委对敌军目前状态的确定认识;各路敌军其实都是在消极避战。二局据侦获密电综合研判:蒋介石嫡系战将吴奇伟从江西开始"围剿"红军,一路跋山涉水紧追不舍,遵义战役他险些被俘虏,从此不敢与红军交战;周浑元也清楚红军在找机会打他,因有吴奇伟惨败的前车之鉴,便也畏歼不出。他让所部行军时"交替筑工,掩护跃进",作战时队形要猬集,严防被红军各个击破;薛岳特别提醒周浑元要汲取吴奇伟的教训,勿与配属给他指挥的黔军一起作战,以免黔军遭红军打击时,城门失火,殃及池鱼;川军潘文华兵团的任务是南拒红军北渡长江,只要红军不接近长江边,他就事不关己,高高挂起,之所以命郭勋祺纵队参加追击,只不过是为做给蒋看;滇军孙渡纵队出发时,龙云有特别交代,任务在协同"中央军"将红军拦在黔境,若能相机吃掉王家烈一部更好;王家烈的黔军没有战斗力,没人看得起他们,他们也乐得不被看重,如此就不必担负主要作战任务。

蒋介石指令他们积极求战,可这些战将无一不是消极避战。他们消极避战,红军便一时找不到合适战机。敌军只有在运动状态中,红军才能抓到其弱点。红军反复诱敌,敌军却不轻易出动。但是蒋介石反复强命,各路敌军就不得不做做官样文章,时不时下达进攻命令,做出进攻部署,如此一来,造成的情况是,命令下了但部队未动。

我们难以搞清敌军哪一道命令会得到执行,哪一道命令是阳奉阴违,每一份密电都须侦收、破译,宁可破解了无用,也不能漏掉有用情报。必须吃这苦,前线部队不是每天都打仗,而我们天天战斗不息。

邹副科长的黑皮本空白页不多了,近来他是用更细小字写,是为节省空白纸页;亦因他有一个信念:写到最后一页,就是革命胜利之日。他不想启用新的笔记本,他坚信这一个本子足够用。尽管有了这样的想法,这一笔,破译蒋介石"专用密本",他还是用了稍大的字体写。

那边厢,蒋委员长显然已不敢轻视红军了,其战术亦改为"长追稳打"。他痛斥"国军"陋习,"平时则废弛军纪,有事则坐失戎机"。6日,二局侦获蒋致川军刘湘、潘文华密电:

　　重庆刘总司令、刘主席,宜宾潘总指挥:

庭密。据报,前朱、毛匪部窜于川南时,对人民毫无骚扰,有因饿取食土中萝卜者,每取一头,必置铜元一枚于土中;又到叙永时,捉获团总四人,仅就内中贪污者一人杀毙,余均释放,借此煽惑民众,等情。希严饬所属军队、团队,切实遵照上月养巳行参战电令,爱护民众,勿为匪所利用。

蒋中正。鱼午行参战印。

"爱护民众",听来是滑天下之大稽,而他如此严饬部属,兴许也是一句衷心话,而他们实难做到。自古是,得民心者得天下。

遵义之战击溃吴奇伟纵队,党中央和军委决定再与周浑元纵队决战。为此,中革军委主席朱德和副主席周恩来、王稼祥于3月4日签署命令:为加强和统一作战起见,兹于此次战役特设前敌司令部,委托朱德同志为前敌司令员,毛泽东同志为前敌政治委员。

毛泽东以政治委员身份,担任此役实际的总指挥。3月8日,中央纵队进驻遵义境内苟坝。同一日,《红星报》发表党中央告全党同志书:亲爱的同志们,……粉碎敌人新的围攻的决战就开始了。我们当前的中心口号是,打大胜仗来赤化全贵州!……

我军急于求战。中央红军在遵义、鸭溪、白腊坎一带休整待机,徘徊寻诱周浑元纵队,而敌军只是小心不动。数日找不到仗打,我军部队便很是心急了。10日凌晨1时,红一军团林彪、聂荣臻以"万急"电报向军委提出攻打打鼓新场,那里有黔军犹国才第三师。

前敌司令部成立后,朱、毛又能一起签署作战命令了,但林、聂来电却引发了分歧。前敌司令部成立是为打周浑元,林、聂却要打黔军。朱德认为这一仗可打开西进通道,毛泽东则不同意贸然打。"打鼓新场"这个地名很显眼,毛泽东查阅军委二局新近侦译的敌报,得悉蒋已判断红军有可能"折经打鼓新场、黔西、安顺之线窜逃",且电令"打鼓新场一带之黔军严密布防堵截",令滇军"孙纵队向新场、白腊坎之线推进策应"……

敌军更多密电表明,黔军、滇军已纷纷向打鼓新场集结,蒋介石也很看重此地,认为是"共军西窜必经之地"。10日,毛泽东建议洛甫召集政治局扩大会讨论,二十余位中央和军委领导与会。所有人都赞成林、聂建议,唯有毛一人反对。毛力陈反对理由,打鼓新场、黔西一线已是蒋介石图谋聚歼红军的预设战场,打打鼓新场有迅速被敌人围困的危险。最后经民主表决，少数服从多数，决定进攻打鼓新场。毛生气地离开会场，其前敌司令部政治委员职务也被撤销，由彭德怀暂代前敌总指挥。

毛泽东再度失去军事指挥权，遵义会议成果眼看将毁于一旦。那天夜里苟坝小镇发生的这起风波，我们也是事后才有所耳闻。曾局长以此强调每一份敌情的重要性，我们由此得知了更多情况。那天夜里毛泽东回到住处。深为红军前途担忧。打打鼓新场有大风险，即便是侥幸险胜，虽可有点战果，获得一些补给，但也不过是一场战斗的胜利而已，而我们需要的是整个战役的胜利。这个战役就是要逃离敌军的包围圈。毛泽东决定再找周恩来，最后争取一下，于是半夜里提着马灯，走了三四里山路去到周恩来住处，他要周暂缓发布命令，还是应再多想一想。接着周又收到二局急报：黔军犹旅退至泮水向打鼓新场推进，滇军鲁旅由黔西火速增援打鼓新场，滇军安旅、龚旅亦进，川军及"中央军"周浑元纵队也在集合。我军如进攻打鼓新场，滇敌与川敌有向我侧背夹击之势。……周又仔细研究二局侦获的近期敌情，于是连夜再次召集开会，进一步向大家说明敌情，决定放弃进攻打鼓新场。11日凌晨1时30分,朱德致电林、聂、彭、杨,下达不打打鼓新场令。

从林、聂来电到朱德下令不打,24个半小时,毛泽东的指挥权也失而复得。促成此变化的一大因素,乃是毛、周对二局情报的特别重视。前敌司令部成立后,毛亲自主管军委二局破译科,周则严格控制、严密封锁相关破译消息。

一点感想:真理往往是在少数人手里。此言不虚。

我们在寻找合适的战机,而敌情瞬息万变,部队天天都要有行动,必须临机决定。中央和军委领导也在思考,军事指挥不能处处搞"少数服从多数",不能老是二十号人讨论来讨论去。眼前就有苟坝风波的鉴证。指挥作战,权力就应高度集中。当初博古、周恩来、李德"三人团"全权指挥军事,形式上也不是没道理,当然他们也须对指挥错误负责。猴场会议决定军委必须向政治局报告,但政治局扩大会难以应付火急军情。渡乌江之前,中央决定成立三人军事领导小组,以利有效机断。这又是一个"三人团":周恩来、毛泽东、王稼祥。

新"三人团"决定,首打目标仍是"中央军"周浑元。

不打打鼓新场,改作"围点打援",因为二局最新破译薛岳电令,他要在赤水河以东消灭红军。中革军委随即通令,以红九军团在遵桐线阻挡川军及吴奇伟纵队,中央红军以主力消灭黔军第三师,以此威胁并引动周浑元纵队,以求决战。

薛岳命令却并未被执行,毛、周计划的这一仗又没打成。14日20时,红五军团军团长董振堂和政治委员李卓然报告,周浑元一部由仁怀南进至鲁班场、三元洞,工事尚未完全筑好。毛、周决心打鲁班场。正在此刻,二局侦获周浑元致薛岳密电,言其主力将于15日集结鲁班场,待吴奇伟到后即协同会击我军。

21时,中革军委下达作战令。

鲁班场与鲁班无关,只是一个小集镇。三面环山,居高临下,易守难攻。此地距赤水河上游的茅台镇约有四十里路,战斗打响前,毛泽东已派工兵在茅台渡口架起两座浮桥。

15日10时,红一、红三军团进攻鲁班场。这里有周浑元四个团。周敌的封锁线已形成,每隔50米即有一个碉堡。敌人以坚固工事凭险扼守,炮火异常猛烈,我主攻队伍难以接近。红军战士前仆后继,迎着密集的子弹冲锋。苦战一日,我军已有1500多官兵伤亡,红军与敌军形成对峙。黄昏落雨,敌军仍占据优势。入夜时分,为避免消耗,保存有生力量,彭德怀、林彪提出放弃正面战斗。二局侦悉,各路敌军正快速向鲁班场合围。

久攻不克,而红军主力位置已暴露,再打下去势必更为被动。16日,中革军委下令:放弃鲁班场,立即向北撤离,并于17日中午前全部渡过赤水河。

鲁班场战斗失利,我们无力与周浑元决战。打赢就打,打不赢就走。我们只能如此。打不赢周浑元,赤化全贵州的计划恐难实施……

二局密息显示,东、北、南三个方向均有重兵围堵,唯有西边稍显薄弱。军委遂下令再次西渡赤水。军团指战员难以问明为什么,军令如山,让走就走,一切行动听指挥。这也是实难解释的意图,无法向指挥员们解释,也无法向战士们做宣传鼓动,这是最高级机密。撤离鲁班场西渡时,毛泽东曾问刘伯承二渡赤水时的浮桥是否还在,那是二郎滩至林滩河段,刘便密令工兵维修并看管好了那两座桥……

此次是从仁怀、茅台镇两个渡口过河。我们是大白天大摇大摆过河。红一军团教导营先行，他们16日晚即占领茅台镇。军委令部队过河后在树林中休息待命。

大张旗鼓过河，部队隐蔽待命，所有电台一律关闭。于此主力隐蔽和无线电静默状态中，红一军团派出一团携电台奔袭古蔺，且频繁发射信号。蒋介石定会收到我们的信号，这一次他该确信红军是要从古蔺北渡长江了……

补记：茅台镇。这个沿河小镇并不大，房屋都挤在河边陡岸上，泥泞巷道也很狭窄。军阀侯之担的家就在这里，他在此地建起多栋小洋楼，也曾垄断这里的盐、布和茅台酒。茅台镇酒窖多，听说干休连驻扎在一个酒厂里，老板和工人都走了。土豪劣绅家的茅台酒是可以没收的。土豪家里坛坛罐罐都盛满了茅台酒，而土豪们大都已逃走。打开酒窖的盖子，立时便闻得酒香四溢。红军没收土豪劣绅家的财物、粮食和美酒，将它们分给穷苦人。战士们搬出大土豪家的茅台酒，将自己的水壶灌满，会喝酒的喝个痛快，为苏维埃全国胜利而饮！有人半壶酒下肚，走路便有些飘飘然了。那些不会喝酒的，也用洋瓷缸子打出一缸，好奇地尝一口，又灌满自己的水壶，这酒用来舒筋活血也是好。野战医院用酒给伤员擦伤口,那些脚肿了的战士,也用这茅台酒消毒。这美酒还有一个好用途,淋洒在头发里猛搓上几把,那些残余的虱子就该消灭了。路过成义老烧坊的高阔洋房,听说里头有一两百个大酒缸,每只大缸足有二三十担好酒的容量,而这洋房主人也逃之夭夭了⋯⋯

此次西渡是佯动,是为寻找战机,意在将黔西北敌军再调到川南。敌军果然中计,蒋介石急命各部向川南出击。先是有五架敌机来扰,一架在茅台镇附近低飞,为我三军团高射连击中。敌机起火燃烧,坠向河西远处,其余敌机逃去。时为3月18日,巴黎公社纪念日。阴,微晴。

为能主动寻敌,寻找"可打之敌",我们二局就更是警觉,决不漏掉一个可疑信号。18日,军委向全军通报敌情:周浑元、吴奇伟纵队最近全部从乌江南岸调到黔北,集中于川黔公路以西、乌江以北这一狭小地区,并在土城、古蔺、长干山、枫香坝、打鼓新场地域构筑封锁线,企图在此围歼红军。川军仍在桐梓、遵义、赤水、合江一线。19日,二局在古蔺连破敌军三本新密码。多份落款"中正"的密电显示,蒋介石已知红军位置,但因红军巧布疑阵,蒋不明红军意图,便计划在赤水、叙永、古蔺、毕节一带聚歼红军。蒋认为红军已无渡江实力,于是自重庆电示薛岳:"共军已成强弩之末,势将化整为零,在乌江北岸、长江南岸、横江东岸打游击,冒险渡长江公算不大……"

我军虽已取得遵义大捷,但人员伤亡也很大,红三军团只有一个团能维持原编制。我们以"中央军"周纵队为目标,但一时恐难以消灭之。红军能跑,黔军也能跑,也更能爬山,他们也擅长山地战。这是在他们地盘上,王家烈主力被打,黔军也变得更拼命。敌军在赤水以西广筑堡垒,一如在江西时的模样。我们曾说这些碉堡是"乌龟壳",这些"乌龟壳"将构成新的封锁线。我们寻求机动歼敌的设想既难实现,红军主力又将再度面临险境。20日17时,党中央、总政治部致电各军团首长:"我再西进不利,决东渡,这是野战军此后行动发展的严重紧急关头,各军团首长要坚决与迅速组织渡河,必须做到限时渡毕。"此电最后特别要求:"这次东渡,事前不得下达,以保秘密。"

这次我们是由二郎滩、九溪口、太平渡过河。之前三渡赤水时,刘伯承已密令保护了河上的两座桥。我野战军"以秘密、迅速、坚决,出敌不备折而东向",与此同时,蒋介石电令各路"追剿军"加快行动,以求将红军聚歼于赤水河西。蒋电令称:"以如许大军,包围该匪于狭小地区,此乃聚歼匪之良机。……剿匪成功,在此一举,勉之勉之!"若再不歼灭红军,"何颜再立于斯世"。

红军主力渡河向东,国民党军奔向河西。红一军团派出团伪装主力继续西行,他们在古蔺向川军猛烈开火,蒋介石确信红军是欲北渡长江,遂电令各路大军日夜兼程向川南进发。

21日夜,蒋介石终于醒悟过来。他最怕红军再次东渡,重返黔北。情况却是果然如此!他最担心红军再占遵义,这将使他面子很难看。蒋致薛岳密电:"红军回师东渡赤水,似有取道川黔边界往酉阳、秀山与贺龙、萧克会合模样。"是夜24时,我们又收到蒋介石致电龙云密电,此为蒋针对红军东渡的兵力部署。翌日13时,曾局长将这份破译密电呈交毛泽东。当晚22时,敌军这份密电即变作红军总司令部《敌情通报》。原样照发,只是语气略变,改为红军的语气:"A.蒋探悉野战军于21日晨由太平渡、二郎滩一带渡赤水河,向东回旋。B.郭勋祺部正跟追中。C.令上官所部即在现驻地遵义桐梓松坎各地严阵固守。……"

蒋介石围堵红军的兵力部署,竟然在红军系统与蒋军系统同一天下达,同一天呈现在两个正在搏杀的军队多级指挥官面前。22日,中央红军全部渡过赤水河。

24日,蒋携夫人及端纳等随从、幕僚由重庆飞抵贵阳。他披挂上阵,亲临作战一线了。蒋自认为这将是最后一战,于是高调宣称:"共匪已是强弩之末,现今被迫逃入黔境,寻求渡江地点未定,前遭堵截,后受追击,浩浩长江俨如天堑,环山碉堡星罗棋布,只需收紧包围圈,即可将红军一网打尽!"

长江俨如天堑,碉堡星罗棋布。蒋介石如此坐镇贵阳,他是准备在贵阳大摆庆功宴了。我们原定在滇黔川边落脚,这个计划恐是难以实现了。我们行动性质也就要变了,战略转移与战略进攻的关系,走与打的关系——近来我们主要是打,看来今后该主要是走了。

我们该往哪里走?我们自东而西跋涉,目的是北上,而蒋介石阻拦我们过长江。南有乌江,北有长江,西有横江和金沙江,地障重重,而敌军兵力是我五倍以上。

中央和军委是在研究新的行动方向,相关的兵力调整也在悄然进行。新计划在酝酿中,部队很难凡事都问清原由。军令必须执行。在这番兵力调整中,侦收科小何被派调九军团,是为加强九军团技侦力量。尽管他不想离开二局,但他深知这是革命工作需要,也是组织对他的器重与考验,便也愉快服从。送别小何,我们都不免有所伤感。年青的九军团是红军主力后卫,我们亲热地称其为"老九"。"老九"能跑能打,是一支精练的轻型力量,承担着最危险的掩护任务,时常需有佯动和伪装。想到陈树湘三十四师担任后卫几乎全军覆灭,我们更是依依不舍,生怕此一别就再也见不着,但是大家都不明说。钱局长便讥讽我们sentimental,他是不想让这情绪太沉重。小何送还布哈林的《唯物史观》,钱局长便大方地送他一本文艺小说——苏联作家高尔基的《初恋》。小何凄然一笑,神情有几分惆怅,但还是接受了赠书。我们就跟他取笑,大家情绪就立时轻快起来。

"万一我猜出啥字来……"小何严肃地望着曾局长。

"电台啊!直接与我们联络!"曾局长笑道,"期待你搞出大名堂!"

"是想往破译科跑吗?不怕我不放人?"侦收科长胡立教也笑道。

"真到那时候,咱们得听局长的……"小何顽皮地冲胡科长一乐。

"我们一定会再见!"曾局长大声说,"'老九'只不过是单独行动,是孤军作战,即便一时难以会合,也总有革命胜利的那一天!我们一定会胜利!革命胜利了,我们南京见!"

"南京见!我在中央饭店请客!"

钱局长说这话我们信。当年他潜伏在徐恩曾身边时,那个"正元实业社"就与中央饭店毗邻。然而,钱副局长其实也调走了,调任总政治部副秘书长,但他仍愿跟二局同行。我们渡河后只是南移,仍在寻机作战。遵义会议之后,李德再也看不到钱局长那些漂亮的地图标记了,俄文、英文都不需要了。钱局长尽管已有调令,而他既然跟二局一起行军,有时也还是参与我们的敌情分析。急报当然是由曾局长立即报送中央和军委首长,而基于近期大量密电的分析预判,这也是我们必做的功课,是为最高指挥者决断提供依据。

我们一起分析该往哪儿走。撤离中央苏区已近半年,我们依然未有落脚点。湘西去不成,贵州遭围堵,黔地周边也都难以立足。我们难以赤化贵州,难以在此创立根据地。于是回到北上的设想。

钱局长依然习惯性地在地图上比画,其实这些地名我们早已是了然于心,包括那些偏僻的村镇,只要敌军密电中出现过一次。

北上过江有两条路:一是西行,一是南下。

西行,从长江上游金沙江过江到川西。这要穿过敌"中央军"周浑元、吴奇伟纵队主力的边缘区,滇军主力孙渡纵队的防区,还有可能遭到川南潘文华兵团追击。西行固然是捷径,即令一路奋战,也未必能如愿过江,风险极大。

南下,由黔西南经滇北绕个大圈,多走几倍路程,但利于扬我军善走之长,克敌军懒得走、走得慢之短,把"追剿军"远远甩在后头,赢得顺利过江时间。自然这也是有风险,是要擦贵阳边缘悄悄而过,而蒋介石就在贵阳。

仿若一张弓,西行是弓弦,是捷径;南下是弓背,是绕道。两相比较,南下风险当是更小些。

南下的第一关是乌江。

乌 江

乌江。李德警告说当心乌江变成另一条湘江,但我们成功突破了,湘江惨剧并未重演。但那是第一次,是突袭式强攻,而今我们若要来第二次,难度势必就大得多。敌军已加强封锁。

敌人封锁的是我们,他们自己当然是来去畅通。曾几何时,吴奇伟的部队被我红一军团追垮,他原本带过乌江两个师,结果只剩下一个团。逃至乌江边时,薛岳不准他过江,而红军在身后追来,绝望之中他坐地大哭。他说要死在那里,参谋招呼几个卫士将他挟拖到南岸。一到岸他便下令砍断桥索,将其千余官兵甩在北岸,做了红军的俘虏。我们二局最清楚,被我一、三军团打垮的吴奇伟这两个师,正是第四次反"围剿"时在东陂、黄陂被我全歼的两个师。番号不变,蒋介石又东拼西凑出这些人马,因此他们就格外害怕与红军交战。眼下这两个师又被打坍，岂料吴奇伟又迅即恢复了角色。据悉，此番是薛岳令吴奇伟立功赎罪，让其指挥第九十师和新败归队的部众，再渡乌江与周纵队策应，以图反攻遵义。

根据二局准确情报，军委于25日20时通报敌军各纵队师、旅乃至团的当前阵位。军委指出，蒋介石企图"截我东向，阻我南进"，鉴于吴纵队分驻数处，黔军更为分散，滇军远在赤水、毕节，川军距我有两天行程，红军应向西南转移。21时，朱德下达26日各军团行动部署，从长干山与枫香坝之间向西南转移。一小时后，红三军团彭德怀、杨尚昆致电朱德，认为"目前向西南寻机动很困难，首先要突破周、王、孙纵队，很难完成到达黔西、大定地域的战略任务"，建议"转向东南之乌江流域比较有利"。26日凌晨1时，军委接受彭、杨建议，决定"集结主力改经长干山与枫香坝中间地段南下，如周敌由长干山截击，则以运动战消灭之"。是日深夜，二局发现长干山与香树坝之间地域已被敌军占据，而鸭溪、白腊坎地域则出现了空当。27日凌晨6时，军委紧急电令：我野战军原定在长干山、枫香坝之间突围行动已不可能，决改从鸭溪、白腊坎地区向西南转移。

鸭溪、白腊坎之间的空当,敌军重兵把守的遵仁封锁线仅有的空当。中革军委令红九军团伪装成红军主力,在长干山至枫香坝地域积极活动,吸引敌军。天公作美,暴雨也为我们作掩护。28日,红军主力从鸭溪、白腊坎之间迅速南下,将大部国民党军甩在赤水两岸。紧接着,向乌江北岸的安底、狗场、沙土一带疾进。

野战军总部向全军通报敌情:蒋敌并不急求在鸭溪、坛厂间决战,而是先在后方部署数道防线,以图诱我深入后再决战。周浑元令所部一部由遵义自取捷径,向石板厂、大渡口、沙土、安底一带筑碉。周浑元所令前往筑碉一部,可能在沙土、安底与我遭遇。

蒋介石似已看出我军动向。28日,蒋给周浑元、吴奇伟的电令中说:"判断匪情,其必图在坛厂、枫香坝、白腊坎之间突破一点,向南溃窜。"蒋要求周、吴"不可拘泥于兵力集结",应取"节节布防,阻碍其通过"。

29日,我们二局随野战军总部来到沙土。九军团小何侦得周浑元一部当日可到达遵义、金沙交界处,曾局长将此情报毛泽东、周恩来,毛、周即令担任断后任务的红五军团严密监视该敌。

中央红军已到乌江北岸沙土。红九军团仍在长干山、枫香坝一带佯动掩护。蒋介石一时难以搞清中央红军确定位置,他是欲在黔西地区"张网兜鱼"。30日,二局侦悉:周吴两敌主力今向泮水、新场前进。

红军主力在狗场、安底、沙土一带待渡,假若周吴敌军发现此情而改向追来,双方距离仅有二三十里路!

是夜,沙土野战军总部灯火飘摇,人影晃动。毛泽东、周恩来、王稼祥、朱德、洛甫,还有总参谋长刘伯承、军委一局局长叶剑英、二局局长曾勉、三局局长王诤等,他们神色紧张地望着墙上的大地图,地图上以大头针插着长方形和三角形的部队标记,参谋处长郭化若时而挪动一下那些红蓝两色标记。每个人都是心急如焚,某一个时刻,他们都沉着脸不说话,烟雾缭绕中,地图上红蓝交织的箭标显示着一个可怕的大危局。各种突围之可能皆已分析过,几无任何可选的出路。情势如此紧迫,而他们几乎是一筹莫展了。能否渡过乌江,此乃中国革命紧急关头的大事……

二局侦获最新敌情:周浑元纵队郭思演第九十九师在贵阳附近,吴奇伟纵队唐云山第九十三师在养龙镇,湘军李韫珩第五十三师正由遵义经养龙镇南下。这养龙镇在息烽北部,距乌江南岸仅半天路程。

我中央红军现况:一、三军团及军委现在沙土、狗场、安底一带集结,明日中午前后可渡河完毕;九军团先在长干山、枫香坝之线以北作掩护,尔后择机南移渡河;五军团在沙土、狗场、安底一带断后,准备抗拒敌军。

北有敌军追击,南有敌军阻截。南岸之敌有唐师及郭、李两师各一部,他们在息烽堵截我军过河;北岸则是周、吴两纵队主力。东边更有湘军阻拦,蒋介石已电令何键加强乌江沿岸守备,以阻止红军渡江东进。最危险的还是北面,最担心周吴两敌主力改向追来。

南北之敌距我们都不远,假若他们发现红军在此渡江,势必会南北夹击,如此一来,我已过江和尚来不及过江的部队都将被迫背水一战,其结果将比湘江血战更为惨烈!湘江之战我军尚有数日渡江时间,而今乌江两岸之敌离我们至多半日路程!乌江两岸的空间也更为狭小,我军的兵力也更为集中……

北上、西进,或者东出,都是无路可走,都必定陷入敌军重围。而南下,亦是面临如此巨大的凶险。

危在旦夕。比湘江血战更可怕的结果、最坏的结果,那就是一场大劫难……全军覆没……

夜幕中划过一道亮光,手电筒晃动的亮光。是曾局长回来了,他风风火火地闯进我们值班室。从他的神情我们一望而知,最高层指挥者已有了决策。他的神情旋即变为镇定,是临战前的那种镇定,镇定中其实是有一种紧张。

他随手拿起桌上一册翻烂了的《康熙字典》。来去密,是密本之王。密码是以明码为基础,而明码是以《康熙字典》为字源。《康熙字典》47035个字,214个部首,其中有一万个字编成明码。曾局长随意翻弄几下,便冲着曹、邹说:"这本字典你们也背得差不多了,我倒是想问,这四万多个字里,同音字多的是,但唯有一个字,有同音无同声,你们谁知是哪个?"

这个真可把大家给问倒了。曾局长倒不是要为难大家,他更像是在自言自语,提问和作答,都好似是他独自在沉吟。

"命。"

大家恍然有悟,便静待曾局长接着说。

"给周浑元、吴奇伟发报。"

曾局长口出此言,我们便立时明白了。我们是唯物主义者,但偶尔也不能不信命。命悬一线,这个命其实还是在我们手里。天无绝人之路。当前情势我们了如指掌。曾局长无需多言解释,我们便明白了他的这招绝计:以蒋介石的名义,越过兵团总指挥薛岳,直接给周、吴两纵队下令。

好一步妙棋!曾局长说中央和军委领导都为此叫好,而我们也立马兴奋起来,我们也顿觉此计可行。

蒋介石时常越级指挥。此时他亲临贵阳督战,更是直接指挥。他也曾直接给周、吴发电。我们二局熟悉国民党"中央军"密电程序和规律,曾局长熟知蒋介石电文修辞和格式,曹科长熟悉敌军通用、专用两种密本,而邹副科长也能熟练模仿对方发报惯用节奏和指法。假冒身在贵阳的蒋介石发电,令周、吴纵队按原计划前进,如此就有望避免敌我两军遭遇,以确保我军31日全部南渡乌江。

周、吴纵队原受命就是向泮水、新场前进,此电只是令他们按原计划行进,不能擅自改变行动路线。最好是以某种理由,令他们加快前进!他们速度越快,便离红军越远。

是妙棋,当然也是险棋……

"军委领导是拍案叫绝了,我说这个只能用一次,泽东同志说逆用敌情是个绝招,若是再用就会被识破,咱们的破译工作就会有风险。朱老总说这事是极密,要永久严格保密,让其烂在肚子里就好。虽说是想这样做,同时他们心也悬着……"曾局长一脸严峻,"他们最担心什么?"

"假如这假电被识破……如此就……"邹副科长也是眉头紧锁。

"没有这个假如!"曹科长大声说,"必须万无一失!"

曾局长拳头猛地砸在桌子上。

有夜鸟在暗处鸣叫,粗哑的、拉长的怪叫声。他们屏息静听这叫声,都不自觉地微微摇头。他们不知这怪鸟的名字,于是相视一笑。

于是便顿觉有些轻松感了,便立马开始工作。曾局长顺手拿起一份最新破获的密电:"查赤匪行动,飘忽不定,我军剿匪作战,处置贵在神速。中自治兵以来,屡申军法,然各部仍有懈怠。政府重兵四役、五役未果,已是奇耻。黔境乃赤匪穷途,亦为兵法之死地。……"

曾局长扫一眼这电文,找一下委座行文的感觉,便拿起桌上的红蓝铅笔。他忽又放下这铅笔,又微笑着从兜里掏出派克自来水笔。这是红一军团赠送给他的战利品。墨水已不多，平时他是很舍不得用的。他便埋头用这派克笔起草电文。

乾初、梧生二兄。曾局长写下这几个字，曹科长立即将其译为代码，但却带着疑问抬起头。不妥吗？曾局长问。前次电令，他直接用的是"周纵队、吴纵队"。曹科长说。老蒋爱玩辞令啊，上月他有两次发万耀煌，万不过是周纵队的十三师师长，可他一份称"武樵同志弟"，一份呼"武樵吾兄"。非常之时，他要显得非常亲热些。这个可再酌。曾局长在纸上打个问号，又继续写这密电正文。吉密。今据飞侦确证，匪以一股南向乌江佯动，而主力大部正加速西去。……

曾局长和曹科长埋头写译电文，邹副科长坐在发报机前活动着手指，对他来说，这是一场大战前的热身准备。曾局长右手唰唰写字，烟头就默默烫到了左手食指。此即，仍按原路疾行西进，不得擅自改道延迟。是不是有点太直接？曹科长又问。他这是命令，必须严厉。再酌。曾局长在"不得"二字旁又打个问号，又问曹科长，他跟薛岳怎么说乌江来着？那句话是怎么说？乌江项王死地。对对对，好记性！也可让他跟周吴说嘛！乌江，项王，哪儿跟哪儿啊！演戏啊！不过，这种电文不宜太长,作战命令,我这就收笔。今番布置事关大局,刻下务希……

严令遵行!邹副科长忍不住给加一句。曾局长冲他一笑。嗯,合适。初稿拟就,他们便一起推敲,字斟句酌一番。这一番推敲便又改动了不少字词,最终敲定最合适的措辞,报文纸已是红蓝乱草一片。中正。引寅参印。曾局长看下手表,曹科长写定最后一个密码。他把红蓝色铅笔放下,以示搁笔。

曾局长最后看一遍,便将这密文交给邹副科长。

邹副科长庄重地坐在发报机前,干咳一声,又正了一下领口风纪扣,仿佛此刻他就是委座,而周纵队和吴纵队正在等取他的指令。电头分开,给周、吴各发。看你的了!曾局长说。邹副科长微微一笑,便手指灵巧地按动电键。

曹科长捻亮马灯。

密电已发出,曾局长并不离开。我们仍放不下极大的担心。我们煮一壶开水,抓几片杜仲叶子当茶喝。曾局长坐镇侦察台,紧盯周、吴两纵队反应。此电说南游共军自有九十九师、九十三师截歼,望周、吴率部星夜并程,限明日抵达泮水、新场,以力阻共军经黔西。要求他们努力急进,勿稍犹豫。嗯,切切毋违为要。新场距沙土有上百里路,届时即令他们发现我军渡江,待他们集结部队掉头来追,也得待到后天,而我们明日即可全部渡江。

曾局长已是三天三夜没睡了,电令已发出,他的神态便放松了许多,便有些困倦的样子。为防忽然睡着,便强打精神说起闲话:"刚才在总部作战室,大家愁着怎么过乌江。真过了乌江,就有出贵州的模样了。黔南不是黔北,黔南是他们的重防,即便过了乌江,咱们也得迅速离开。说到出贵州,泽东同志很感慨,他对我说,没有你的情报,博古可能只会'博古',不会'通今',不会同意改变行军方向。不来贵州,何谈遵义,遑论遵义会议了。进军贵州,你是出了大力的。"

"改变行军方向,是说通道那次吧?"邹副科长像在自言自语,"就不知真若去了湘西,会是啥子结局。这个真是很难假定……"

"他的意思是,来贵州咱们的情报至为关键,出贵州嘛,看咱们有何高招……"曾局长神情又有些沉重。

"哈!这不就有了!"曹科长得意地笑出声。

"但愿吧！但愿他们能听话！如此咱们该是不必走回头路了。入贵州，出贵州……好像还真有点挂念了。客观来说，这地方也有其优势条件，有煤炭，水力资源很丰富。我琢磨着，待革命胜利了，咱们也可以回来建大坝，也搞水利，搞好了，用电不成问题，就能造个'小太阳'。不是'天无三日晴'吗？'小太阳'出来一烤，不就雾散天晴了吗？"

说到这"小太阳"，大家立时退去了几分倦意，便想继续听他讲，他却笑着站起来，身子略有些摇晃，便喝一口茶笑道："站着都要睡了！头痛……看来我该打个盹了，记着，半小时务必叫醒。他们若不听话，就立马叫醒！不过依我看，他们是会听话的！有人打赌吗？"

没人愿打这个赌，我们红军打不起，唯有祈盼天遂我愿。我们有信心。

北路暂无大军追来。那边的情况是，红五军团在苦茶园和狗场一带严密警戒，以力阻可能由洓水来追之敌。负着光荣的先遣任务的一军团一师三团在暴风雨中奔赴渡口。刀靶水渡口守敌是薛岳部一个营。年初第一次突破乌江是强攻，这一次则是偷袭。他们赶制竹筏和篾绳，乘着夜色偷渡到对岸。江岸悬崖陡峭，敌军凭险据守,红军突击队于隐蔽处搭人梯攀上岩壁,仿如神兵突降,很快便消灭哨所守敌。31日,大部队随后从三个渡口顺利过江。

我们不必叫醒曾局长,可让他多睡一刻钟。因为周、吴两纵队果然是很听话,他们严格遵行了我们的指令!他们深信不疑!

二局密息:吴奇伟率第九十师于30日抵泮水,31日至三重堰向新场前进;周浑元所部第九十六师31日进至三重堰、新场之间,其余可到新场。……

一份假电,使中央红军绝处逢生,避免了一场灭顶之劫。蒋介石并未觉察红军假他名义发密电,但从贵阳派出的飞机发现了渡江大军。红军渡江当日,蒋介石便获知此情,然而为时已晚,于是急调离他最近的滇军孙渡纵队,以此加强贵阳周边防务。他也发电严斥乌江驻守团长黄道南,而此人亦为吴奇伟部属。

这份密电自然也逃不过我们监控。委座大为光火,令人如闻其声:

……查现在大部股匪,任意窜渡大河巨川。而我防守部队,不能于匪窜渡之际及时制止,或于匪渡河之际击其半渡。甚至匪之主力已经渡过,而我军迄无察觉。军队如此腐败,实所罕见。推其缘故,乃由各级主管官事先不亲身巡查沿河地形,详询渡口,而配置防守部队。及至部队配置后,又不时时察其部下是否尽职,并不将特须注意之守则而授予防守官兵。是上下相率懒慢怠忽,敷衍塞责。股匪强渡,乃至一筹莫展,诚不知人间有羞耻事。军人至此可谓无耻之极。此次匪由后山附近渡河在一昼夜以上,而我驻息烽部队之主管官尚无察觉。如此昏昧,何以革命。着将该主管官黄团长道南革职严办,以为昏惰失职者戒,并通令各部知照。此令!

追兵不济,他们便以飞机轰炸。有时低空扫射,有时高空投弹。但我们毕竟渡过了乌江,如此就跳出了敌军的密集包围圈。

为北上,先南下。军委决定过江之后在镇西卫与贵阳之间直插南下,但我们二局4月1日侦悉,蒋介石命孙渡纵队、吴奇伟纵队抢占镇西卫,又调湘军李韫珩师赴紫江截击,周浑元纵队则向乌江渡口逼来。为避免与敌军主力迎面相撞,军委于当日电告各军团,红军向西南转移之路将被阻断,我军改向行动,从息烽南部东去,以便寻求新的机动。是日晚间,二局又侦悉,贵阳空虚,守军仅有周浑元纵队郭思演第九十九师四个团。四个团分守在省城四周高地上,与贵阳需要守备的范围相比,疏疏落落,不过区区几批小分队而已。红军遂以一部伪装主力向东进军,做出转进湖南与红二、红六军团会合的姿态,主力则经息烽、扎佐,直逼蒋介石的行宫贵阳。红军东进,出黔东入湘西,这也是蒋介石最为担心的局面。

猛虎掏心,攻其所必救。2日,红军前锋逼近贵阳,蒋介石急命吴奇伟、周浑元和滇军主力孙渡纵队"星夜兼程"救驾。孙渡纵队本在毕节、安顺一带驻守,蒋如此将其调往贵阳,便为红军让开了挺进云南的大道。蒋仍认为红军"显有东进之势",为令其错上加错,毛泽东、周恩来遂决定将计就计,以佯动将乌江南岸敌军机动部队引到紫江一带。

示形隐真,兵不厌诈。3日,中革军委下令以红一军团为主实施佯动,三、五军团及中央纵队跟进,这个动作足够大!蒋介石果然上当,于是病急乱投医,竟然要桂军参与行动了。此前蒋为防桂系李宗仁、白崇禧与黔系王家烈勾结,一直不让桂军插手对红军的"追剿"事务,令桂军的两个师只能在都匀、独山守候。4日,蒋介石致电李宗仁、白崇禧:"匪主力于江日由息烽东南地区经紫江向瓮安东窜",都匀、独山桂军"务于鱼日以前推进平越、牛场一带,以便对东窜之匪扼要堵截"。蒋又电令李韫珩师,令其"由紫江通瓮安大道猛进,星夜驰进"。同日,他又致电吴奇伟,命其组织在瓮安地区对我中央红军"会剿"。蒋介石这一番调兵遣将,真可谓手忙脚乱了。

蒋已上钩,中央红军遂于5日回师南下。红三军团改为前锋,红五军团和中央纵队为本队,红一军团改为后卫,如此掉转头来,直向贵阳、龙里之间前进。

龙里是贵阳东边屏障,两地间距不足60里。

蒋介石想必已是怒不可遏,惊恐万状。怒在上了大当,恐在贵阳城防薄弱。此时贵阳城外围仅有四个团,内卫连同宪兵还不到两个团,而其他部队都在两三天路程之外。蒋介石慌忙将孙渡接到城里,给他一笔钱,令他立即率所部至龙里守备,同时急令唐云山第九十三师留在黔西的一个团火速赶赴贵阳。此番情状都呈现在他这些频繁的密电中,得悉此情,毛、周决定更加虚张声势。

6日,中革军委令红三军团向贵阳、龙里警戒侦察,贵阳城外出现了"拿下贵阳城,活捉蒋介石"的标语。红军威逼贵阳,蒋介石张皇失措。我们从密息中获知这情状。蒋为逃离准备了两套方案:一是飞机,一是快马、轿子和向导。密息中也有"夫人"字样,我们遂知委座夫人也在这场惊慌的现场。据说他们夫妇间是以"达令"互称,据说这是委座学会的唯一的英文词,但我们截获的密电中并未出现这字眼。(补记:蒋借口视察滇政于7日下午秘飞昆明,三天后各"救驾"纵队抵贵阳后才飞回。)……同日,我红五军团欲阻击由白泥向羊场前进之吴纵队两师,但因吴敌大部未动,仅打击其由马场开往羊场之一团别动队,五军团随后向猫场、鸡场坝一线行军。

7日,红三军团先头部队佯攻龙里。二局侦知:滇军孙渡终于赶到了贵阳城,大部队也随后可到。蒋介石似乎神志已定,又想着如何消灭红军。他依然断定红军要东去与贺龙会师,过乌江、逼贵阳不过是另选一条路,好在已命刘建绪、李觉两军在新晃、铜仁布置第二道防线,贵阳已确保,蒋便叫吴奇伟、周浑元、李韫珩不必来贵阳,而要取捷径向余庆、石阡、镇远方向急进,务必赶在红军之前到达,堵住红军东向之路。据此敌情动态,毛泽东干脆让蒋介石错上加错,干脆再让红军继续东进,以一部东向瓮安,故意让敌机发现,如此可将敌军东调得更快些。红军向瓮安东进,蒋介石自然特别高兴,红军果然"东窜"!如此他便更坚定了自己的错判,认定红军只能东进,而东边正是他重兵集结之地。他以为红军中了计,他要布置一场大决战,于是在派各路大军东向"会剿"的同时,又急令孙渡三个旅向贵定、瓮安尾追。滇军就这样调出来了。调出滇军就是胜利。孙渡滇军东去了,蒋嫡系部队也向镇远东去了,通往云南的大路已洞开。

晚21时30分,朱德以"万万火急电"告红一、三、五军团首长:"估计现敌人吴纵队李抱冰师及在贵定之滇军将会攻羊场,如其知我南移,则吴敌将经宋家渡向洗马河追,滇军后续部队将开贵阳、龙里",要求"我野战军决以遭遇敌人,佯攻贵阳、龙里姿势,从贵阳、龙里中间向南急进,以便迅速占领定番"。

8日,红三军团一部向贵阳城积极佯动。

9日,贵阳以东约40里处,红军主力部队突然转向西南,从贵阳和龙里间公路穿过!此乃国民党军防线唯一的空隙。龙里和贵阳都有敌军,我们的大部队就在此间快速穿过,趁敌人尚未觉察,否则就会遭受夹击。军委纵队司令员刘伯承站在山岗上亲自督阵,不断地催促:"快走!快走!一定要在中午12点前翻过前边那座山,不然就麻烦了!"此刻蒋介石若是在飞机上巡视,就会看到这个有趣的战场:两支部队正在背道而驰,国民党军往东奔走,红军主力朝西南疾行。然这贵州之地山势陡峻,山路蜿蜒盘曲,即便是两山相望,两处的人马真要追到一起,恐也需要一二日路程。

东追的敌军被甩在了龙里以东。我们就这样穿过了敌人防线的空隙,然后分作左右两个纵队强行军。日行120里,向敌人兵力空虚的云南挺进!敌军主力远在贵阳东北,他们已被拖得疲惫不堪,至此已是无力掉头尾追了。

滇军第三纵队第二旅致龙云密电:"……我部奉命跟击入滇之敌,前卫团今见共军大片足迹,有数十路纵队模样,此种队列纵深小,速度快,如此坦然行进,料想应是其主力。……"

南下最后一关顺利通过了,而且是如此之精彩!如此机动而神速!如此神机妙算!中革军委大胆下这决心,主要是基于二局情报之绝对准确、绝对及时。一局局长叶剑英对此大为感慨。身为作战局局长,他心里最清楚,四周都是敌军,唯有这个空隙,但必须准确、快速地通过,慢一步,快一步,都是无比凶险。

作战部队赞叹军委的神奇指挥,有人说,过去我们处处挨打,就像是在走夜路,而今有了正确可靠的指引,像是夜行路上有了灯笼。他们认识到,这个可靠的指引、这个"灯笼"就是军委的正确指挥。听闻这个,毛泽东笑着对曾局长说,你们二局就是夜行路上的"灯笼"。

我们的敌情密息只有最高首长才能看得到,基于这些情报的及时、准确和可靠,中央和军委的英明指挥让蒋介石的行动屡屡落空。与我们的敌情分析相比,蒋逆的"敌情判断"完全不着边际。自红军进入贵州迄今,蒋、薛每次都是误判。红军有二局,我们随时知道敌人在哪里,而他们无法破译我军密电,他们只能靠飞机侦察。红军略施佯动,虚晃一枪,飞机报告即成误导。蒋在贵阳时通令各军由他直接指挥,且令各部队研究《孙子兵法》之"挂地"：可以往，难以返，曰挂。若在挂地被围，须多方以误敌。……这倒更像是我红军的境地。看似是有知己知彼的谋略，奈何他自己竟陷入了对手的迷局！判断失误，他就只能是瞎指挥。敌军依令急行军，即便是努力以赴，却也往往是"旋磨打圈"多日，连个红军影子都未见着。孙武子也说，善出奇者，无穷如天地，不竭如江河。李德虽也是勇敢之人，但他不懂"用奇"，不善"使诈"，只知正面死拼，而今红军避实就虚，声东击西，"蒋总指挥"就只能是晕头转向，完全被牵着鼻子走。至此他真可以用"神出鬼没"来形容我们了。

"挂地"出自兵法《地形篇》，而我们南下是一条"弓背路"：先转经滇北，然后北渡金沙江。

走这样的"弓背路"，也是需有军团指挥员的理解。据一军团同志讲，31日过乌江那天，毛泽东经过二师营地时，师政治委员刘亚楼疑惑地询问，红军绕来绕去，我们这是要到哪儿？毛泽东微笑不语。他用红色铅笔在军用地图上画出一条醒目的红线：由贵州向云南，入云南再折转，北上直指金沙江。

好一个大迂回！"我们转个弯，敌人跑断腿！"

我们过北盘江入云南,并不直奔金沙江,而是转向昆明虚晃一枪,是为调空金沙江守敌。正如在贵州,红军先头部队剑指贵阳,兵临城下,但并不进攻贵阳,佯动实为调出滇军,令云南空虚。当时蒋介石真是虚惊一场,大难惊恐中醒来,其第一反应不外乎严令各路大军追击。然自从1月初红军过乌江、占遵义以来,各路"追剿军"已被委座折腾了四个月,至此已全无立马再追的心力了。薛岳说他的部队需要休整补充,起码得把身上的棉衣换成夏装;吴奇伟干脆称病请假,要在贵阳养病;刘湘川军只派郭勋祺参加"追剿";何键湘军派李韫珩师也只是象征性参与;唯有孙渡纵队来自云南,而今红军进入滇境,不消说他是得跟着追。"追剿军"心态如此,而红军的士气却旺盛起来。穿过贵阳、龙里之间后,红一、红五军团和中央纵队走内线,经紫云、贞丰由安龙北部拐向西去;红三军团走外线,由鸡场插入龙场西去,监视与我平行前进的敌军主力动态。经过短期休整后,薛岳"中央军"走平坝、关岭、晴隆、普安跟着西去,孙渡纵队也沿红军主力西去路线跟进,但他们都远远落红军后头了。落后约有一星期路程,此乃他们难以追上的距离,红军原本就比他们更能跑。

一切比喻都没有事实本身更动人。战士们说："人说我们是铁腿,就是铁腿,也早就磨短了!"这即是说,钢铁也强不过我们战士的意志。

我们是用特殊材料制成的。

如此这番过江南下,就与那些犬牙交错的敌阵告别了,我们不必再在其中来回穿插。敌人的围堵战略全线崩溃!我们如今是坦行无阻了!"走大路,走小路,是为了消灭敌人;走弯路,走远路,是为了革命胜利。"干部战士们一扫疑惑情绪,对于军委的战略意图,也有更多的理解了。他们乐于相信,军委的英明决策背后定是有神机妙算,定是有某种神奇的力量。革命乐观主义又回来了,而且带着必胜的信念。

我们放开大步西行,再经滇北绕道北上,就有望彻底甩掉身后"追剿"大军了。红一军团那个向古蔺佯动的派出团,在敌军从古蔺一带撤离后,他们神速直奔乌江,顺利与主力部队一起过江了。我们都称赞那个报务员干得好,理应给个大大的嘉奖。然而,罗炳辉的红九军团却未能过江。身在红九军团的我们的小何同志也未能过江。红军主力和中央纵队过江后,红色干部团守着浮桥待断后的五军团过江,得知五军团已从另一渡口过江,他们便立即拆除浮桥,然后追赶红军主力。朱总司令得此消息,令干部团重新架桥,要待九军团过河,陈赓遂立即带人原路返回架桥。然待到九军团赶到乌江岸边,比军委指定时间晚了两小时,敌人已控制了渡口,且有大部追兵迫近,九军团便只好撤离江边。他们出色完成了掩护主力部队转移的光荣任务,而他们自己却是难以过江了。中革军委令他们独立行动,暂留黔地打游击,另寻机会与主力部队会合。我们的"老九"只好冒雨掉头往回走,重又回到山地丛林中。后来我们收到了小何发来的密电:"乌江上游老木孔。敌一百师四个团,九十九师五个团。我们仍在战斗……"

那是一场惨烈的激战。九军团是中央红军后卫,无数次恶仗打下来,部队减员很严重。事后我们获知,这一场恶仗双方兵力是12∶1,但是"老九"英勇地拖住了敌军,成功地掩护了我主力部队渡江后的行进。九军团在老木孔激战正酣的时刻,我们收到了"9K"急电。"9K"即是红九军团。那时我们顶着敌机轰炸在路边收报,那是小何最后发出的密电。邹生从那发报指法判断,此刻小何已是身负重伤,但电台依然有微弱信号传来。曹科长立时读出其字意:"另有川军四个整编团……吴、周纵队正迎面来袭……"

"收悉。你已完成任务。请关机!速撤!"邹生以密码向小何发电。

曾局长摸出一支烟,点上猛吸一口。

"猜出了一个,这时刻忽然……16447……'梅'……"

曾局长眼睛一亮,若有所悟地点点头,但此时此刻,他是痛楚写在脸上。

"亲爱的同志们……"

邹生轻轻读出这些信号。

"……永别了……你们向前进……"

邹生已是泪眼模糊。

依然有断续的信号,更微弱的信号。邹生起身走开几步,又背过脸去,悄悄抹一把泪水。

曹科长在机旁坐下。他不戴耳机,强自镇定,听那细若游丝的讯号。

"远—方……莫—斯—科……"

信号越来越弱,最终归于沉寂。耳机里忽然一声轰响。

曾局长肃立不动,曹科长也是木然呆坐,他的双手在颤抖。曾局长缓缓抬起右手,默默地脱下军帽。

曹科长轻按电键,沉痛地发出最后的告别——

致以布尔什维克的敬礼!

邹生擦去泪水,试图再度联络,而对方不再有任何音讯。IN VAIN。呼叫无效。……

乌江之渡,我们也失去了敬爱的钱局长。他虽已调往总政治部,但他不愿离开我们,仍是跟我们二局同行。我们从梯子岩过江后遭敌机来袭,钱局长因躲避轰炸而失踪。军委有明令,二局不许有人掉队,二局的保护归一局。二局极机密,极重要。一局是作战局,亦有机要保密和保护二局之任务。一局人员说:"二局在任何时候都不能丢,丢了我们要掉脑袋!"惊闻钱局长不见了,周总政委急忙派人去找。一局同志赶紧上马去了,我们二局警卫队长也骑上大青马去找,可是他们遍寻无着,直到天黑,凶恶的反动民团也出现了。天黑以后,各部队仍以号音和通信员联络,将冲散的队伍集合起来,一些受伤和掉队的人也被找到了,但仍无钱局长的消息。听说总部侦察科胡底同志也骑马去找了,但是无从发现。我们仍抱有一线希望。反动民团的团丁也都是穷人,他们只是被抓了壮丁,即便是落在他们手里,凭着钱局长的大智慧,他该是能安然脱身的,毕竟他是从国民党魔窟脱身的人,兴许他还能将这些团丁解放过来,虽然我们不需要这个,我们只盼钱局长能回来……

听说有人曾看见江边有一匹马,很像是钱局长的白马。那时空袭已过,在蛾眉弯月蒙蒙光耀下,白马的身影出现在雾中,是在迷雾中的江边高坡上……

后　事

　　如上这些个篇什，这一组战地笔记，遵照黄镇画家的说法，权可名之为一束"速写"了。因有曾局长的布置，便是当作任务来完成，但却是断不敢给他看的，除非某日他问起这事。军情大事压在他身上，攸关红军前途命运，怎敢以此占用他的时间！况且即令真给他看，难免会招致他的批评，文采不够嘛！表扬的可能性确乎很小。自知文辞欠缺，难的是，一路写下来，更多是实事的记录，而这又无法虚拟，只能如实写来。单是要写清楚每一笔，已是很艰难了！我们这场西征，终究是中国历史最激烈壮绝的事件之一，而我也只能勉力作这样的素描。

　　原本是决意要给钱局长看的，是想请他指教，兴许哪天他忽发兴致，大笔一挥唰唰给改上几篇，而以我的了解，这样的事他做得出。但是钱局长骤然离去了，我也顿感失去了续写的力量，也感受不到这样做的意义了。仅有的一次言及这话题，那还是在遵义的那些日子。那天他拿最新一期《红星报》给我看，那篇"前线通讯"是《伟大的开始——1935年的第一个战斗》。《红星报》主编曾是邓小平同志，而报头"红星"二字乃是钱局长所设计。那天他手拿这张报纸，我更顿觉他说话的分量。钱局长从报纸的"前线通讯"谈到我们要做的"速写"，他说若想写得好文章，切记你要用自己的眼睛去看，要跟着你的视线去写，这是最实在的要求。至于文笔修辞，却是难以速成的，也强求不得，但这不妨碍加进自己的所思所感，尤其是情感，如此别人读来才更真切，如此这才算是你自己的文章，不是别人的文章。

言犹在耳，此刻想起他这些话，着实是很愧疚。虽是尽力跟着眼睛写了，但却并未加进多少自己的情感。这并非是有意的忽略，更有可能是惯性使然吧。回头检视这些篇章，几乎全是以"我们"的语气记述的。总是出于习惯将个人情感略去，虽也有几处算是抒发，而那也都是我们大家的感受。我们是革命队伍，是革命集体，我们有太多共同感受！

然这番"速写"是难以为继了，实在是也不再有这份心情了。也并非是全然搁笔，只是不再刻意当作要务去完成吧。有事就写上几笔，即便是零碎几句话也好。简略记之也好。

如此便不再有大压力，毕竟我们是在行军打仗，毕竟身为译电科副科长，当前要务急务是侦获敌情，而不是做什么文学。乌江渡过，我们终于有了明确方向，也有了可行之路线。也可以说，我们看见了曙光。

补记：会师一幕。1933年5月的那个清晨，那个在晨雾中显现的顾长的身影，就是我们新来的钱副局长。我们在橘色的晨雾中热情握手，曾钱二人甚有惺惺相惜之感。时值中革军委二局在瑞金成立，曾勉任局长，钱潮任副局长。二局暂分为两个局：前方二局设在福建建宁，由曾勉局长负责；后方二局仍在瑞金，由钱潮副局长负责。钱潮来二局工作，而今想来，这真算是一场极有意义的会师。钱潮与李克农、胡底乃"龙潭三杰"，他们曾在龙潭虎穴一起战斗，他们先后来到中央苏区。而在我们苏区，曾勉与曹大冶、邹生俨然已是"破译三杰"了，他们是破译"天书"的人。是年8月，曾、曹、邹荣获红星奖章，而钱、李、胡编出《杀上庐山》的新剧。这一幕隐蔽战士的大会师，着实也是一幕好剧！往日在上海、南京、天津，钱、李、胡他们是在地上和地下搞情报，来到被敌人围困的苏区，走在这西行的路上，我们主要是从空中找敌人，是从敌人的电波中获取密息。往日在上海时，曾、钱都搞地下活动，而今都转向空中侦察了。周恩来说曾搞情报工作是"党内稀有的神人"，又说若无钱的情报，"我们这些人早就没了"。曾钱"转行"，这两位局长的会师，是我们情报斗争胜利的象征。钱局长虽不懂密码破译，但他很擅长敌情分析，且有渊博知识，有革命的乐观主义热情。我们二局虽不设政治委员，而他却有这个角色的担当，宣传，鼓动，失败中提振士气。我们却再难有钱、李、胡合编的新剧了。钱、胡都演过电影，李克农同志也是红军剧社名演员，而今钱、胡二人均是下落不明……

5月2日，侦获龙云致蒋介石"谒密"电："顷在羊街拿获共匪参谋陈仲山一名，瑞金人，现解省审讯。于其身上搜出情报一束，系我军各方往来密电，皆翻译成文，无怪其视我军行动甚为明了，知所趋避。现正研究其译电，系有我方电码本，拟以他种技术译出,并此后宜用何法通信,方免泄露。特先报闻,详情续达。"

5月3日,蒋介石以"良密"电复龙云:"我军电文被匪窃译,实属严重问题。此事只有将另行编印之密码多备,每日调换。凡每一密码,在一星期中至多只用一次,按日换用。密码每部各发十种密本,每日换一种,每十日再另发十种密码。一面如气候良佳,用飞机通信以补之。请兄就近编发密本,归此办理。"

蒋说"危险堪虞,耻莫甚焉",而龙云也终于明白过来,为何数十万"追剿军"围追堵截不了我们区区三万红军。蒋介石回复龙云之前,定是问过他的编码专家了。一日一密自然是严防失密的好举措,然这只是加大了我们二局的破译工作量,而我们的破译员只有曾、曹、邹三人。敌军的这番措施,对于我们神奇的二局破译者来说,仍然是徒劳。事实上,国民党军近期无线电密本,基本是每日或两三日一换了。自1月14日至5月9日,他们先后使用的密本至少有15种:绥密、克密、庭密、某密、吭密、吉密、胜密、志密、良密、力密、舟密、贻密、谒密、凯密、沿密,加之还有"专用密本"。这些通用密本原本不是隔天轮用的,即以蒋介石为例,明知"良密"4月24日已用过,又明知红军能破译其密码,他却在5月3、8、9日给龙云电中照样使用。如此看来,他的编码专家似已技乎穷矣。

敌军不仅是频繁变更密码,他们还开始使用代号,蒋介石代号为"和"、龙云为"谦"、薛岳为"切"、孙渡为"火"、吴其伟为"蔼"、周浑元为"规",如此等等,但也是无济于事,我们照破不误。

译电科参谋陈仲山被俘,他并非破译员,但身上带有已译电文。好在我们的破译难度并未因此而加大,蒋介石的密码也并未因此而改变。倒是那个龙云主席,他既然已知我们的破译能力,便想试探一下。他故意在国民党军通联密电中说,朱总司令已暗中派人与他联系,条件是要退还朱总司令在昆明的财产。他是想在红军领袖这里要一把离间计,如其所愿,此电自然为我们截获并破译。我们一笑了之。

对于二局而言,陈仲山事件定然是严重教训,我们须得从教训中大力改正。曾局长为此采取更严厉措施,以防此类事故再度发生。至于教训,老实说,客观原因也并非没有。我们红军唯有快跑才能甩掉敌人，每日上百里强行军是家常便饭，但往往又是在半饥饿状态，很多战士草鞋跑烂了，赤着脚也得跟着跑，双脚流血也得跑。他们大多文化低，很多是文盲，他们不懂多少理论道理，但是认定只有跟着红军走，穷人才能有生存，才能得到解放的道路。只有跟上红军大部队不停跑，一旦掉队就再也难跟上，而随后追来的是敌军和民团。战斗部队官兵三大任务是行军、打仗、睡觉，而打仗属突击性任务。我们二局情况则不然，无论是行军还是打仗，我们都要全天候值班，随时侦收破译敌情，天天如此。虽然我们人员分成两班，打仗行军两不误，但睡觉时间是被大大压缩了。大部队在急行军，而我们前班要比部队早三四个钟头出发，后班要比部队晚出发三四个钟头，但又要及时跟上，我们就只能在值班时又分成两班，轮流值班和睡觉。强行军以夜间居多，白天有敌机不间断轰炸和扫射。二局人员长期睡眠不足，人员不便同时行动，防空空袭时或因熟睡而掉队，又不能及时被发现。钱局长就是在遭空袭时掉队了。

那些掉队的人，都是凶多吉少。忽又想起我们的小何，想到邹副科长的那句回电："收悉。你已完成任务。

请关机！速撤！"

他向总部传递了敌情，他的任务已完成，可他仍不关机，仍不撤离。他破开了那个"梅"字的密码，他要告知我们。生死有时就在一瞬间，假如他早些关机，兴许还有些力气撤离。同志们在突围，而那个时刻，他定然是想着发报比突围还更重要。那样的情势，突围首先是个人的逃生，但若突围时倒下，就绝无机会再发报了……

我们的军纪是人亡机毁。军委三局有个通信战士，他是在这最后一刻抱着电台跳崖。乌江上游老木孔，我们收到的只是小何发来的信号，我们听不见那刀光血影中的厮杀声，也看不见他那最后一刻的神情……

想象中那个阵地，他定是身在一处山崖向我们发报，也是跟我们道别……

4月29日，破译蒋艳电：王家烈准辞本兼职，调任军事参议院中将参议。……

5月5日晨，皎平渡，我们随中央纵队渡过金沙江。川滇边界这条大河名为金沙江，实是长江的上游。我军原先要在宜宾、合江之间渡江入川的战略计划,而今在云南这里实现了。这个大迂回真可谓神秘不测!(补记:三国时刘备入川系由张松献图,此番红军入川,则有龙云献图。龙云给薛岳送军用地图和药品,不巧飞行员忽然生病,便改用汽车。汽车在曲靖一带被截获,车上满载白药、火腿和茶叶。白药乃我军所急需,而车上的数十张军用地图更是救急:就在这些地图上,我们发现金沙江有九处渡口。)

攀枝花漫卷山谷,如火焰般绽放。两岸燃起篝火,照着波翻浪涌的江面。6条叶子船来回不停,36名船工轮流摆渡。人乘船,马涉水,人引马走,马随船行。人在船上牵拉着骡马,骡马随船泅游过江。我们二局的大青马亦是如此过江,它的缰绳并不拴在船尾,是阿根坐在船上牵引。有些胆小的骡马,要靠饲养员前拉后推赶下水,一入深水,四蹄难以着地,就只好跟在船尾浮游。我们的大青马却是自己下水,游水的过程也很轻松,似乎无需船力拖拉,就在船侧跟着向前游,那个姿势真是蛮潇洒!

江边山石嶙峋,并无房屋可住,唯有几个小崖洞,我们和中央首长都住进崖洞里。石洞闷热潮湿,上边在滴水,下边是苔藓,我们立即架起天线工作,洞中石头便是我们的桌凳。自1月突破乌江至今日抢渡金沙江,我们二局在敌军围堵的险恶环境中,在近四个月的艰难迂回征战中,曾、曹、邹他们在身心承受的极限状态中,相继破译蒋、湘、桂、黔、川、滇各种密码百余本。每一笔都登记在邹副科长的黑皮本上。他为节省纸张,改用了更小的文字记录,这就看起来更为漂亮了。黑皮本空白页已不多了,革命胜利之日也该为时不远了。我们虽是唯物主义者,然内心里也还是有这点迷信,我们都抱有这个希望,希望剩下的这几页空白该是足够用。若是钱局长还在,若是他再翻看黑皮本上这百项新记录,他定然会说这是更漂亮的"百美图"。有赖于毛泽东和中革军委出神入化的妙用——毛是宏观大手笔,周则是细致入微,我们侦破的密息发挥出了最大效力。情况瞬息多变,用兵变化无常。孙子曰:"水因地而制流,兵因敌而制胜。故兵无常势,水无常形,能因敌变化而取胜者,谓之神。"

古人以水流喻兵法,而今我们却实在地面对着如此一条大河了。此非寻常水流,此乃一条犹如巨蟒的大江。政治局已有决议,红军要争取迅速渡江,要北上川西建立苏维埃根据地。

军委首长就在与我们相邻的崖洞里,那里却有不利消息传来:红三军团在洪门渡也因江水湍急无法架桥。前两天红一军团在龙街渡遇阻,也是因江宽流急,军团长林彪请示军委,军委令他们原地待命。两大主力军团渡江受阻,而万耀煌师正尾追而来。如若万师急进至金沙江渡口,再加薛岳其他部队跟进纠缠,红一、红三军团与中央纵队就有被隔江截断之危险。万师离金沙江渡口仅有一天半的路程。军委领导已是万分着急,但又苦无良策。恰在此时,曹科长译出万耀煌致蒋介石密电,万耀煌并不想急追!万谎称在其前进方向上并未发现共军形迹,故决定在团街原地休整一日,然后再沿原路返回,协同友军从其他方向"围剿"共军。

追击迟缓,堵击不力,各路"追剿军"都是各打算盘,心照不宣。万耀煌师自然也要保存自己实力,不愿孤军深入尾追红军。得获此电,军委领导们顿有柳暗花明之感。在另一崖洞的作战指挥室,毛泽东用铅笔指划着岩壁上的地图说,你们看,云南龙云的部队被我们"调"到贵州去了,现在万耀煌师又要听我们"指挥"了!你们都知道诸葛亮借东风的故事吧?我们现在借用蒋介石与万耀煌的矛盾,把咱们的主力部队调到这里来渡江。将来也让后人写段故事吧!

敌军原本只给我们留下一天半时间渡江,现在我们可赢得四五天时间了。军委随即电令红一、红三军团速来皎平渡,限时过江。

9日下午,我中央红军主力全部过江。

10日,万耀煌师到达江边,河面已不见人影(我后卫部队其实仍在对岸山顶警戒监视,敌人看不见而已)。他们望江兴叹,惟有江水茫茫,鱼鹰逐浪飞翔,沙滩上还有几只破草鞋。飞机又来,为周纵队投下军饷。江滩空寂,亦无滇军踪影。薛岳电蒋质疑滇军,我们却也截获龙云致蒋吭电:"……匪已过江无疑。闻讯之后,五中如焚。初意满拟匪到江边,纵不能完全解决,亦必予痛惩,使溃不成军,借以除国家之钜害,以报钧座之殊恩于万一。岂料得此结果,愧对袍泽。不问北岸之有无防堵,实职之调度无方,各部队追剿不力,尚何能尤人。惟有请钧座将职严行议处,以谢党国。……"

龙云"鞠诚上闻",自请处分,实是暗自得意吧。当初他并未料到红军会入滇,而今我军渡江入川,他这"云南王"自可高枕无忧了。云南确是个好地方,气候宜人,物产丰富,云南白药、宣威火腿和普洱茶都是好东西,城市日用品也多为从安南输入之法国货,据说龙云也有了法国造飞机。(补记:蒋屡次严责,周浑元情绪低落,万耀煌遂以至交身份开导。密电数语,"委员长飞滇一行,云南已归中央。共匪如药引子,中央政府权力不能到达之地,彼即引入。此次共匪入川,在军事上中央似失败,但在政治上实成功。今日由其引路,川中军阀便不敢联合拒我……")

过江了,不再侦收桂系、滇系密电。

会理。攻城数日不破,我军放弃围城。蒋介石飞临上空,向守城部队投下手令,晋升旅长刘元瑭为陆军中将,并投下钞票一万元为犒赏。

中央政治局在城郊举行扩大会。据说会议讨论林彪军团长写给中央的长信,林彪抱怨说红军走的尽是"弓背路",这样会将部队拖垮,他说应走"弓弦",走捷径。他认为毛、周、朱随军主持大计即可,应把前敌指挥权交给彭德怀,以求迅速北进与四方面军会合。林彪受严厉批评,他说写信没别的意思,只是心里烦躁。毛说:"你还是个娃娃,你懂什么?"只跑路,不打仗,部队确实是疲累不堪了,林信反映部队的这些怨气,是因他们不了解军委作战意图。毛说我们军委不是白痴,不会放着"弓弦"不走走"弓背"。为了进攻而防御,为了前进而后退。为了向正面而向侧面,为了走直路而走弯路。天下的事并不以你的意志为转移,你想这样偏一下子办不到,等转一圈回来事情恰又办成了。……

敌情瞬息万变,军委必须随机应变,甚至是朝令夕变,而应变的依据就是我们二局及时破获的敌情密息,而这不能跟作战军团明说。

我们走在石达开当年的行军路线上。石达开兵败大渡河,而我们正向着大渡河方向走,就不免说起当年那桩重大故事。当年石达开的太平军,也是一路走过江西、湖南、贵州、云南,到安顺场只剩四万人马,本欲过大渡河入川,奈何上游雪山融化,山洪暴发,队伍为河阻断,结果被清军包围数日,终至全军覆灭。时为同治二年四月间,阳历便是五月,而今我们欲渡此河,正巧也是五月……

蒋介石也早已想到了石达开,他当然是想要红军重蹈石达开覆辙。我们接连截获蒋介石致薛岳、刘文辉密电。蒋令薛晓谕各军官兵,务使人人洞悉八十年前石达开率师十万尚败亡于大渡河故事,与友军同心勠力,在大渡河南北夹攻红军并加以聚歼;蒋尤望刘文辉效法清代川督骆秉章生擒石达开之榜样,让朱、毛红军做石达开第二。

刘文辉,川康边防总指挥兼第二十四军军长,他会如蒋所愿为其效劳吗?新近的故事则是,刘文辉与堂侄刘湘在四川争霸,蒋介石支持刘湘,刘湘成了"川督",刘文辉退居地瘠民贫的边陲,无奈只做个"西康王"。

我们当前任务仍然是"走"与"打",但红军至此只剩两万多人了,很多人是死于冻饿和疲累,赤痢蔓延,伤寒病也开始出现了。至于打仗,弹药已是严重缺乏,再也经不起大的消耗了。我们已被逼到这片中国西部地区,只能跋涉在这人烟稀少的青藏高原东侧,所有人身上都长满了虱子。山峦险恶,江河纵横,林海茫茫,白雪皑皑,我们要战胜的不只是敌人的追兵,还有这凶险的大自然。

山高林密,云雾缭绕,阴雨绵绵,无线电信号接收大受影响,对敌侦听就更加困难。这穷山恶水之地,很难搞到汽油和滑油,电台用油成了大难题。我们一边节约用油,一边四处找油。

仍是按接力式战斗编组行军,仍是前梯与后梯交互行动,二十四小时不间断开机,不间断侦察。为抗地形干扰,监护班和运输队帮我们将天线架高,有时就架到山顶上。

敌人密码又有新变,曹、邹两位科长重点攻关,曾局长也资料不离手,走在路上想,骑在马上也是在琢磨,以致常常被绊倒,从马上摔下来。

离开会理之后,红军大步北上,又经过了大凉山彝区。幸有彝人向导和通司带路,我们未受大的袭击。25日,我们来到安顺场。此前蒋介石已飞赴昆明,他要亲自部署大渡河会战。此番他更是一副与官兵同甘共苦的样子,我们从密电的字眼中判知,他竟然亲自飞临前线,利用通信袋向部队指挥官空投"手令"!

那个穷追不舍的委座,从南昌到重庆,再到贵阳和昆明,他"不辞辛劳"一路跟来,是不会善罢甘休的。果然,26日他又匆匆飞往成都了,他设成都行辕"督剿"。

等待他的只能是失败。5月30日《红星报》:《我们已经胜利地渡过了大渡河》。在扬子江上游这个石达开兵败之地，我们红军创造了旷古未有的传奇……

一侧是贡嘎山，一侧是二郎山，两山夹峙中的这条大河虽不如金沙江那般宽阔，但却是浪大流急，流速每秒达四米。两岸群峰高耸，河面怪石林立，惊涛拍岸，咆哮之声震耳欲聋，岸边说话都要高声喊。河面遍是漩涡和暗礁，实难架成浮桥。这个季节上游雪山融化，我们比当年石达开渡河迟些日子，就时令而言河水更大，而我们是敌前抢渡，当年石达开开始渡河时，当面尚无清兵。我们在安顺场只找到三条船，一条可用，两条待修，而一条船最多能容纳三十人。若是如此，红军全部过河需一整月时间，而我们二局侦获的敌情是，薛岳的中央军正急奔而来，川军杨森部队距此也仅有三四天路程了。这河谷也许就是死亡之谷，如若不能在五日内渡过这条险恶的大河，红军恐就真要步石达开后尘了。

大渡河上游有泸定古桥，军委决定火速夺取这座桥。尽管尚不知此桥是否仍在，但我们别无选择。泸定桥是四川通康定的主要通道，由川入康的商品，诸如茶叶、咸盐、蔗糖之类，均在此地集散。我们兵分两路，组成左右两路纵队，沿河两岸同时向泸定桥进发。刘伯承、聂荣臻率已渡河部队沿东岸北进,军委率领未渡河部队从西岸北进。最坏的打算是,若是左路军过河失败,右路军即由刘、聂率领,"到四川去搞个局面"。

安顺场距泸定桥有320里山路,全是河岸岩壁凿出的崎岖小道,一侧是峭壁,一侧是激流,而且沿途敌情不明,我们的部队必须以两天半时间赶到,日行百里路。27日清晨,红一军团二师四团向泸定快速进发。他们溯流而上,刚刚急行三十里,便与川军交火。他们边走边打,沿途消灭所遇敌人,边打边走。午夜时分,他们在离安顺场八十里处休息。次日一早他们继续赶路,没走多远便见军团通讯员快马追来。这是林、聂给团长王开湘和政治委员杨成武的字条:"王、杨:军委来电限左路军于明天夺取泸定桥。你们要用最高速度的行军力和坚决机动的手段,去完成这一光荣伟大的任务。你们要在此次战斗中突破过去夺取道州和五团夺鸭溪一天跑一百六十里的记录。你们是火线上的英雄、红军中的模范。相信你们一定能够完成此一任务的,我们准备着祝贺你们的胜利!"

军委命令29日夺下泸定桥。地图上显示的距离是

240里,只有一昼夜时间,要凭两条腿跑完!此乃一道死命令。崇山峻岭,雨湿路滑,他们身背枪炮和弹药一路狂奔,沿路还要与川军战斗……

他们沿大河西岸向泸定桥疾行。瘴气笼罩的羊肠山路蜿蜒缠绕,忽起忽伏,有时是绝壁上凿出的栈道,一侧就是陡峭的悬崖,就是令人眼晕的湍流。有人实在跑不动了,有人失足坠崖沉入了河流,而能跑的就只能不停地往前跑……

29日凌晨6时,四团如期到达泸定桥。

西岸桥头,冲锋号响,战士们的热血立时沸腾起来!全团司号员一齐吹号,机关枪,迫击炮,手榴弹,全团火力一齐发射。伴着凶猛愤怒的掩护火力,22名背挎马刀、腰缠手榴弹的勇士,他们踏着摇晃的铁索和桥板发起了冲锋!惊涛骇浪的大河之上,他们是迎着敌人的枪弹前行!对岸桥头守敌魂飞魄散了,他们何曾见过这般神勇阵势!他们在桥头堡放一把火,便调头就往后边的森林跑。勇士们奋力冲锋,猛力地朝敌人扔去手榴弹。他们就这样冲过去了!

东岸就是泸定县城。红四团一鼓作气,迅速击溃刘文辉守敌。大部队陆续在桥头集结,等待按顺序过桥。渡过这条河,也就意味着,红军取得了军事上的伟大胜利。

我们从这桥上过河。桥索虽已铺多了木板,但依然晃荡得很厉害。大风吹来,人更难以直着身子走,有些人几乎是俯身爬过去,但又不敢正视下方翻滚的激流。不少骡马就更不敢上桥,它们挤在桥头惊叫,而我们二局的大青马,我们这匹安然走过老山界"天梯"的马,驮着伤员飞渡乌江浮桥的马,又平静地跟着阿根过桥了。大青马就这样与我们一起走向彼岸,走向胜利的前程。

这胜利的喜悦鼓舞着我们。我们就这样过了大渡河,走下桥头,立时便有天高地阔之感了。希望就在前面展开了,新的希望激动着每个人的心坎,我们有望很快与红四方面军会合了,这个似无尽头的长途跋涉也该停止了……

四方面军确切位置在哪里?我们的联络前些时候突然中断了。军委三局在约定时间轮番呼叫,却是一直不能叫通。只知他们是在北边。我们只能向北走。

过二郎山不能走山路,因恐敌机飞来轰炸,我们在人迹罕至的莽莽森林里行走。我们披荆斩棘,因为无路可走。原始林木遮天蔽日,从树缝里才可瞥见北方的雪山,还有北风吹动山壁上的雷击木。我们攀葛附藤,脚下是厚厚的腐叶和黑泥,在这荆棘丛中艰难行进,也要跟蚂蟥和毒蛇作斗争,还有小蜻蜓般大的蚊虫!我们冒雨行进,人人都成了"泥猴子",但在这阴暗的密林里,谁也顾不得自身好形象,大家更在意随身的行李。邹副科长的背包险些丢失,幸好后边人及时发现,不然是我们二局的巨大损失!破译科的黑皮本就在他背包里。

我们翻过二郎山,接着突破川军的天全芦山阻击线。口粮是越来越稀少了,我们要翻过前方的大雪山,伤员只能留下来,寄托在当地人家。留下来意味着什么,这都不能多想。他们死活要跟着队伍一起走,情愿死在路上。大家只能狠心将他们劝住,又将身上银元塞给他们,他们更需要这个。对于跟着队伍前行的人来说,其实并不需要这些私产。只要不掉队,身上有没有银元都无妨。可是他们说不要,"钱我不要,给我留下一颗手榴弹吧!"有位小战士哭着说,"你们的阶级情谊我领了,但还是给我一枪吧!"……只希望他们不被反动民团搜出杀害,只希望我们的战友能安全养伤,能尽快康复追赶队伍,只希望我们尽快再有根据地,再回来接他们……

天空阴云密布,我们却终于有了好消息!红四方面军又有信号了!三四月间,中央军委曾数度询问红四方面军情况,红四方面军亦都及时密复当面敌情,后来却不知何故联络中断。而今再度恢复联络,四方面军已派出部队迎接中央红军。6月8日,中共中央、中革军委向各军团发出指示,首次明确以与四方面军会合为战略目的,会合地点为懋功。我们跋山涉水吃尽苦难,就是要与四方面军会师。

我们在峡谷中向夹金山行进,时令虽已是夏天,夜间却几乎降到冰点。"人马同时饥","薄暮无宿栖",整个大军都同时尝着这滋味了。山脚下只有几间藏民的屋子,只能供我们电台进驻,便于工作,毛、周、朱等首长也只能是露营。朱老总就在一块突出的岩石下休息,而他却是风趣地说,今晚总司令部住进了天堂!

在一片片露营的队伍中,政治委员们在大声作动员,不外是说,我们是百战百胜的工农红军,过去,我们打败了无数军阀,现在,我们又要向大自然开仗。只要我们发扬不怕牺牲的精神,任何艰难都不能阻挡我们前进!山高高不过我们的腿,雪冷冷不了我们的心!我们和雪山比高,和冰雪决斗!……

夹金山,我们只能选择这条路。蒋介石以为不费一枪一弹,就能冻死饿死红军。我们这支来自南方的队伍,少有人见过这样的大雪山。翻过这座山,我们的战略目标就要实现了。因有这样的信念,就不再觉得这雪山可怖。这里当地人却说,这是飞鸟都难以越过的神山,冒犯了雪山上住着的神,就会遭到惩罚。但我们无路可走,必须翻越这座山。

来到这雪山脚下,顿觉寒气袭人。这个季节我们都是一身单衣,冬衣早已在云南卸下,完全是出于阶级同情的意志,我们全都送给了那里的"干人"。好在有总部特别关照,给我们每人发了一块山羊皮,我们绑在身上御寒。战马喷着雾气,篝火熊熊燃烧,各部队都在煮辣椒水,可辣椒也是很奇缺了。

喝完辣椒水便开始爬山。

群鸟在麦地上空飞集,它们在冲我们呱呱叫着,是那种红嘴的乌鸦,似在发着最后的警告,可我们哪管这个!

在这胜利会合的前夕,有多少人长眠在这雪山上。夹金山远望并不甚高大,但山上高寒缺氧,气压低,心脏受压迫,呼吸就艰难,脸憋得发青,只能慢慢地挪动。有些个年轻战士,病弱的身体已是极寒,正在说着话,一瞬间就没了气息。一失足便会陷进冰窟里,便会从雪坡上滚下。不能大声说话,不能有笑声(笑声会冒犯山神,也会引发雪崩),也不能坐下歇息,不能晕倒。有人一坐下就口吐白沫,就再也起不来。有身体极度虚弱的战士,步子不稳被风刮到了雪谷里。有人看见毛泽东也是拄着木棍走,还有徐老、董老、谢老他们,他们是跟上干队的人一起走,徐老仍是以他那杆红缨枪当拄杖。贺子珍看起来身体很虚弱,她也是坚决不骑马,她将自己的马让给重伤员,自己只是拽着马尾巴爬坡。我们的充电机,这个最笨重最要命的宝贝,还是由阿根和运输队战友抬着。爬至半山的时候,曾局长忽然弯腰有些气喘,额头上也在冒汗,我们紧忙催他上马,正要让马背上那个昏迷的战士下来,曾局长却制止了我们。他直起身子缓缓呼吸几口,就又拄着棍子,跟跟跄跄地朝前走。不多久,我们又见司令部一位女同志走不动了,就赶紧让她拽住大青马的尾巴。我们都是光脚穿草鞋,并无袜子可穿,步步都是踏在雪窝里。不少人草鞋早已磨破,旁人亦无多余的鞋可提供,便光赤着脚在雪里走。有的脚冻裂出血了,就用破布缠着走。据说也有革命浪漫主义者,在山顶蘸着糖精吃雪团,说是比上海冠生园冰淇淋还更美味!(补记:近日却听萧劲光说,这是他们爬后边另一座雪山时的故事。当时有人嚷着说有糖精拿出来"共产",郭化若就掏出装糖精的小瓶子。)

一军团宣传队留了大标语,写在一块木板上:"同志们,请千万不要停下来!要鼓起精神,一口气爬上去!从此处到目的地只要五小时,用劲吧!!!"干休连抬担架的一名女政治战士,突然喊着说眼睛痛,说是眼球发胀,就有人说,这是眼睛被雪光刺激,恐是要得雪盲症了,另一名女战士赶紧替换了她。就这样在狂风飞雪中趔趄前行,也不知走了多久,就在感觉再走几步就要倒下的时候,我们望见了红旗。山顶就要到了,那是先头部队插上的红旗。到了山顶,接着就得到指令:"坐下来,滑下去!"我们便大胆地如此照做,如坐"雪车"滑下山坡,但有人却滑进了雪窟里……

6月12日正午时分,夹金山北麓浓雾弥漫。中央红军和红四方面军的前锋部队在此相遇。中央红军前卫部队是一军团四团,王开湘和杨成武从望远镜里看到那些持枪的人,他们也都头戴八角帽！先是有短暂的对峙,司号员以号谱联络,可双方都难以听懂。四团侦察员们带回了消息,是红四方面军！在渐渐散去的雾气中,双方都看见了对方的红旗,旗子上都是镰刀锤子！两支红军蜂拥而下,山谷中顿时响起一片欢呼声。

红四方面军总指挥徐向前,要求以"十二万分的热忱欢迎我百战百胜的中央西征军",衣衫褴褛的四团官兵吃上了大盘的牦牛肉、羊肉和土豆。14日下午,中央和军委领导下山来到达维小镇。次日清晨,他们离开达维去懋功。红四方面军与中央野战军互致贺电。18日,中央红军大部队到达懋功,这座雪域小城变成了欢乐的海洋,握手,拥抱,联欢,我们受到了兄弟般的热情欢迎,每一个人都甚为激动,两支大军的官兵都互送见面礼物。红四方面军大本营在茂县,张国焘致电说懋功一带粮食困难。中央红军离开懋功北行,到达两河口附近。红军官兵搭起会场,中央和军委领导出营三里,迎接张国焘到来。在他们身后,数千名中央红军列队完毕,破烂的旗子在寒风中飘扬。

天降骤雨,队伍站在雨地里,首长们走到雨棚下。"来了!"有人欢呼一声,接着就有更多更响的欢呼。人们纷纷踮脚翘首,直望着前方的路口。先是林间路上现出几个马头,转瞬间一群高头大马疾驰而来。

"欢迎四方面军的领袖!"

"向英雄的四方面军学习!"

"红军主力会合万岁!"

……

战士们用力敲打着锣鼓,轰雷般高喊着口号,泪水和着雨水,淋得一塌糊涂,跳跃欢呼就更起劲,是为这胜利的喜悦!两支雄伟的人民武装,从此紧密地团结在一起,向着新的胜利前进!……此起彼伏的呼喊,排山倒海的热烈,此情此景,实非笔墨所能形容。

那些骏马飞奔而来,马蹄溅起一片水花。四方面军首长和他们的骑兵警卫队。最前方是一匹白色高头大马,那该就是张国焘了。

八角大帽,深色新军服,张国焘手握马鞭,面带微笑,此刻他是气色红润,神采飞扬,而毛泽东身穿打补丁的旧军服,双颊深陷,面色憔悴。

张国焘主席,陈昌浩总政治委员,还有更多陌生的红四方面军高级将领……

这也是曾局长久盼的一刻。他期待那个熟悉的身影出现。他的哥哥曾钟圣,鄂豫皖革命根据地的领导者。他们已有六年多未见面了。上一次见面还是1929年春,哥哥刚从莫斯科中山大学归来。在上海的中共中央军委,短暂的相见,曾局长便北上烟台搞兵运。

革命者走天涯,总是多别离。革命者时刻准备牺牲。我们早已习惯了种种离别,甚至是生离死别。我们与四方面军早有电台联络,虽然时断时续很不畅顺,难道他不曾想到以电台与兄长有所联络吗?

我们也曾问起他这个。曾局长却是一副不容置疑的神情。他只是淡然地这样说一句:"同志,咱们有纪律。你不懂吗?"

补记:近日听四方面军二台同志讲,他们有时与中央红军联络不畅,是因曾丢失过密码本,张主席担心敌人破译我军密息。

与四方面军同行有了亲密交流。我们不曾想到,四方面军竟有八万多人马,而我们中央红军这一路走来,当是不足两万人了。我们是饥饿疲惫之师,而他们是兵强马壮。我们破衣烂衫打着补丁,很多人都是瘦骨嶙峋,而他们却是个个都有好气色。他们都是崭新的深色军装,八角帽也比我们更大。

红军通信学校政治委员曾三,当年他在汉口时无职业,周恩来派曾勉同他谈工作,要他去上海找伍云甫,让他们一起跟张沈川学无线电技术。1930年初曾三离汉赴沪,曾勉给了他15块银元作路费。曾三与蔡威彼时都是周恩来组织培训的通信干部,同在上海巨鹿路无线电班受训,而今蔡威已是四方面军无线电二台台长。二台是侦察台,蔡威是四方面军最出色的破译员。曾局长便约上三局局长王诤,由曾三陪同主动去拜访蔡威。曾三与蔡威见面就道离别之情,蔡威吩咐司务长做好吃的,司务长将腊肉和银耳都拿出来,还搞了一大盆牛肉和白米饭。第二天他们接着聊,第三天,他们又见面了。他们似有聊不完的话题。

吃着牛肉和白米饭,曾局长笑问蔡威吃密码的滋味。原来是有一次蔡威他们被敌军包围,蔡威先让二台人员掩埋好电台和器材,然后带大家突围。他随身携带着密码本。他深知一旦被捕后果不堪设想,便急中生智掏出银元和铜板撒地上,他的同志们也都跟着掏钱撒出去,国民党兵见钱眼开,忙着低头捡钱抢钱,追击速度也就放慢了些。蔡威边跑边撕密码字纸塞嘴里,一边跑,一边撕,纸片嚼烂吞咽腹内。人在密码在,人亡密码亡。

蔡威早年就读于福州格致中学,也上过上海惠灵英语专科学校,他是受新文化洗礼接受马克思学说,走上革命道路。他讲一口福建"官话",有时难以听懂,加他学过洋文,二台同志就称他是"洋学生"。他的英文在破译中可是大有用场,尤其是当初破解敌军QRC台密。这位"洋学生"脑子极灵光,动手能力也是很强。1932年蒋介石30万大军"围剿"鄂豫皖苏区,红四方面军被严密封锁,层层包围。电台缺器材,缺油料,还经常出毛病。蔡威于是埋头机房,日夜钻研,解决了一个又一个难题。充电机没有"胀圈",他就亲自动手做模具,搞翻砂,用打碎的瓦灰磨光来代替;没有滑油,他将猪油和牛油炼两次再加以过滤后使用;看到当地群众用河沟水流带动木轮机磨面,他就研制出一台木制水轮机,利用河流落差发电。……曾局长与蔡威有了更多交流,二局与二台来往也就多起来,同志们有时也一起打乒乓球,二台同志也借给我们《小说月报》看。蔡威听说我们二局充电机时常出故障,便将仅有的一台借我们应急。

与四方面军同志们接触多了,我们的感受也变得复杂起来。会师之前陈昌浩总政委曾提出"欢迎三十万中央红军"的口号,宣传标语也都是这样写了,会师后得知他们期盼的"伟大铁军"只剩这点人马,而且身体差,病号多,四方面军同志情绪便有些复杂了。

陈昌浩曾与张国焘一道赴鄂豫皖苏区,是由顾顺章亲自护送,正是在完成此项任务归途中,顾因在汉口表演魔术被叛徒认出。张国焘到达鄂豫皖苏区之前,曾局长的哥哥曾钟圣是中共鄂豫皖苏区特委书记兼军委主席。鄂豫皖苏区,那曾是中国共产党最大一块根据地。曾局长与蔡威来往多了,同行再加战友,有了密切的感情,也就无话不谈了。蔡威听曾局长说自己是曾钟圣的弟弟,便立时对他肃然起敬,然又有几分惶恐。这次两大主力军会师,竟然不见哥哥的身影,曾局长本以为他有军务在外——红四方面军总指挥徐向前也未到场,据说他正在芦花前线驻守。曾局长也猜想哥哥或是身有重伤或罹患重病,而今见蔡威面有惶恐之色,警觉中便顿有一种不祥之感。哥哥很可能是卷入政治旋涡了,比重病比重伤还更致命……

这些日子,我们也不时听闻张国焘搞"肃反",四方面军干部人人自危。莫非是"肃反"扩大化搞到了哥哥头上?据说"肃反"对象主要有三种人:一是从白军中过来的,不论是起义、投诚还是被俘的,不论有无反革命行动,要审查;二是地主富农家庭出身的,不论表现如何,要审查;三是知识分子和青年学生,"知识分子"成了一顶帽子,凡是读过几天书的,也要审查。以"纯洁革命队伍"的名义重则杀头,轻则清洗。据说有女同志因长相好看也遭清洗,因这漂亮便有资产阶级嫌疑,或是地主家庭混进革命队伍的千金小姐。四方面军二台的同志得以幸免,是因战事离不了电台和情报。蔡威是敌台密码的"克星",也是陈昌浩供养的"菩萨"。为不给蔡威带来政治上的麻烦,曾局长便尽量避免与他私下接触了。

阴沉的迷雾在弥漫着。两支无产阶级优秀儿女组成的铁军,克服重重艰难险阻,奇迹般地、兄弟般地会师了,这该是令人无比高兴的胜利,但这热烈的情谊却被寒流驱走了。阴霾中有越来越多令人不安的味道,政治上的分歧终究开始发生了。在红四方面军,在会师后的两大主力红军,张国焘是要拥有更大的权力。曾钟圣并非是因"肃反"扩大化而卷入政治旋涡,他是因反对张国焘的"左"倾教条主义而遭迫害。早在1933年8月,张国焘即诬陷曾钟圣是"托陈取消派",是"右派首领",将其撤职并关押。红军会师之后,毛泽东、周恩来等提出要见曾钟圣,但被张国焘断然拒绝。

关于哥哥的下落,曾局长是从中央领导那里得知的。他为哥哥尚在人世而庆幸,但这是怎样的咫尺天涯之感!阴沉的迷雾!他就在我们自己的队伍里,他也是这支队伍的高级领导人,这是共产党所领导的队伍,但是党中央却无法解救他……

党中央面临的是一场残酷的斗争,这场斗争关乎红军的命运和前途。在这伟大的会师之后,反对机会主义的斗争,是当前党的一个最严重任务。会师的欢乐是短暂的,这欢乐很快就为深重的忧虑所驱走。这个危险信号早在会师之前就有了。两军会师之前,张国焘、陈昌浩即致电中革军委:反对北上,主张南下;即令北上,也不应向北向东发展,而应向西,去青海方向……

北上,是为建立川陕甘苏区,更靠近抗日前线,也有利于共产党在抗日救亡中发挥作用,然张国焘却要避开国民党的强大军事压力,他主张全军南下四川和西康边界，或向青海、新疆方向退却。6月22日，中央两河口扩大会，绝大多数与会者赞成北上，张国焘见意见一边倒，便也只好表示同意。会议决定张国焘为中革军委副主席。

我们当前大敌是胡宗南。黄埔一期，国民党"剿匪"第三路第二纵队司令。我们二局时刻不放松警惕，我们既要紧盯国民党"中央军"胡宗南、薛岳的动态，也要时刻关注川军各派的情况。胡宗南部刚到松潘，暂时立足未稳。29日，根据两河口会议精神和二局报告的敌情，中革军委制订《松潘战役计划》，以求争取先机之利，歼灭胡宗南部，以夺取北上道路。然张国焘会上同意北上方针，会后却按兵不动，并煽动一些人提出让他担任军委主席。

闻中革军委向徐向前、陈昌浩颁发了红星奖章，一等，金质。忽想起钱局长，红星奖章的设计者。又想到小何，想到钱局长送他那本《初恋》，想到他最后发出的那份密电。静思苦想，心痛难禁。竟夜无眠。

7月中旬，按计划又翻越几座雪山，其中就有梦笔山。中央红军攻下松潘附近的毛儿盖,力图实施《松潘战役计划》,岂料张国焘却不予配合。四十多天的时间,因为他的延宕贻误,蒋介石有了调整部署的充分时间,胡宗南在岷江以西、懋功以北地区构筑起了碉堡封锁线。松潘战役战机已失,红军北上就无路可走,唯有穿过松潘以西的大草地。

张国焘是个实力派,他明显是在拥兵自重,为争取他率军北上,周恩来让出红军总政委职务。6月,为与红四方面军对等,以便于协同作战,中央红军正式恢复红一方面军番号,不再使用野战军番号。7月中旬,红一方面军下辖军团改为军:红一军团改为第一军,红三军团改为第三军,红五军团改为第五军,红九军团改为第三十二军。红九军团当初未能过乌江,但他们不仅并未消亡,顽强地活了下来,而且队伍更为壮大。他们未渡乌江,但也成功渡过了金沙江,与中央红军会合。

二局最新敌情:胡宗南主力正在松潘地区完成集结;薛岳兵团由雅安进到平武地区与胡宗南部靠拢;川军各部已占领懋功等地。

一个新的包围圈在缩紧,敌人的堡垒封锁已基本完成。党中央为摆脱困境,又于8月3日制订《夏洮战役计划》，决定红军主力折转向西占领阿坝，再向北进入甘南。为加强一、四方面军的兄弟团结，亦为避免大部队行军拥挤延误战机，该计划将两个方面军部队混编：右路军由徐向前任总指挥，陈昌浩任政治委员，叶剑英任参谋长，率红一方面军第一军和红四方面军第四军、第三十军由毛儿盖出发，经松潘草地到班佑；左路军以红一方面军第五军、第三十二军和红四方面军第九、第三十一军、第三十三军组成，由红军总司令朱德、总政委张国焘和参谋长刘伯承率领，由卓克基出发，经松潘草地到阿坝，然后向右路军靠拢，一起北上。党中央随右路军行动。红军总司令部二局和红四方面军二台一同编在右路军，随前敌总指挥部行动。

我们军委二局编在右路军。兵分两路开拔之前，曾局长正在左路军侦察台指导工作，刘伯承参谋长特别跟他说："你无论如何要跟毛泽东走，不要跟张国焘走。"懋功会师之后，张国焘通过各方面的了解，获知曾局长和我们二局的重要作用，自是羡慕不已。他想利用红军总政委的地位挖墙脚。先则想打曾局长的主意，但他是曾局长哥哥的残酷迫害者，他也该自感心虚吧，哪能再把曾局长弄到自己身边？他转而又设法拉拢我们二局的曹、邹等人，企图求得二局或二局的一部分人跟他走，但他只能是枉费心机。我们也大不满于四方面军陈昌浩盛气凌人的那个派头。身为红军前敌总指挥部政治委员，那次他和其卫队来党中央驻地，神气傲慢地骑马从我们身旁奔驰而过，我们心中便隐隐有些不快，没错，我们衣破、人少、枪少……

松潘大草地。一派美丽的大自然风景，但是没走多远，我们就要诅咒这个风景了！这是又一次死亡之旅。我们是在这缺氧的高地与大自然奋斗着。我们蜿蜒浩荡的人流长阵，是这荒无人烟的死地前所未有的奇迹。第一天走的尚算是干草地，第二天草地开始有水，但水深只没到脚踝，第三天就进入水草泥沼了。草地仍是草地，但地上见不到泥土，只有茂密的水草。无边无际的自生自灭的野草野花，花草之下是浑浊泛滥的黑泥红水。我们裤腿高高卷起，深一脚浅一脚在这无边泥淖的草茏上行走，每一步脚下都是夺命陷坑。一个人陷下去了，施救的人也会被拖下去。我们尽量沿先头部队留下的路标走，"由此前进"。阴云密布的天空，没有一只飞鸟，地上也没有树，也没有一块石头。跋涉一天找不到干地,部队只好在水洼里宿营,战士们就拄着木棍或枪托在水里打盹。干粮袋里还有二两青稞炒面,无论怎样的饥饿,也是断不敢吃了,前边不知还要走几天。很多前两天多吃了几口,既然超出了预算,就只好绝食一日试试。寒风冷雨之中,地上的青稞麦粒也被人发现了,那是粪便中的青稞麦粒。饥饿难忍之中,两眼直冒金星,有人抓起一把便用水洗了吃。野菜可以填充饥肠,但也不能乱吃,有些是致命的毒物,尤其是那些毒蘑菇。我们二局好几位同志吃了毒蘑菇。野葱、野蒜、草根也都被前头队伍吃光了,青草根本无法下咽。遍地是水,可也不能随处取饮,有些人就中毒倒下了。我们有时就盼着下雨,等着接雨水喝,但又难有干爽的地面生火烧水。夜间露营,若能找到一小片高出水面的草丛,已是喜之不尽了。天气变幻莫测,时而赤日炎炎,晴空无际,时而乌云翻滚,风雨雪雹齐来。没有帐篷,也没有雨衣,很多人扛不住饥饿和严寒而死去,后续部队就沿着一具又一具战友的遗体朝前走,不再需要路标和足印。我们的钢铁战士,多少枪林弹雨都闯过来了,却是闯不过这草地!沿途随时都看到掉队的人,虽是有心无力,虽然自己也是饿得头晕眼黑,大家都还是出于革命友爱的意志,尽量去帮助一把。早晨看见一班人围在一堆火灰边,火堆上的小锅在冒着热气,他们背靠背静静地坐在那里,每个人怀里都抱着枪,像是熟睡了的样子。招呼他们起来走,却不见有应声,我们走过去拉一个,他的身体却一触即倒。他们死前还围在一起烤火啊!我们都停下步子,流着泪将他们轻轻放倒,为着让他们走得舒服些,也为仔细看一下,是否还有尚未咽气的同志,不能活着丢下他们。我们无法掩埋他们,这草地上没有一点干爽沙土,只好拔一些带花的野草盖住他们的脸。夜间宿营的时候,漫天星斗也难以给人以美丽的遐想了。好在还是有篝火燃起来,大家便围拢在一起取暖。这无比凄惨之寒夜,也依然有歌声。不再是放声高歌,悲怆中却依然有动情,有力量。是纵队司令部的蔡大姐在唱,是那位奄奄一息的小战士要她唱外国歌,这该是他生命最后一刻的愿望了。蔡畅大姐坐在一块油布上,她已许久不唱歌了,但她不能拒绝这个要求。"好,不要哭,我唱吧。"她用法语轻轻唱起《马赛曲》,大家都背靠背地坐着听。这雨水和泪水中的歌声,伴着我们在饥饿的煎迫中坐待天明。

我们是随红一军行进。第四天,军部送给二局一顶帐篷。此前周副主席曾特地指示,二局人员不参加筹粮,但必须保障二局的粮食供应。这倒并非二局搞什么特殊,实因工作一刻都不能脱身,然而部队筹到的粮食也很有限,每人只分得三四斤麦子,粮秣处能给二局的也不多。在毛儿盖,朱总司令也是亲自去割麦,虽是与大家同甘共苦,其实总司令部也断了粮。周副主席已病倒,他是跟红三军行动,彭德怀下令将他抬过草地。走到这第四天,我们也都彻底断粮了。好几位同志都饿病了。我们用那顶帐篷保护器材,人就露营在风雨中过夜。人人都在饥寒交迫中苦熬,但我们仍是照常开机,全力捕捉敌情信号。作战部队不打仗,这几日我们就不必前后两个梯队行动,但依然是两班轮流作业,一分一秒都不停顿。我们在帐篷里架起机器,在拉起的油布遮蔽下工作。好纸张用完了,手头的粗糙破纸无法用铅笔,一划就破,抄收和译电就只能用毛笔。天冷毛笔笔头随时冻凝,就要不断地用嘴哈一下热气,一夜间人人都成了黑胡子张飞。然而汽油用尽,我们只好保证三台15瓦特电台工作,报务员收发报时,机务员手摇摇杆以人力发电,机务员仅剩的力气还在。蓄电池没电了,机务员在电池上钻几个孔,将其泡在尿液里,无盐水,无盐食,好在尿液还是有点咸劲,如此也能对付些时候。第五天,饥饿断肠的又一天,有三位同志实在是走不动了,大家就搀扶着他们往前走。各科的牛皮公文包也都已吃完,阿根拿出他仅剩的半截皮带。皮带上泛着的碱霜,是无数汗水的结晶,先已刮去煮野菜了,也是难得的咸味。此刻他小刀将皮带切成数十块,将它们交给炊事班。下雨天无干柴,大青马一路驮来的宝贵的干柴已烧完,阿根便又劈了枪托,就这样猛火炖烂,大家各分一块慢慢嚼。阿根的运输员工作最耗体力,本来就是饭量大,有人却见他悄悄拿口粮喂马,而他也已饿晕过两次了。西征以来,他挑的担子总是负重满载,他抬的机器也总是沉重的充电机。过老山界雷公岩"天梯"时,充电机无法两人抬,他竟是用绳索绑在背上走过去。而今眼见他抬着充电机行走时,步子已有些打晃,脸上也在不停冒虚汗。有时走半天地上尽是水,充电机不能落地,担子就一直压在肩上,就只能长时间抬着。越来越多的同志病倒了,但是我们只能前行,伤病员也不能留下,不能留给后边的收容队,是因收容队也无力救起所有的掉队者,而我们二局的人不能掉队。这一夜又是狂风暴雨,大家冻得缩成刺猬样。红一军团一名小号手饿昏在地,就在他半个身子陷入泥潭时,我们合力将他拉住。一只手拉着一只手,而阿根是在最下边,眼见他也被拉着往下陷,忽见他猛地躺倒身子,一手紧抓着小号手的手,自己用力打个滚,就这样将小号手带出地缝。缺氧、缺盐、饥饿、浮肿,阿根身体已是很衰弱了,但他还是吃力地抱起小号手,像是抱着自家的小弟。他将小号手放在一块略干爽的草墩上,运输队员拉开一条夹布毯,草地上无树木可寻,他们将步枪刺刀倒插在地,将布毯四角系在枪托上,如此搭起一个避雨小帐篷。夜里小号手病势加重,身子在不停打哆嗦,牙齿咬得咯咯响,阿根便将自己的小夹被盖在他身上。小号手早上醒来想给阿根盖回去,却发现阿根已是全身冰凉了。我们循着小号手的哭声跑过去,看到了双目紧闭、脸色苍白的阿根。曾局长俯身摸着他的手脚,又起身默默地抹一把泪。小号手仍在伤心地哭喊,我们好言将他劝住,他便呜咽着说起夜里的情形。我们将夹被轻轻盖在阿根身上,又掰开他那攥紧的右手,就见手里有三块沾有血迹的银元。我们这个最能吃苦最有力气的阿根,是过度饥饿和疲劳耗尽了他的生命,是严寒忽然间夺走了他最后一丝体温。这个平素不声不响的劳苦者,就这样悄无声息地离去了。我们默默地流着泪,想在那条枪上写上他的名字,就让那杆枪永远地插在这里。这时我们突然听见一声枪响。我们转身望去,就见大青马已倒在了地上。犹如猛雷轰顶,我们愕然失声,顿时心如刀绞,我们不敢直视那在地上挣扎的马。我们呆呆望着远处那个身影,那是曾局长的背影。他垂首站在那片草甸上,此刻正是风雨交加,他的身子却默立不动。他的右手拎着手枪,那枪口有一团硝烟在弥散……

这一日我们陷在沉痛的静默中。大家含泪吃了救命的马肉,但曾局长却一口也未动,连看也不看一眼。他只是一个人闷头朝前走。警卫队战士赶上去,但也不敢说话,只是跟在他身后走。我们深知这种时候谁也不敢劝他,我们就只好默默地跟上。

我们只是凭借最后一口气往前走,这口气一松,人倒在地上,就再也难以爬起来。

天色虽已放晴,但日光却是苍白无力,一如这些骨瘦如柴的人们的面色。人人瘦成麻秆,双腿却是又粗又肿,是被这草地毒水浸泡的。大家都是低头闷声走,谁也不愿抬头向前看。这一望无际的水草地,越看越令人感到渺茫,感到绝望……

又一个昼夜熬过去了。天又蒙蒙亮了,先是预备号传来,继而是集合号,前进号。不只是一支号,是好多支号在齐吹。进入草地之后,我们就没再听到过前进号了。每天爬起来,就是艰难地往前走,部队就难以有整齐的队列。此刻前进号响起,我们救起的这名小号手,阿根以自己牺牲而挽救的小生命,就挣扎着动起来,他吃力地爬到一片稍高的草台上,摇摇晃晃地站立起来,也吹响了自己的前进号。

这是第七日。黄昏时分,焦盼着的陆地终于出现了!草地的边缘,有了踏实的土路,路边开始见到石头了,久违的石头!"石头!看见石头了!"石头成了希望的象征。有人捡起一块小石头揣在怀里,激动的泪水也流下来。曾局长大声说:"前进吧,同志们,就要胜利了!"……

补记:胡底同志随左路军过草地时食蘑菇中毒,中毒后不省人事,昏迷中大骂张国焘,醒后被张撤掉总部侦察科长职务,也收回他的乘马和警卫员,后又被收押于警通营随军"戴罪"行动。待到三大方面军会宁会师时,已不见其身影……

我们终于走出了这片水草地,最可诅咒的草地。指北针将我们引到了班佑,我们住进了牛屎房子。虽只是些牛屎糊成的低矮小屋子,也足可令我们不受风雨侵袭了。若说何为从地狱到天堂,我们立时就有这种感觉了。我们得救了,而且还有意外的好结果。在我们睡成一个安稳觉的这个班佑,包座的敌人,似是有意前来接引我们这迷路之客,敌军的侦察队将我们引到了不远处的阿西。阿西就是人间田园景色了,麦子和豌豆已成熟,还有大蒜和清脆的大萝卜。这个集镇也有一间顶大的喇嘛寺,部队决定在此休整数日,为让干部战士开开眼界,有些连队就组织去参观。看见了殿里的男女欢喜佛,他们又好奇又不好意思,自然都是头一回见这个。傅医生就取笑说,嗯,都是大姑娘上轿。战士们脸就更红了。

8月下旬,右路军全部穿过大草地,到达班佑;左路军一部走出草地到阿坝。过草地的这个死亡之旅中,部队指战员们与之搏斗的敌人只有这个大自然,而我们二局在身处这同一场战斗的日日夜夜,依然时刻不忘人间敌人的存在。我们依然在无常多变的天空中捕捉敌军的密息,远有青海军阀马步芳部正从大西北向南移动,近有甘肃敌新编十四师鲁大昌部正向草地北边压来……

我们毕竟走出了大草地。走出大草地,就表明蒋介石欲在这川西北无人区、在这无比险恶的死地让红军自绝的企图,已彻底被我军粉碎了。让草地的滋味留给"追击"我们的白军品尝吧!

感谢阿西!我们被引到这里,由此发现了包座,由此接上入甘的通道。

8月底,包座大捷,歼敌第四十九师,川甘通道打开。我们随右路军前敌总指挥部到达潘州村。

补记:

我们与"远方"早已失联。中共驻共产国际代表团以中国苏维埃政府和中共中央名义发布《八一宣言》,而我们竟毫不知情,直到张浩从莫斯科来延安。抗日救国,建立反法西斯蒂统一战线,假如我们及时获知,就会更为坚定北上抗日之决心。对于国际指示,张国焘则会更多一些顾忌吧?听说"先生"去了莫斯科……

身为红军总政委和军委总负责者,张国焘收缴了各军互通情报的密码本,红一、三军与毛泽东的通报密电本也被收缴,各部队只能与前敌总指挥部单线联络。与党中央的联络被隔绝,红一军也被隔绝。彭德怀从前敌参谋长叶剑英处获知红一军在俄界,但是俄界在哪里?彭德怀便派人带上指北针寻找林彪、聂荣臻的红一军,将新编密码本送去。

"中央委员会加电台,就是党中央。"周恩来副主席有此趣语。现在看来,张国焘收缴各军通报密本,或许是早有另立"中央"企图。密本被收缴,北上的党中央与二、六军团也顿失联络。9月29日,贺龙、任弼时突然收到周恩来明码电报:"弼兄,我们已到陕北,密留老四处。弟豪。"贺龙和任弼时明白:豪即伍豪,周恩来的化名。老四即红四方面军。可是周恩来为何以明码发报?这会否是敌人的花招?慎重起见,贺、任用密码向周恩来发问:"你们现在何处?久失联系,请于来电对此间省委委员姓名说明,以证明我们的关系。"周恩来无密码,贺、任密电又落到了张国焘手上。张国焘接电喜不自禁,随即回电:"29日来电收到。你们省委弼时书记,贺龙、夏曦、关向应、萧克、王震等委员。一、四方面军6月在懋功会合行动,中央任国焘为总政委,我们今后应互相密切联络。"电报落款为"朱、张"。朱是红军总司令,张是红军总政委。贺、任不知红一、四方面军已分头行动,而张国焘密电如此回复,贺、任便以为是与中央恢复了联系。好在是,张国焘的回电让红二、六军团明确了战略转移方向,贺、任遂决定向红四方面军靠拢,乃由湖南桑植县刘家坪等地出发实施战略转移。

来年7月,红二、六军团在甘孜与红四方面军会师。贺、任至此方知张国焘另立"中央"行为,而周恩来电报所言"密留老四处"是指密本被张国焘控制。任向张要密码,张不愿交出。贺龙性情火暴,张不能不有所忌惮。朱德指责张有意阻挠二、六军团与党中央直接联系。张国焘自知其破坏红军、分裂团结行为,遂无奈交出密码。

张浩自莫斯科来陕北后,以共产国际代表名义对张国焘下达指示。中共与"远方"的通联密码是一本英文版《鲁滨孙漂流记》,红一方面军独自北上后,保管此密本的刘伯承总参谋长已将其烧掉,以防张国焘擅自与共产国际联络。张国焘于是终于遵从张浩意见,再次北上与红一方面军会师。

张浩,真名林育英,湖北黄冈人氏,林彪之堂兄。

持续数日的阴雨,天气终于放晴了,可爱的太阳从东方升起。在这人烟稀少的边地,政治部连写标语的彩色纸都没了,我们也无处可买抄报纸张,便将藏文卷筒经拿来抄报。纸上有经文,我们就抄在空隙处,字也写得很小。

夜得一怪梦,记之:忽有苍蝇般嗡嗡响声,三个黑点从云缝里钻出来。防空警报号响起,我们都蔽到江边芭蕉林里,头顶柳圈俯卧在地。三架红头敌机,像是几只怪鸟。它们忽高忽低在云层中盘旋,银色的翅膀光闪刺目。金色的沙滩上,有我们摆出的陆空联络番号,黑白两色的标记,敌机便开始空投。这一次它们不是投炸弹,投的是信袋和邮包,是银元、作战计划和密本!这样的距离,机翼上的青天白日清晰可辨,甚至也看得见飞行师的身影。飞机螺旋在沙滩上吹起旋涡,细沙直扑人面,而我们还是努力睁大眼。两架飞机投完邮包飞回高处,另一架却仍在缓缓平飞,仿佛是在云雾中检阅地上的部队。我们便看见了舷窗后的那张脸。蒋介石!不是他又是谁?!那张阴鸷的脸俯视下方,那个脑袋忽然昂起,就见他眼珠上翻,一手紧攥麦克风,一手挥拳舞掌咆哮:"又跑了!又过了一条江!你们这些饭桶,不革命就给我滚蛋!赶紧给我追!"我们齐声高喊:"蒋该死!不劳运送!"……

再记一梦。是为噩梦。追记1935年9月9日。而今回想那惊心动魄的一夜,真有恍如梦境之感慨!懋功会师以来这些日子,对于党中央和一、四方面军来说,都是一场噩梦。对于曾局长来说,也是一场噩梦。彼时他并不知哥哥已被张国焘暗害,就在两军共处的这些日子里。而他深知,张国焘既然如此对抗中央,哥哥的性命就恐是难保了。关于那次紧急出走,而今我们大致了解的起因是,右路军参谋长叶剑英看到张国焘发给陈昌浩的一份电令,顿感事态严重,便骑马去中央机关所在地向毛泽东报告。张国焘拒不北上,而且要迫使右路军南下。党中央跟右路军行军,而红一军远在甘南俄界。当日下午,陈昌浩向毛泽东和中央领导人报告,准备执行张国焘命令,再过草地南下。情势危急,党中央决定单独北上,迅速脱离险境。夜长梦多,当夜就走!

彭德怀十分看重二局,他跟叶剑英商量如何从前敌指挥部"偷出"地图和二局,让大家务必于明晨拂晓前赶到红三军驻地。叶剑英急匆匆来到二局,他让曾局长做好二局转移准备,要求严格保密,准时行动。他们特意对了表,以叶参座的时间为准。

曾局长立即紧急安排,他派人追回外出背粮食的二十多位同志,又打电话以吃羊肉会餐为由,叫回在四方面军二台帮助工作的几个人。曾局长又与宋裕和副局长对了表,要宋半夜里将二局全部人员和装备器材带到阿西,行动要绝对保密!他还特别交代,把从四方面军借来的充电机留下。

借着夜雾的掩护,我们二局人员静悄悄离开潘州村,并于黎明前全部到达阿西。曾局长、曹科长、邹副科长却并未与我们同行,到了阿西才发现,原来他们已先行到达!

叶参座从前敌指挥部"偷出"了地图,这是刚缴获的全军仅有的一份甘肃全图。他独自牵着马,从我们的来路追赶上来。这一夜他马未卸鞍,为摆脱陈昌浩布置的监视,他走时连自己警卫员都未叫醒,甚至也未告知军委一局多位作战参谋。

天亮了,我们跟叶参座来到集合地,曾、曹、邹三人正在焦急地等待着我们,彭德怀军团长很快也来了。看见我们二局全部人马安全到来,他这才松了一口气。"你们都来了,很好!我们的胜利有了保障!"他又拉着曾局长的手,激动地说,"曾局长,你又为党立了大功!"

曾局长他们何以比我们先到?原来他是在熄灯之后叫上曹、邹,以查哨为名悄悄离开的。在那样的惊险时刻,是毛泽东的特意安排,他要曾、曹、邹三人先走!

9月10日,随红三军匆匆北进。我们要尽快脱离危险区。彭德怀率十团在队尾掩护,毛泽东也与十团随行。队伍走出一段路程后,正在山坡路边休息时,红军大学教育长李特带一队骑兵追来。红大学员主要来自红四方面军,李特令他们停止前进,立即跟他回去。他说张总政委命令南下,你们为什么还要北上?他拿马鞭抽打一个不愿回去的人,喊着说要带他们南下吃大米去。洋顾问李德与李特用俄语争吵起来,这时毛泽东从路边一间破屋子里出来,李特便又气势汹汹质问毛,你们为什么要"开小差"?李特冲毛泽东叫嚷着拔枪,他的警卫员指头按着手枪扳机,为防李特向毛开枪,李德猛地从后抱住他,将他一气拖到远处。彭德怀正从小河边走来,毛泽东便指着那边说,不要闹了!也不必动武!

彭德怀来了！彭德怀率三军团就走在后面，他是主张北上、坚决反对南下的。他对张国焘同志要南下，火气大得很哩！李特惧怕彭德怀，遂不敢轻举妄动。毛泽东又对原四方面军的红大学员说，同志们，有么子吵的嘛！都是共产党领导的工农红军，都是阶级兄弟嘛！北上是执行共产国际和党中央的正确路线。愿北上的北上，愿南下的南下，我们北上，给你们开路，相信来日你们还是会北上，咱们后会有期！……要说的是李德这位身材高大的外国佬，尽管他早已被解除红军最高指挥权，但他赞同红军北上战略，他认定这是正确路线，在此关键时刻他挺身而出，毫不含糊。李德身高近两米，李特哪是他的对手！噫！这位顾问同志，让我们刮目相看了！毕竟是一位国际革命者，他曾为巴伐利亚苏维埃共和国浴血战斗，他是冒着生命危险进入中国的红色苏区，也是真心来加入我们光荣的事业……（补记：9月12日，俄界会议决定缩小部队编制，将军委纵队和原红一方面军主力改编为中国工农红军陕甘支队，彭德怀任司令员，毛泽东任政治委员，林彪任副司令员；成立由毛泽东、周恩来、彭德怀、林彪、王稼祥组成的五人团，领导红军工作；成立编制委员会，李德为主任，叶剑英等人为副主任。）

北上。不再侦收川系密电。

我们从阿西匆匆出走。我们在沼泽和荆棘丛中潜行,在绝壁古栈道上艰难挪动,河水突涨,我们泅渡过河。有人从栈道上坠河,有人被激流卷走。为防暗中突袭,我们是以战备姿势行军,夜间也不能点火把。这样的险途,电台根本无法架机工作。我们沿达拉沟行进,忽遭河对岸打黑枪,我们最老的报务员李力田同志因此而牺牲。我们原是要创建川陕甘边新苏区,但是要以一、四方面十万大军为基础,而今张国焘阻止左路军北上,单靠一方面军主力这不到八千人,显然就难以与强大敌军争战。我们的队伍是在北上,但已几无与敌人争夺川陕甘边的公算。下一步的出路在何方?没有落脚点,没有尽头,暂时我们只能是向北走。12日,俄界,只有十来户人家的小庄子,中央会议决定朝接近苏联的方向走,以期以游击战争打通国际联系,寻机创造一块根据地。我们历尽磨难,我们几近绝境……

假如10日、11日我们能及时侦获蒋介石密电,中央和军委就大可不必为此而忧心焦虑了。然10日我们随红三军紧急出走,11日向俄界匆匆赶路,电台完全无法开机。10日、11日,蒋逆连发两道命令,欲将北上红军消灭于川甘边。蒋10日命令电:"现阿坝之匪,已向东移;包座之匪,一部约有万人,又向岷县东北进窜。判其企图,似欲乘我不备,予以各个击破,并与陕北之匪会合,造成陕甘新匪区。……"

　　陕北有红军!17日,二师四团击溃鲁大昌部,一举攻克腊子口。19日,我们翻过迭山来到甘南哈达铺。在哈达铺,中央领导看到了天津出版的《大公报》:"陕北则有广大之区域与较久根据地";"现在陕北状况正如民国二十年之江西情形相仿佛"。另一张报纸上,居然还有陕北苏区的略图。……刘志丹的西北红军和苏区还在,程子华、徐海东率领的红二十五军也已到达陕北,他们已与刘志丹红军会合。陕北苏区,与江西苏区同等面积的根据地。硕果仅存的根据地。

　　有道是,东方不亮西方亮,黑了南方有北方。我们一路西行,又转而北上,看来是该继续北上了。革命形势已到拂晓。毛、周、洛诸人遂决定:目的地,陕北!

第二部

侧　影

"无穷无尽的断山孤丘,连绵不断,好似詹姆斯·乔伊斯的长句,甚至更乏味些,然而其效果却常常像毕加索一样触目。随着阳光的转移,这些山丘的角度陡峭的阴影和颜色起着奇异的变化,而到黄昏时分,紫色的山巅连成一片壮丽的海洋,深色的天鹅绒般的褶层从上而下,好像满族的百褶裙,一直到看去似乎深不及底的沟壑中。……"这是埃德加·斯诺笔下的陕北。

埃德加·斯诺有理由不喜欢乔伊斯那些令人昏昏欲睡的长句,1930年代,他曾是北平燕京大学新闻系教授。1936年,他成为首个进入中国红色区域采访的西方记者。他是观察者,是体验者,也是探寻者和分析者,因要呈现这样的深度思考和分析,《红星照耀中国》就难以只是文笔简练的新闻体叙事,他就不得不以"连绵不断的长句"来表达他的所感所思,因他发现的是一片"壮丽的海洋"……

"像毕加索一样触目",我们无法想象,假如毕加索置身陕北高坡,他的画笔会是怎样的一种粗犷和绚丽,无法想象他如何以立体主义形式展现这连绵不断的山丘和沟壑,而斯诺的新书在西方世界却成了真正的"触目之作"。1945年9月,邓发作为解放区代表赴巴黎出席世界工人联合会成立大会。他曾是国家政治保卫局首任局长,其实他也是一位蛮不错的炭相画家,当年在广州参加革命活动时,他就曾以此技艺逃过国民党军警的追杀。在巴黎,毕加索托他带回一张油画赠给毛泽东,并嘱其回延安后面呈。邓发将油画精心包裹,形影不离。回国后的1946年4月8日,他陪同王若飞、博古、叶挺等人乘机自重庆返延安,飞机在山西兴县黑茶山"失事",机上人员全部遇难,那幅毕加索油画也一同被毁。

在《红星照耀中国》这部书中,斯诺以"素描"手法寥寥数笔便勾勒出邓发一个潇洒有趣的形象。对于毛泽东等诸位最高层领导人的呈现,这位美国记者用的则是连绵不断的描述,而其效果却不是乔伊斯式的"乏味"。斯诺或许不是乔伊斯的"特选读者",但他分明是有自己的叙事逻辑。作为新闻记者,他抓住了这个历史性机会。他的收获远超预期。

革命不是请客吃饭。革命者很少谈论家事。然而在1936年的陕北保安,毛泽东、彭德怀、周恩来、林彪等红军领袖"用春水一般清澈的言辞",向他解释中国革命的原因和目的,他们也坦然地谈及自己的家史。一连十几个晚上,斯诺与毛泽东在那座点着油灯的窑洞里长谈,而贺子珍也是一个旁听者。"一天晚上,当我的其他问题都得到答复以后,毛泽东便回答我列为'个人历史'的问题表。当他看到'你结过几次婚'这个问题时,便微笑起来。……"

斯诺是由那位"王牧师"护送至陕北的。"王牧师"真名董健吾,上海圣约翰大学神学院毕业,曾任"基督将军"冯玉祥的英文秘书。1928年秘密加入中国共产党,1929年在上海参加中央特科,而其公开身份是圣彼得教堂牧师。为收容和抚养革命遗孤,他以教会名义为上海党组织创办大同幼稚园,毛泽东的三个儿子也被送到那里,但最小的岸龙不久就因病夭折了。董健吾和顾顺章护送张国焘、陈昌浩赴鄂豫皖苏区,归途在汉口时顾顺章因擅自行动暴露身份而被捕。顾顺章叛变使上海中共中央机关险遭灭顶之灾,临时中央从上海迁往赣南苏区,共产国际顾问李德也是由这位通洋文的"王牧师"护送去瑞金。上海党中央机关被破坏后,董健吾与上级组织失去联系。那时党的地下组织都是单线联络,下级不能找上级,同级亦无横向联系。1936年6月,他受宋庆龄之托赴西安,以"王牧师"身份护送斯诺和马海德医生去陕北苏区。

董健吾此前并不认识斯诺。宋庆龄事先在自己一张名片上写两句英文诗,盖上骑缝章后撕成两半,一半交董健吾,一半寄给斯诺。董健吾到西安后住进西京招待所,他在旅客登记册上查到了斯诺和马海德的房号。他们见面后先以暗语问答,然后各自出示宋庆龄名片,拼接无误,如此便接上了关系。中共也已派邓发来西安,邓发与董健吾接上关系,便在城外会见了斯诺。见面第三天,他们以游览古迹为名开车出城,至郊外后改乘军车直奔前线。他们依依惜别。斯诺乘车由国统区奔赴陕北苏区,董健吾回沪复命。

来年10月,斯诺的《红星照耀中国》在伦敦出版,此书因对中国共产主义运动的描述令西方世界震惊。又过不到一年,上海《逸经》杂志"写真"版刊发董健吾化名幽谷所写的近两万字长文《红军二万五千里西引记》。

《逸经》是董健吾好友简又文等人创办的一份文史半月刊,简又文向董健吾约稿,董遂为其写了几篇李白家世考证及诗歌鉴赏之类的文章,是潘汉年促成董健吾写成了这篇《西引记》。

"幽谷"在序言中自述:"余作是篇,因限于篇幅,不能详尽,惟举其荦荦大端,以存中国民族近代史迹一页耳。余既非参与其役,又未列于追剿,何能言之凿凿,一若亲历其境者?盖于双方对峙之营垒中均有余之友好,各以其所知尽述于余。余乃考其异同,辨其虚实,然后以其可言者言之,以其可记者记之,而成此篇,谅吾友不以余之执中从略而相责也。读者欲知其详,将来自可求之于双方之专书。今得之于本篇者,仅其概要而已。"

"资深特使啊,他这么说也只是一种障眼法,为能通过当局的新闻检查。《西引记》发表时,斯诺的《Red Star Over China》尚未有中译本,中译本也很快就有了,《西行漫记》。两军在前方交战,国民党妖魔化红军,外界便很难知悉真相,因此可以说,《西引记》是后方报道红军长征最早的文字了。"大校转过身来,怔怔地望着书桌上的这瓶"院士酒",他的思绪依然沉浸在遥远的往事中。这是北京西郊的解放军军事科学院,拥有博士学位的这位大校很健谈。他兴致盎然地向来访者讲解,真可谓是滔滔不绝。和平年代的大校,身体保养得很好,脸和头发都有光泽。

大校从斯诺讲到董健吾,又从这位"红色牧师"讲到上世纪三十年代的上海滩出版业。他是很权威的红军战史专家,而其博士学位却是社会学,恰好这位气质甚佳的女访客是人类学博士,于是专业话题便不时地干扰着访谈的主题。

"本来是军事话题,说着说着就文艺起来了。为了寻找这条线索,我竟苦苦研究起《逸经》来了,结果又有奇妙的发现!这个简又文其实也很不简单!广东新会人,梁启超的乡党,就不知是不是查坑村的。晚年居香港。"大校从书柜里取出一本厚厚的《太平天国革命运动》,抿一口陈皮茶,"这是他晚年在美国出的英文著作,这是中译本,但书名就是直译,耶鲁大学出版的原著书名就是这个,The Taiping Revolutionary Movement,他的笔名是'大华烈士',斋名是'猛进书屋'。他当年在上海创办《逸经》杂志,动机竟是为鼓励读者帮他搜寻太平天国史料!那么,石达开的西征与红军的西征,《逸经》刊发这个《西引记》也正合适!他把太平军视作革命者,因此官军便成了反革命的角色。你看耶鲁大学史景迁教授这个序言的结语:'同治时期的统治者们囿困于历史的语境之中,在他们利国远虑的背后,我们能听到无数人尖锐愤怒的呼号,他们在追求一个不同的摆脱困境的方法,而后者的呼声也越发响亮。'太平天国的理想有《旧约》的基督教思想,有平等主义,也有他们自己的创造性发挥。他们的剑锋不仅像此前无数次起义一样指向帝国王朝,而且更直接指向当时基本的阶层分化和社会结构,他这是从这个层面上阐发太平天国的革命意义。这个简又文!既要革命,又要文艺,于是文人们也都聚拢来了,周作人、俞平伯、老舍、柳亚子、林语堂、郁达夫、谢冰莹,好多人都是其作者。对了,瞿秋白的临终遗文也是在这家杂志首发。说起来,那些革命者很多都是文艺青年出身,有些本身就是文艺家。刚才说到冯雪峰,当年他是'湖畔诗人',长征时他是政治教员,后来曾任人民文学出版社社长、中国作协党组书记。潘汉年也是诗人,1928年就出版了小说处女作《离婚》。而潘汉年认识鲁迅,是经鲍文蔚引见。鲍文蔚是中央特科情报员,他设法搞到向忠发的供词,中共中央这才证实这位被枪杀的前总书记确已叛变投敌,这才好向共产国际交代。要说的是,鲍文蔚少时即有子建之才,他也是拉伯雷《巨人传》的译者。说回潘汉年,这又言归正传了。董健吾《西引记》的来源,当然不是他自述这样。护送斯诺,这也并非他首次去陕北,年初他曾以宋庆龄特使身份去过,而且带有给毛泽东的信。张学良派私人飞机将他送到肤施,也就是延安,那时是在张学良东北军辖下。张学良的骑兵连将他护送到瓦窑堡,但毛泽东、周恩来等人正率红军渡黄河东征,便由博古和林祖涵接待,林祖涵就是林伯渠。稍等,刚才说到乔伊斯,我给你看样东西……"大校又从书柜里拿出一本《尤里西斯》,封面上便是乔伊斯的雕像。他又拿出一册黄镇的《长征素描》,翻开林伯渠那一页,《夜行军中的老英雄》。都是侧面全身的走姿,都是清瘦的面容,都是闪亮的圆镜片,都是一手执杖,当然,林老拿的是木棍。"越来越文艺了!回首当年,谁不是文艺青年!说来我也有些感悟。长征是一曲壮丽的人类史诗,而《尤里西斯》不是也有神话原型么？这些令人昏昏欲睡的长句……扯远了，咱们收回话题。话说董健吾完成使命回程时，林伯渠送给他数十册《奋斗》月刊，这应该也是他写《西引记》的一个材料来源，而更重要的资料是来自潘汉年。潘汉年精于社交，那时他正为新的秘密任务奔走于香港、南京、上海等地，听说《逸经》杂志向董约稿，便感觉是个好机会，便提着一捆材料给他。"大校忽然打住，瞥一眼女博士手中那本书，又接着说，"长征结束后的1936年，中共中央为进行国际宣传，动员长征亲历者写回忆录，毛泽东亲自组织，号召大家都写。那时离长征胜利仅有数月，途经之事历历在目，这批回忆录就是相当真实、准确了。很多人都写了，文章有长有短，文章虽是有些粗糙，但却也质朴可爱，透着青春的气息。也有专人负责编辑工作，徐梦秋、丁玲和成仿吾，他们尽量不去加工，以保持原貌。关于长征，董健吾自然难有田野调查，红军走过，又是国统区了嘛。他对长征的描写也是取材于这些回忆录。延安的《红军长征记》1937年编稿完工，由于战事紧张，直到1942年才出书。关于此书，也算是军事研究的一个重大发现。先是美国哈佛大学燕京图书馆沈津先生发现此书，朱德赠给史沫特莱的签名本。我想说的是，这个版本,由于种种复杂的原因,当年那些文章——有些是战地手记,有些收编了,有些则没有编入……"

女博士又低头翻看手中这册旧书。这并非正式出版物,只是用老式打字机打印的一册资料,纸页已有些枯黄脆裂,封面书名比内文字号略大些:乌江引。

"为什么是乌江?"女博士轻声问。

"长征是一场突围,是很多次突围,而从突破乌江到南渡乌江,这期间发生的事情最有戏剧性,作者当然觉得也最值得记述。对他来说是这样,他是亲历者嘛。很多次突围,而南渡乌江是最关键的一役。南渡乌江是战役行动,三渡四渡赤水都是这个战役的一部分。张闻天在1943年整风笔记中也特别强调这个概念。对于作战军团来说,指战员们不明目的,四渡时情绪很低落,也是可以理解。一场大战役行动,军委必须严格保密,这是极密。作为一篇大文章,三渡四渡都是伏笔,刘伯承不是暗中保护好那些浮桥吗?浮桥就是伏笔。三渡之后,无线电静默,主力红军忽然消失,却又派出一团佯动不停发信号,都是这个大伏笔,都是为南渡乌江这个戏剧高潮铺垫。这一次突围是彻底跳出敌人包围圈,但若突围失败,红军就真是面临绝境了,全军覆没……"

女博士会意地点点头，漂亮的大眼睛望着大校："可是……这位作者究竟是谁？"

"我知道你希望他是谁，但这恐是很难。久远的过去，多少文本都是来源不明，很多事也都记不清了。过泸定桥之后，中央派陈云去莫斯科汇报。因为中共只是共产国际的一个支部，必须向莫斯科汇报。遵义会议的合法性问题，要由第三国际确认。此前已派出潘汉年，但他未能及时到达。陈云是化装成商人离川，先要到上海。我要说的是，1935年10月15日，是史平同志向共产国际执委会所作的报告；直到九十年代，我们才发现史平就是陈云，文章这才收入《陈云文选》。所以说，很多事都是这样……"

"刚才您上网课，我已粗翻了一下，已发现几处细节……"

"不要轻言发现！大胆假设是好，但更要小心求证，不能单靠臆想，只靠感觉……你说细节，别忘了这是七十年代的打印稿！双鸽牌机械打字机，几千个汉字挤在一块字盘里，有些冷僻字找不到，就要用错别字代替，或手写上去，你也看到了，手写字也蛮多。"

"真是苦了打字员！"

"可不？耗眼力！那时人们说，找字就像逮虱子。所以说，这个打印稿肯定不是手稿原样，些微错讹肯定有。另外有无修改？我很怀疑，有些表达怕是按七十年代习惯改动了，比如'布尔什维克'，原稿很可能是'布尔塞维克'，'斯大林'，或许是'史达林'，诸如此类，还有一些语气、标点之类，但总体来说，这已是一个非常难得的原始文献了，真实，质朴，也不乏生动之笔。经得起考证细究，只能是亲历者亲为，别人也无法瞎编。"

大校从书架上取出厚厚一沓复印件，女博士急忙接过。她连声道谢，如获至宝。她依然珍惜地抚摸着这个打字本，她的神情优雅而庄重。

"无名烈士啊，这封面上连个名字都没有……"女博士神情中更多了一丝伤感。

"咱们不妨往好处想，或许他是要手写上去，比如用毛笔写，但毕竟是没写……"

"您是说，这是他自己打的字？"

"这倒未必……若是他自己打的，那至少说明，到七十年代时，这位作者还在人世……"

"我就不明白，这样的文献怎么就流落到地摊上……"

"乱嘛,抄家的事多了去了。……我也是为你所感动,所以才乐意帮你,至于能否帮上,那我说实话,不是很乐观！难！再给你举个例子,红一方面军二师四团,团长王开湘,政委杨成武。英雄的四团！在红一军团序列中,它的前身是北伐时的叶挺独立团。破乌江,夺泸定桥,与四方面军会合,抢夺腊子口,永远是开路先锋！可是他的名字……"大校从书架上取出一本厚重的军事大辞典,翻开其中一页念道:"王开湘,1901—1935,又名黄开湘……"

女博士好奇地待他接着说。

"王还是黄？队伍是南方人居多,也许就是王黄不分,平时也是乱叫。飞夺泸定桥,通讯员飞马送来军团长的字条,要他们次日必须赶到夺桥,林彪这个命令的抬头也是'王、杨'。长征史上最惊心动魄的一幕,22勇士冒死夺桥,他们是谁？无从查考,红一方面军战史也无记载,留下姓名的只有8个人。连长廖大珠,飞夺泸定桥第一勇士,后来也是经历不详,或牺牲于长征途中,或牺牲于抗日战场……大渡桥横铁索寒,且不说夺桥,军号声中,那些瘦饿的年轻战士,冒着飞来的子弹,踏着那晃悠悠的铁索和桥板……"大校忽然有些哽咽,但又故作镇静地提高声音,"惊天地,泣鬼神!"

这个时刻,静寂中他们都不说话。女博士起身为大校的茶杯续水。大校默默地望着窗外,后山上是大片如火如血的红叶,微风拂动,阳光中的红叶如彩霞般绚丽。女博士又静静地坐回沙发。大校说的没错,这边的红叶是比香山美。香山游客太多,红叶也为人流尘土所污染。从市里来这军科大院比去香山近,大校他们当然是不必去香山看红叶的,当然外人也难有机会进到这里。这是军事重地,叶帅晚年也住在这里。

大校略微恢复平静,又继续说话,声音不再高亢,像是在沉思中说话:"一昼夜不停奔跑240里,三个马拉松的路程,人类军事史上徒步急行军的极限……而且是悬崖峭壁的山道,而且沿途还要战斗……这已超出人类体能的极限了。罗马兵团以善跑取胜,可也远没有这么快……"

女博士出神地望着大辞典的那个词条,沉吟地:"王开湘,黄开湘,只是一个画像,连张照片都没有……"

"好在还有这个画像,战友们凭着记忆,总算留有个影子……"

女博士忽然激动地站起身,怔怔地直望着大校。大校一时不知作何反应,便立时有些窘迫。

"您不是问我为何如此固执吗?我如此固执地追寻,是因为这是母亲的遗愿,她从未见过自己的生身父亲,但她不止一次听外婆讲,说我的眼睛酷似外公……也许是隔代遗传吧,比母亲更像……"

"明白了……"大校郑重地点点头。"三十四师师长陈树湘,敌人将他首级悬于长沙小吴门城楼上,而他母亲就住在城楼对面瓦屋街……我会尽全力帮你,何博士,所有能用到的线索。目前很明确的是,《乌江引》所写这个群体,无疑就是当时的中革军委二局。这些隐蔽战线的人,他们的姓名不能公布,他们的战绩不能宣扬,再战功卓著也只能是默默无闻,普通一员就更难确认。好在其中写到的这些人,这些重要人物,作者的这些化名都可以还原:曾勉就是曾希圣,当年在重庆潜伏时,他也曾用过这个'勉'字,余勉,他夫人名字叫余叔;钱潮就是钱壮飞,钱潮是他的笔名,当年他主演《燕山侠隐》,艺名是用钱西溪。这可是中国第一部黑白武侠片,他亲手设计这个海报,也是现存中国电影最早一张海报,他女儿黎莉莉也是三十年代大明星;曹大冶或许就是曹祥仁,他是湖北大冶人,他不愿葬在八宝山,他的墓地在家乡青山绿水间；邹生的原型，也许就是邹毕兆。这些人，他们的后人也都还在。……"

某种时刻，某种旋律，像是从风中飘来，像是从梦中飘来，这冥冥而来的乐音其实是有形象的，那是风中颤动的花树，是暗夜时分翻卷而来的浪潮，你在树叶和海浪中听到那声音，那是远逝的亲人在诉说……

午后时分，在这山间客栈，当窗外飘来那个陶笛的乐音时，女博士静听片刻，便不禁泪眼婆娑。《故乡的原风景》，孤寂悠扬的乐音，伴着山间的松涛、白云在风中颤动。她泪眼迷蒙地望着那片白云，此刻有明丽的阳光，有鸟语花香，当她望见篱墙边那株千穗谷时，她更是泪流满面了。这客栈小餐厅只有她一个人，此刻她是面向窗口。

店家出现在门口时，望见女客正趴在餐桌上抽泣。女客微露的小臂有擦伤，肩头在微微颤动。店家不便打扰，只是默默地站在门口。

女客昨晚在山路上险些遭抢，她拼命保住了包中新获的资料，回店后老板娘为她敷了药。此刻她以为这城里女人是为这点划伤而哭泣，其实她不是因为这个。她并不娇气,也并不脆弱。

如此艰难的寻访,这本身就靠一种意志。寻访并不顺利。这是在湖南的邵阳,邹毕兆当年曾是邵阳军分区第一任司令员。在红军"破译三杰"中,他去世最晚。1999年,他以84岁高龄逝世。得此高寿,或能留下更多的回忆。女博士因此确定自己寻访的第一站。

在那场后来被称作长征的艰难行军结束后,邹毕兆给毛泽东拍过一张照片。出腊子口前,他与曹祥仁共用一匹马。长征最后一日,到达吴起镇那天,邹毕兆实在走不动了,毛泽东就硬要他坐了自己的担架。1936年12月,中革军委决定二、四方面军技侦情报部门集中到军委机关所在地保安,并入中革军委二局。"没有二局,长征是很难想象的。有了二局,我们好像打着灯笼走夜路。"毛泽东善用比喻,在他看来,军委二局不只是长征走夜路的"灯笼",不只是"科学的千里眼、顺风耳",也是"革命的鲁班石"。

在邹毕兆留下的回忆文字中,军委二局的高度保密在红军长征中自始至终。到达甘肃哈达铺后,终于能看到报纸和杂志了,党中央因此看到了去陕北的出路,而二局人员也由此掌握了更多敌情。

……国民党军事杂志每期都有授团旗这一项,分期公布一批团的番号。在杂志中,也能得到一些主官姓名。在通过西兰公路通渭时,汽车中有邮件,当我寻找这种杂志时,刘少奇不准我找。

邹毕兆寻找这种杂志,是为破译密码寻找线索。刘少奇是红三军团政治部主任,也是中央政治局候补委员,他竟不知邹毕兆此举是为工作之需,由此可见军委二局是极为保密的存在。长征后期煤油和柴油都很缺乏,刘少奇在总政治部任职时,对军委二局使用汽油过多不理解,说:中央领导点灯都没有油,你们要那么多油干什么?汽油当然是电台所必需,是为给蓄电池充电。曾局长是急脾气,便大声说:怎么了?我吃了!我喝了!周恩来便委婉向刘少奇解释说,中央领导可以没油点灯,但二局的工作必须有油。

事实上,对于二局的破译能力,对于二局密息在中央和军委首长指挥决策中的作用,就连有些军团首长也未必知情。红一军团和红三军团是中央红军两大主力，而红三军团政委杨尚昆后来回忆说：

> 那时军事紧急，下个命令，要走就得走，下大雨也要走。同样，下个命令，要后退就得后退，没有人说要问问为什么。当时行动的目的不仅是师一级的干部不知道，我那时是军团政治委员，也不完全知道。反正天天听命令，让走就走，大体上只知道是要甩掉敌人。

红军终于甩掉了敌人，而北上也是为抗日。新的敌人是日本。卢沟桥事变后，中国工农红军改编为国民革命军第八路军，军委二局工作也随之转向，由对国民党军的侦察改为对侵华日军的侦察。作战对象改变了，二局所有人员就必须学日语。邹毕兆等原二局人员编成"特别班"，曹祥仁为班主任，邹毕兆为组长，突击强化日语学习。日语教员是屠廷容，他是留日归来参加抗日。除开办普通班和特别班外，二局还举办了谍报训练班，传授谍报勤务。后来，谍报班教材发往前线时被国民党特务机关扣留，特务头子戴笠看到后赞不绝口，便把该书改头换面印发,作为国民党特务的必读教材。特别班学员毕业后组成军委二局四科,开赴晋察冀抗日前线。为掌握日军电文格式和密码规律,1938年7月,曾希圣局长和邹毕兆专程到武汉八路军办事处搜集日外务省资料,据说蒋介石的情报机关已破译日本外交系统密码电报,经李克农精心安排,曾希圣他们便在法租界与国民党破译人员杨肆等人秘密接头,以获取相关技术资料。二局也通过做日军俘虏工作获取相关情况。

1939年7月,二局对日密码攻关终于有了突破,这是二局对外实施技术侦察的里程碑,是向日本帝国主义密码堡垒发起进击的第一个胜仗。然而到了1944年,邹毕兆却要求调离二局。长期的听译工作已严重损伤了身体,他有超人的记忆力,但却是为神经衰弱所折磨,单调而枯燥的工作,不容疲劳的神经,而今带给他的是失眠、头痛和幻听。难以忍受的折磨,无法再与密码缠斗,于是他随八路军第三五九旅(原红六军团)挺进中原,任南下支队副参谋长。

> 我失眠非常厉害,脑子里各种响声都有,头痛,甚至带有神经质,怎么也不想在二局工作了,也在

不断地要求。……一九三九年,我在毛主席的关怀下去马列学院学习,还是毛主席写的信。……一天,我到叶子龙同志家里去玩,毛主席看见了,毛主席叫我去谈话,我说脑子不好要求上前线,毛主席讲了局部和全局的关系,要我服从全局不能离开二局。……叶剑英参谋长曾对我讲,曹祥仁同志要离开二局,要我去负责,并说可要王永浚和另一同志当副局长。我离开二局的意志已决,没有答应。……我在南下支队当副参谋长,由于体力好,走路快,工作得非常愉快。……军委首长对我真是关怀备至,但我已是严重失眠、头痛,我对二局工作已尽了最大的能力和责任,由热爱破译,变成怕文件、怕书本的人。我深感脑力劳动者是十分艰苦的。……

在邵阳所能见到的相关文献资料中,在邹毕兆儿女的相关回忆中,女博士细心留意每一个细节,每一个与她的假设相吻合的细节,然而为时俩月的寻访并未带来她所预期的发现。战争年代的破译工作所造成的失眠并未轻易消除,五十年代曾希圣主政安徽时,邹毕兆曾去小住多日,那时他依然为失眠所折磨,夜里经常到楼下走动,以致大院里的小孩编了顺口溜:"邹毕兆,真奇妙,半夜三更不睡觉。"

她又回到从大校处获得的那册《乌江引》打字稿上,那其中最重要的两个细节,一是军委二局那位"小何",一是那"速写"中提到的千穗谷。

女博士的外公是姓何,她的母亲当年坚持让她随母姓,在那个年代也真算是少有之事。书香门第出身,她的母亲是个很有主见的人。然而,那位小何已在乌江边牺牲,他向总部发出了最后的密电。《乌江引》中提到了千穗谷,但那仅是一种随意的抒情吗?"上不禀父母,下不告妻儿。其实我们好多人已无父无母,他们或死于饥馑、疾病,或死于反动派的报复。我们也都无妻儿。或许也曾有过恋人吧,故乡已是遥不可见了,或许忆念中也有某种花,譬如秋日的千穗谷……"

世上的花木有千万种,而在何博士情感深处,唯有千穗谷给她以特别的忆念。母亲曾经跟她说,千穗谷是外婆最喜爱的一种花,因这其中有个与外公相关的故事。母亲曾经跟她说,外婆的花园围墙边有一片千穗谷,那片秋日的千穗谷,那些暗红色的花朵。她后悔未在母亲生前记下这个故事,那年秋天母亲猝然而逝,而今她追悔莫及,但是记住了母亲的遗愿。她的眼睛更像外公,她要找到有关外公的记忆。

作为人类学博士,她曾以为母亲是所谓"遗腹子",只因母亲不曾见过自己的生父,但若母亲出生时生父还在世,那她就不是"遗腹子"。一个简单的词语,无意中她竟有如此长期的误读。为此她不能原谅自己的粗心,而在母亲过世之后,她便确定自己是身负某种使命了。母亲45岁生她,而今她也到了这个年龄,大学聘期已满,她无力获编,而今身为自由职业者,她更深感到某种神秘的召唤。这番寻找,也许就是自己余生的意义。

邹毕兆的黑皮小本子,他为其取名为《心血的供献》。红军到达陕北,他并未写满整个本子,并未写到最后一页。胜利的预期实现了,尽管后来他是以稍小字体写。每一项破译他都登记在册:从1934年10月中央红军离开苏区,到1935年10月长征结束,军委二局破译蒋、粤、湘、桂、黔、滇、川、陕等当面之敌密码177本。

军委二局破译员,其实就是曾、曹、邹三人。若从1932年秋首破敌军密码算起,到1936年秋红军三大主力会师,他们亲手破译的国民党军各类密码有860种之多。在邹毕兆写于1988年的题为《玻璃杯》的回忆录

299

中,开篇就是这样一句话:"毛泽东说:'和蒋介石打仗,我们是玻璃杯里押宝,看得准,赢得了。'这个玻璃杯就是破译敌人密码工作。"

有了军委二局,红军是"玻璃杯里押宝",二局攻破蒋介石及各路军阀所有重要密电,而在敌方,他们对于红军的密电却是一无所获。诚如兵法所言:"形人而我无形","无形,则深间不能窥,故能为敌之司命"。红军密码是基于周恩来早期领导创编的"豪密",后来又有多个升级变种。此乃一种"复译法"二重作业密码体制,底本加乱数,一次一密,其算学规则是加不进位,减不借位,而因乱数码是随机数字(类似我们当今所见的随机验证码),即使底本中汉字有重复,加入乱数码后就能使电文"同字不同码,同码不同字"。豪密虽是借鉴苏联密码体制编创,而中文编码实比外文字母更难破解。如此先进的加密手段,完全不给对手以分析的机会,从而确保无线电报的安全,这也是那个时代最安全的密码体制。蒋下令委员长侍从室密码专家黄季弼破译红军密电,而黄却只是徒劳一场。1933年8月24日《黄季弼报告》:

> 对于赤匪电报迭经逐日分类悉心研究,时经两

月,毫无头绪,实属无从着手。察其情形,匪方对于电报之打法译法以及密本之编制法,均属精细周密,甚有心得。细查所得赤匪各报,其内容自首至尾均用密码,似系以号码数目替代密本之名称,其译电法似系引用复译法编成表式,百数十张随时按表将密本之大小码变换。其表式则系由0000号至9999号,一万号之中任便抽用,随时变更,发电人及收电人彼此均有此表对照,故密本究竟共有若干种,每种用若干时日,及何时更换,均无从分析。……职与全体人员再三讨论,咸认为无法办理此事。

1933年他们对红军密电"无从分析",此后几年亦是如此。军委二局破译能力不断增强,而为使自己的密码不能被破,二局以自身破译经验,与三局一起研究提高破译难度。红军密码的机密性便远超国民党军,如此便在攻防两方面都力压敌手。国民党军尽管建立起庞大的无线电侦察机构,尽管购置有当时最先进的破译设备,且雇用了外国密码专家,但他们很多是少爷兵,耐不得吃苦,当兵是为升官发财,工作按部就班,所谓按常规办事,吃多少饭,走多少路,多一里都不走。不是工作时间,电报再急也是该吃吃,该睡睡,该玩玩。而红军是为天下劳苦大众求解放,有钢铁意志,有忘我奋斗的光荣本色,而且红军的编码技术更成熟,因此敌军就破不了。这一场持续数年的情报大战,红军如此以弱胜强,实为人类战争史上的孤例,而这支队伍却是从零起步的。多年以后,奥托·布劳恩,这位化名李德的德国人在其《中国纪事》中描述了他初次见到军委二局人员的情景。李德于1933年9月到达江西。11月,他与博古从瑞金去往福建建宁红军总司令部:

> 第三天晚上,我们到达建宁。朱德和周恩来在前敌指挥部会见了我们。他们领着我们穿过了指挥部。指挥部有十几间房子,包括警卫人员有几百人,其中有整整一连被称为"小鬼"的年轻情报人员,他们日夜值班,窃听和破译国民党的无线电报。……

《心血的供献》是中革军委二局破译成果记录,《玻璃杯》副题是"中央红军、红一方面军无线电侦察经过",

邹毕兆是以记叙破译工作为主，这其中鲜有关于个人情况描述，自然，何博士也难有她所期望的发现。

早在1933年，邹毕兆便荣获红星奖章，那是中国工农红军的至高功勋荣誉，然而1955年授衔时他只是个大校。1933年三等红星奖章获得者，1955年基本都是上将，比如邓华、杨勇、杨得志等，而邹毕兆只是大校。就连肖月华，延安时期就已与李德离婚，六十年代重回部队工作，也还是补授了大校。又想到军事科学院那位博学的大校，何博士便心生困惑。而她获知的真相也是出乎意料。

那是解放战争时期的事了。邹毕兆历任三五九旅特务团团长、鄂西北军区第一军分区司令员、江汉军区京钟指挥部指挥长、"天京潜"（天门、京山、潜江）中心指挥部指挥长。鄂西北军区的四个军分区分散作战，结果全被打散。1946年，他率部队在大别山区一个村庄宿营时突遭敌人猛烈袭击，大部分战士在睡梦中牺牲，邹毕兆左手受伤。硝烟过后，他却再也找不到部队了。他在大山里转了一个多月，吃野果，喝山泉，衣服破了，脚冻烂了，终于得到一黄姓老乡相救。为躲避敌人的疯狂搜查,他在山洞里躲了一个多星期,又腹泻不止,不得已将手枪埋在山洞里,自己化装成老百姓,数月后辗转回到老家。回老家后,他又躲过邵阳保安团多次抓捕。一待体力恢复,他又再去找部队。历经千辛万苦,终于找到晋冀鲁豫野战军。刘伯承司令员说,这个人我认识。

在那个兵荒马乱的动荡年月,对于邹毕兆所汇报的情况,组织上难以派人进行调查,他只能是提供自证,但这只能是孤证。这段历史无人证明,这令他后来饱经困扰和煎熬,而这份孤独唯有自己来承受。直到1972年,邹毕兆得到老战友岳军的帮助,回湖北寻访,竟然找到了当年救助他的那位黄姓老乡。他也回到当年躲身的那个山洞,居然找出了那把生锈的手枪!这才证明自己当年所述情况属实,也没有被捕过。

归队后的邹毕兆,为解放战争做出了重要贡献,曾被授予二级独立自由奖章、二级解放奖章和二级"八一"奖章。1983年按副部级待遇离休。

这就是战争。她在落日的余晖中沉思。在那些惨烈的突围中,在敌人的暗夜突袭中,多少人都是生死不明。有些人你以为他们牺牲了,他们却艰难地归队了。

即如钱壮飞烈士的死因,也曾有几个不同的说法,有说他是在躲避空袭时掉了眼镜不慎坠崖,有说他是在问路时被图财者杀害,有说他是死于当地民团之手。又如留在苏区的何叔衡老人,他和毛泽东同为中共一大的湖南代表,传说他是在突围时跳崖而亡,而实情则更为惨烈。那时他的确是跑不动了,但他不愿连累同志,就冲带队的邓子恢喊,开枪打死我吧!邓子恢让人架着他跑,到了一个悬崖边,他便突然挣脱纵身跳了下去。坠崖后又与搜山的反动团丁搏斗,这才被团丁开枪打死。……邹毕兆是活着归队了,而在此之前,他定是被列为牺牲者。在红色苏区,在长征途中,指战员们都愿为苏维埃流尽最后一滴血的,而只要一息尚存,他们仍有活着回来的希望……

1935年4月的乌江岸边,那个身在九军团向总部发密电的小何,他是如何流尽最后一滴血的?若是一息尚存,他会否有活下来的希望?

何博士为这忽发的意念所震撼。

若是那人能活下来,也许就能跟九军团一起渡过金沙江,就能与主力红军一起到达陕北……

外婆家那个千穗谷小花园,仿佛是一种爱的寄托。那是不复存在的花园,曾经是母亲记忆中的花园,而今是女儿最深的忆念。母亲说,外公投奔革命前是刚入学的大学生,他为共产党地下组织所招募,不多久就因叛徒出卖而逃亡。外婆一家也受了牵连,便慌忙避祸去了天津。母亲在天津租界出生,外婆也在阳台花盆里种了一丛千穗谷。

"他们最后一次见面……是在那个小花园吗?"

她曾这样问母亲。她本以为母亲会给予肯定的回答,但母亲的神色渐渐现出一种冷意。母亲痛苦地摇摇头,像是喃喃自语:"不……重庆……"

雾都山城。在分别十多年后,他们辗转有了联系。大片国土沦陷,人们纷纷向"陪都"重庆跑。他托地下党组织找到了她,而她浑然不知他的身份。她逃难来到重庆,是为夫妻团聚,亦是有了投靠。他们约定在江边一家吊脚楼旅馆相见。这天晚上,她从窗口望见那个身影,陌生而又熟悉的身影。西装革履,拎着一个黑皮公文包,他在远处立住,就站在那路灯下,抬眼朝这窗口望来。四目相视,这个欣喜的时刻,女人欢喜地朝他招手,他却警惕地环顾四周,不再朝前迈步。忽然间,一群便衣从小巷里冲出来,挥舞着手枪冲进旅馆。楼上的女人并未看见这一幕,她仍在着急地朝他招手。楼下的男人,此刻只是绝望地朝楼上挥手,示意女人赶紧躲避。他绝望地举起公文包晃一下,更猛烈地朝那女人挥手。女人的身影离开窗口,这男人便快步朝远处走……

"我恨他!"在这遥远的回忆中,母亲依然恨意未消。那时她才九岁。她的母亲在窗口招手,那时她正在熟睡中。一路劳顿,她睡得很沉。

与生父这唯一的见面机会错过了。很多年后,她只记得那弥漫的夜雾,还有江轮的汽笛声……

咫尺天涯,相见竟是永诀。……外公长征活下来了吗?外公到达陕北了吗?她确定外公当年是去了赣南苏区,因此她才向军事科学院那位专家求助。若是后来他到了陕北,那又为何出现在重庆?他在重庆的身份是什么?西装革履,公文包……

假若他是那个在乌江岸边向总部发报的小何,假若他是在流尽最后一滴血之前被俘……

假若那个小何不是外公,那么,那个《乌江引》的作者,他为何在长征笔记中写到千穗谷?

她深陷在这恼人的谜团中。"破译三杰"的这位邹毕兆,他的文字中并未留下相关线索,他的后人也难以提供更多的情况。关于这段历史,他留存于世的就是这些文字。事实上,他生前很少跟儿女谈起这些事。这并非是出于保密纪律的约束,在他的晚年,人类正在迈入计算机时代,长征时期的这些破译手段早已过时,这段秘史也早已解密。事实上,早在1936年,长征结束不多久,周恩来就以他特有的方式解密了。是年12月,张学良、杨虎城为逼蒋抗日,对其实行"兵谏"。周恩来代表中共赴西安处理事变。周曾是黄埔军校政治部主任,他赏识的学生、黄埔一期李默庵能文能武,便直接将李默庵调到政治部,担任自己的助手。而后来李默庵身为国民党军第十师中将师长驻守西安,何应钦要他进攻张、杨"叛军"。周恩来不再是长征时期那样蓄长须,他单枪匹马去到李师部,拜访自己的学生。李默庵对"周主任"执弟子礼,席间周恩来夸赞李诗写得好,并随口背诵出两句:"登仙桥畔登仙去,多少红颜泪始干。"李默庵大惊失色,惶然不解地望着周恩来。周恩来放声笑起来。三年前国民党军兵败登仙桥,李默庵心生厌战之情,此乃他发给上海太太的"私密"……

邹毕兆于1944年调离军委二局,此后的情况只能另行寻访了。《心血的供献》,那是一场又一场胜利的记录,是他漫长人生最为珍重的记忆。而在《玻璃杯》的开篇,他深情追忆若干年前的一个场景:

> 1933年1月,在消灭号称"铁军"的吴奇伟第九十师,转向南丰前进时,在一次夜行军中休息。虽是冬季,却不寒冷,而是云淡风和,身舒体爽。曹祥仁同志谈起将来向晚辈讲革命故事。你一言,我一语,要讲的故事顶多。……

那是他们青春年华的天真和快乐,那时他们都还不到二十岁。革命胜利之后,他们便也进入中年。新中国百废待兴,他们忙于革命工作,再后来,政治风云变幻,便有各种遭际。他们很少向晚辈讲自己的故事。他们带走了无数的秘密。

时间深处,无数记忆的碎片。何为"信史"?战火硝烟中的原始档案或许也有诸多差错,本人及后人的讲述抑或有某些主观因素,就此而言,"第三者"的回忆当是最为可靠。他们将其诉诸文字,他们自会为其真实性负责。

　　对于我们这位女博士来说,正史和信史固然是要关注,她也不愿放弃更大范围的探寻,她祈望于更多个体的记忆中寻获自己所要的线索……

　　"1938年底,曹祥仁出任军委二局局长。那么他有多大?24岁!中央机关在延安,而我们二局是在安塞碟子沟。我们要隐蔽,延安人也不知我们在这里。延安西北好几十里,也躲避敌机轰炸。曹祥仁骑马去延安开会。二局成立四科,全力主攻日军密码破译。1939年7月1日,二局向延安通报第一号日本情报。党中央、中央军委即予以特别嘉奖。"

　　　　曹祥仁同志并转四科的同志们:
　　　　听说你们最近以布尔塞维克的毅力,突击的精神,艰苦的工作,已开始获得了研究敌军密电码的成绩,我们都非常高兴。祝你们再接再厉,继续地努力,克服胜利中的一切不可免的困难,为完成党中央和军委给予你们最艰难而且是最重大最光荣的任务而斗争!兹特派滕参谋长代远同志前来慰勉,并代表中央和军委赠予四科工作出力同志的奖品,计每人布鞋、线袜、牙膏、大日记本各一件。

中共中央

中央军委

一九三九年七月七日

在《抗日战争在总参谋部》一书中,杨迪,这位当年的作战参谋对于1943年7月的"延安大泄密"有一番详细的描述:

有一天,正是我作战值班,伍[修权]局长来告诉我说:"你立即打电话给二局曹祥仁局长,告诉他:叶参座令他迅速赶到杨家岭到党中央书记处。……要他放下电话就骑马跑来,越快越好。我现在就去杨家岭开会。……"伍局长回来已是第二天凌晨了,……[连夜]召集我们开会,向我们传达党中央书记处和毛主席的决心。……[伍修权接着传达]"毛主席说:严守党的机密是党的纪律,今天党中央书记处讨论后,决心想大泄一次密。他对二局曹局长说,我们所得到的国民党军队的调动情报,蒋介石给胡宗南的电令、胡宗南给各部队的电令,你曹祥仁的第二局也同时收到了,而且都已经破译出来。毛主席又对中央社会部[副]部长李克农同志说,我党打入潜伏在国民党军队中要害核心部门的同志,干得很出色,他们已及时将胡宗南、阎锡山等部收到蒋介石的命令和胡、阎下达向我进攻的命令,都抄录出来秘密转到我们手中了。你李克农和曹祥仁两家所提供的情报,使我们党中央、中央军委对敌情的掌握了如指掌,这是我党我军最大的机密了。现在为了粉碎蒋介石对边区和对延安的进攻,要从华北调部队到延安,时间已来不及,我们中央书记处研究,只有一个良策……公布蒋介石和胡宗南发给国民党各集团军、各军进攻边区和进攻延安的电报和书面命令。我们以这次大泄密来挽救边区和挽救延安的危局,我们在很危险的时候,走这一着险棋,以泄密为代价,来换取制止蒋介石的进攻。你们说,合算不合算?……"

胡宗南、阎锡山纠集40万大军,国共双方兵力是10:1。李克农和曹祥仁表示,坚决服从与执行党中央和毛主席的命令。毛主席要求一局迅速将二局所破获的相关情报整理出来，立即发电报给在重庆的周恩来和在前方的彭德怀，以重庆八路军办事处和八路军总部名义对外公布，并同时以八路军总司令朱德的名义，分别致电蒋介石和胡宗南，对其破坏抗日团结的反共行径提出严重抗议和警告。

蒋介石原想趁共产国际解散之机一举消灭中共，中共的大泄密使其阴谋大暴露，于是暴怒之中只好令胡宗南收兵，胡宗南遂以"换防"和"误会"为托词放弃偷袭延安。守备空虚的延安化危为安。时任中央军委参谋长叶剑英是这场"空城计"的策划者，后来他曾评价说："国民党蒋介石发动第三次反共高潮来势那样凶猛，但兵不血刃，敌人狼狈不堪，我们是以智取胜的。毛主席英明果断地使用二局密息情报，公开揭露国民党顽固派调重兵移作进攻边区之用。那时二局工作做得好，对敌情掌握得及时、准确。二局技侦情报经毛主席使用发挥了最大的作用。"

这次大泄密的代价是，国民党军因此迅速改换了新密码，军委二局迎难而上，很快便成功告破。此时的二局已是数百人的队伍，而在此之前的1941年，二局也曾从国民党密电中侦获希特勒闪击苏联的"巴巴罗萨计划"。1945年7月,曹祥仁局长带队赴晋察冀军区,开展对以日军为主的近敌侦察。晋察冀军区二局,对外称作"气象局"。1947年初夏,曹祥仁又带队赴东北,组建东北民主联军总部二局。曹祥仁兼任局长,后又任东北野战军副参谋长。

"作为我军高级指挥员,林彪是有他的独特个性。他本质上是个好安静的人,性格也有些内向,这与彭老总正相反。林彪野战中习惯只带四五个参谋,1948年9月30日晚从哈尔滨南下锦州,却是把二局的三四百人都带在身边。三四百人!两辆列车,前边是曹祥仁率领的东北野战军二局人马,后边是野战军首长们。林彪打仗的原则是情况不明不打。他说打仗打的就是密息仗,'情报就是胜利'。'作战方案定了,部队部署好了,敌情有变化,与其说等我下命令,不如说等二局下命令。'……"

1948年9月30日晚的那辆列车,那辆在迷蒙夜色中南下的列车,数十部电台同时工作,二局人马有三四百人。这只是一个大概的数字,而今我们无法确定这队人马的确切名单。虽然他们中尚有人在世,但也都是九十高龄的老人了,更有几位已是期颐之年。而在他们的回忆中,在他们透过岁月的烟云所看到的如梦往事中,那些青春风华的身影已是邈远而模糊了。那些名字在他们的记忆碎片中显现,但是并无那位何姓青年。

她仔细倾听每一位长者的追忆,她在其中捕捉与那个名字有关的信息。这位人类学女博士,她也用上了田野调查的专业方法。没有外公的名字。若是当年用的化名,那就更难确证了……

走在这流光溢彩的城市街道上,何博士身心已是疲累,但她并不沮丧。在这个无雪的冬日,她的思绪依然留在东北雪原上,那是与西伯利亚连成一片的旷野,有苍茫的林海,有大片的白桦树林,有野狼的嚎叫,也有马拉的雪橇……

那是属于另一个年代的浪漫。他们曾经真实地存在过。

在历史档案的空白处,他们真实而隐形地活着。走在这寒冬的北京街道上,她的耳畔无端地响起《日瓦戈医生》的主题曲,她无法拂去这个旋律,她不希望自己外公有另一段恋情。这凛冽的寒风令她清醒,她不必为此多虑,外公不在1948年那辆南下列车上,不会有另一段爱情发生。

假若外公不在那辆东野南下列车上,她就只能往前回溯,在陕北那片黄土地上寻找他的踪影。另一种可能也是存在,那册七十年代打字本《乌江引》。她难以排除外公是其作者的可能,她想证实这个。她就只能在那个系统中去寻找。《乌江引》里写到千穗谷,而曹祥仁的工作记录中有"革命草",那是他任浙江省委书记处书记时的笔记,一种农作物……

1975年8月,曹祥仁在北京病逝,年仅61岁。他曾是新中国第一批驻外大使,与那位长征画家黄镇一样,他们都是"将军大使"。任满归国后,他又历任国务院第一机械工业部副部长、中共黑龙江省委书记处书记、中共浙江省委书记处书记。1966年,他在浙江任上受到政治冲击,其中就有农村包产到户问题。1961年,他的老首长、老战友曾希圣在安徽搞"责任田",他曾前去参观学习并欲在浙江推行,他为此遭到反对,后又遭受批判。1967年初,周总理派专机接他和江华到北京,对他和多位老干部加以保护。省部级干部其实有很多,他其实是作为军委二局老局长而受保护,虽然这只是有限的临时性保护。精神和病体的双重痛苦,于此晚境中,是那遥远的记忆给了他难得的慰藉。回顾自己的一生,尽管后来曾任驻外大使和省部级高官,而他最为自豪的还是"在军委二局搞出的名堂"。那是他最为怀念的长征岁月,那是战火纷飞中的青春时光,那是无数个挑灯鏖战的暗夜……

夜半三更哟盼天明
寒冬腊月哟盼春风
若要盼得哟红军来
岭上开遍哟映山红
……

晨光熹微,先是窗口飘来这乐曲,一个久违的旋律。这曲调很美,纯朴、自然,有一种深情。是那些晨起跳广场舞的女人们。这曲子很悦耳,她就不将其当作噪音。朦胧中听见这乐曲,她的内心有一种感动。

若要盼得哟红军来

岭上开遍哟映山红

……

女人的歌声。七十年代,有这么好的曲子,歌词也好。如今是难有如此纯真的歌曲了。霞光穿过树丛,洒落在临窗的桌面,一片颤动的光影。她躺在宾馆的大床上,静听这从窗口飘来的歌声。

她依然为昨夜的梦境而惶惑。午夜梦回,宾馆却断电了。前台说是跳闸。她又在黑暗中躺下,好在有对面高楼的灯光照来。暗中萦绕不去的是对很多年前那次断电的臆想:雾都之夜,外婆她从窗口望见那个身影;一群便衣挥舞着手枪冲进旅馆;楼下的男人绝望地朝楼上挥手……

母亲正在熟睡中。她只有9岁。外婆拉起她离开房间。她们避开冲上楼来的便衣。母亲在楼下拉下电闸。房客们慌乱地跑到楼下。她们趁乱逃出宾馆小楼……

外婆的父亲是电气工程师,外婆自小就对电学感兴趣。问题是,在那个致命的时刻,那个男人该是并未走远。即便是为自身逃命,他也该再回头望一眼。是他将妻女留在宾馆房间里,她们成了他的掩护。假若那时他回望一眼,当他看到小楼已是一片黑暗时,他的处境已不再那么危险,毕竟他未被便衣们堵在宾馆的房间。而他并未回身寻找自己的妻女。他在暗夜中消失了。留给女儿的只是记忆中江轮的汽笛声……

或许他是有紧急任务,但他原本是来与母女相会的。或许他是仍感到有危险,他恐危及那个公文包,那其中必是有异常重要的绝密文件,而他绝非是自己贪生怕死……

女博士的推断到此为止。她难以再有更多的设想。如此想来,就只能是说,那个公文包比三条人命更重要。而他弃妻女于险境,只能是说,他是身负使命,他必须保护那个公文包,为此甚至可以置妻女于不顾……

重庆。那座诡异的雾都,那座燥热而潮湿的山城,那个谜样的吊脚楼旅馆……

那里有他最后的身影。女博士的追寻不得不继续回溯了。六七十年代没有他的行踪,辽沈战役没有他的名字。那册无名作者的《乌江引》,那最后几个字是"目的地,陕北"……

陕北。重庆。她的寻访依稀出现了一个路径。

中革军委二局首任局长曾希圣,长征胜利他到了陕北,仍任二局局长。1938年年底调往中央社会部,而后跟随周恩来去了重庆。

对曹祥仁这条线索的寻访就此暂停。所有的受访者都不忘提起曹祥仁1933年所获的红星奖章,她也很想亲眼看看这枚勋章,然而这个愿望也是难以实现。实情是,这枚奖章早已沉到海底了。

1947年曹祥仁局长赴东北工作,先从山东威海乘小火轮,出海不久即遇到国民党军巡逻舰……

彭富九(曾任晋察冀军区二局副局长):"第二天一早,曹祥仁拿一个黑皮小本子给我,并嘱咐说:这是中央红军的破译登记本,邹毕兆离开二局时交给我的,很珍贵。我这次由山东威海乘船到北朝鲜,再转道哈尔滨,路上有危险,你要好好保管这个本子。这就是那本《心血的供献》。……事实证明了曹局长的预见,他们途中果然遇到险情,被迫丢掉了所有可能暴露身份的东西,连他在中央苏区荣获的红星奖章也被沉到了海里。……"

沉入海底的勋章。不是在波涛汹涌的海面漂浮,是沉入那万古静默的大海深处,沉入时光的深处,与礁石和水草同化。水中的星光,风中的密息,还有那些陷入草地泥沼的年轻生命,那是瞬间的消失。还有那些陷入雪山冰窟的人,他们甚至未能留下最后一句话。曾希圣的红星奖章也是沉到水里去了。那是万里长征的一个险途:乌江。

在瑞金中央革命根据地纪念馆,她曾在那个巨大的历史画廊驻足良久。长廊两侧是气势宏大的巨幅油画长卷,画中人物是数十位"从瑞金走出的人民共和国元勋",这其中就有曾希圣。气势磅礴的史诗性画面,而画中人物也都个性活现。毛泽东走在队伍最前头,他身披大衣手拿香烟,面带微笑凝望远方,而朱德则骑一匹高大白马,身材稳健而有力。匠心独具的创意设计,将画廊设在这个巨型纪念馆的最后一个大厅,设在参观者的出口,仿佛是某段历史隧道的尽头,以此彰显纪念馆的主题:人民共和国从这里走来。

1931年12月,曾希圣从上海辗转来到宁都红军总司令部。在这里,他见到了毛主席。当听闻曾希圣的名字后,主席一面握着他的手,一面哈哈大笑着幽默地说:"无产阶级有人才啊!我们的队伍里已经有了一个希贤,现又来了一个希圣。共产党有圣有贤,国民党可要可怜啰!"

邓希贤是邓小平的学名。关于曾希圣,军委二局的工作固然是极度神秘,而因他后来是在地方主政,公开资料就更多些。中共八大是新中国成立后的第一次全国党代会,八届中央委员会只有97名中央委员,曾希圣即是其中之一。在中共党史出版社和中央文献出版社等权威机构编辑出版的有关回忆录中,对于曾希圣的一生业绩也有大量描述。何博士希望在曾希圣后人这里有所发现,为此她像读博时那样苦苦钻研相关文献。这是必要的案头准备。

"到了地方工作,也就无缘1955年的授衔了。解放战争时期,他是晋冀鲁豫野战军副参谋长、中原人民解放军副参谋长。而1933年与他同获二等红星奖章的人，刘伯承、聂荣臻他们可都是元帅了！他的哥哥曾中生，黄埔四期，他是共和国36位军事家之一，这是中央军委确定的。张国焘到鄂豫皖苏区之前，他一直是鄂豫皖红军的主要领导人。可惜被张国焘秘密杀害了，才35岁！他的妻子黄杰，黄埔六期的，与赵一曼同期。后来她与徐向前成婚，而徐是黄埔一期，也是36位军事家之一。他们都得高寿。想想看，就在一、四方面军会师的那些日子，1935年8月，兄弟俩咫尺天涯不能相见！9月9日紧急出走，毛泽东让曾、曹、邹先走，而曾希圣尚不知哥哥已遇害……"

曾希圣是1939年初离开延安赴重庆。何博士又再度爬梳延安时代的史料。作为知识女性，她对"革命与爱情"这个课题一向有特别兴趣，而延安生活自有一种特别的浪漫气息。她在与曾希圣相关的文献中寻找自己外公的身影，这过程中不时也不乏有趣的意外发现。

关于他们的婚恋，卓琳回忆说："邓小平和邓发都是从前方回来的，住在一个窑洞里头。他那时是一二九师政委,在太行山作业,还没有成婚,邓发想让他在延安找个适宜的,就把他带到学习班来了。一次我去曾希圣家,曾希圣说有人想和我成婚,问我乐不乐意。我表示不乐意,由于其时我还年轻,还想再作业几年。曾希圣跟我谈了两次我都不乐意。"这当然是遁词,卓琳在回忆录中写下了她实在的想法:由于其时长征老干部都是工农干部,咱们就怕跟工农干部成婚,怕他们没有知识,说话说不到一块儿。……但是邓小平并不悲观。他让人带话来,问能不能面谈一次。卓琳赞同了。他们一起到曾希圣家。邓小平说:"我这个人年纪大了,在前方作战很辛苦,我想和你成婚,但是曾希圣和你谈了,你不赞同。我这个人不太会说话,期望你考虑一下这个工作。我年纪比你大几岁这是我的缺点,我期望在其他方面能够弥补。"……成婚当天,卓琳对邓小平说:"往后我说话你得留意听。听了以后呢,有意见就提。"邓小平说:"我这个人便是这样的脾气,你乐意说话你就说,我有意见我就提,没有意见就算了。……"

"长征老干部"邓小平,其实那时也只有35岁。他与曾希圣同年。他也有知识,而且去过法国,也算是知识分子。何博士满心希望在相关史料中发现更多类似的记述,因为她是在寻找一个人。

35岁,调离军委二局的曾希圣转赴重庆工作。红军到达陕北后,他曾提出过调动要求,但是毛泽东、周恩来未批准。毛泽东曾风趣地说:"早年我写过一篇文章,其中有这么一句,'吾于近人独服曾文正'。听说蒋介石也欣赏曾国藩,我只好大异其趣,我就只有独服曾希圣了!"国内革命战争转为抗日民族战争,与长征时的险恶环境相比,延安生活是有了相对的稳定,而队伍内部便也有了种种矛盾。曾希圣想调离,这想法是由多方面原因引起,主要是有些人对他的成绩看得不够,而对他受到厚爱和对他的缺点看得过多。长征的胜利使毛、周、朱、彭等军委首长对曾希圣和二局倍加器重,并给予特别的关照。到达陕北后,毛、周每每关照供给部门,即使供给再困难,也要保障二局。他们签署《关于办公费、津贴费之规定的命令》,给曾希圣每月第一等优待津贴十二元,这比一个师每月办公费还多两元,而中央总负责人洛甫等人每月个人津贴仅有五元。1936年春节,鲁迅托人带来几只金华火腿,毛泽东也不忘分给曾希圣一份。古之兵圣有云:"三军之事,莫亲于间,赏莫厚于间,事莫密于间。"这种器重和厚爱本是十分正常的,但个别同志由于绝对平均主义和忌妒心理作祟,却时常说三道四,说曾希圣有什么了不起的,又不能带兵打仗,创建根据地开创一个局面,却享受优待和殊荣。这种酸辣刻薄的闲言碎语伤透了他的心。出于保密的原因,曾希圣和二局的作用唯有中央和军委领导知道,他们的战绩不能宣传,受了委屈也无法解释。长期处于这种境况,就难免会产生某种孤独感。他必须不停跟踪研究敌军密码变化,也无暇与其他部门同志有过多交流,便致使有些人误认为他不合群,个性太孤傲。这其实是他直道事人的性格,虽然脾气也确实有些大。当他在专心破译密码时,谁也不能打扰。长征路上有一次朱总司令急着要情报,他也正在急着破译,便不管不顾顺手将总司令推出门外。待他破开情报出门,却见朱老总仍然蹲在外边等。朱老总是性格温厚之人,他当然理解曾希圣的工作,这事朱老总并不在意,可有些人把它当成是曾希圣目无领导、目中无人的佐证。事实上,早在军委二局成立之初,他的性格就发生了变化。巨大的压力、枯燥的工作、孤独的生活、高度的用脑,他容不得自己和部属在困难面前退缩,不容许工作中出任何差错,他的性格变得暴躁了,对于打扰他的人会立马发怒。而他要求调动,也因有些人翻旧账的事令他恼火。长征途中有关部门曾决定给二局派政治委员,他公开表示不赞成。他找总政治部主任王稼祥陈述,二局党组织健全、坚强,思想政治工作有力,他和其他干部政治立场坚定,而二局也不过几十号人,没有必要设政委。况且一局不也没有政委吗?而今有些人抓住这件事不放,上纲上线说他不要政治委员,这顶帽子实在使他受不了。革命多年,也才三十多岁年纪,身上仍有十足生猛之气,于是他一气之下提出离开二局,去打游击,去创建一支部队,去开创一个局面。

其实曾希圣并不是赌气,他早已认为"有名的英雄不足奇,无名英雄最可贵"。只是因为受不了这些闲言碎语,才考虑到曹祥仁、邹毕兆等人已能挑大梁,自己离开无妨于二局的工作,自己也应带兵作战去锻炼。曾希圣虽也是戴圆框眼镜,却原本就是文武双修的刚烈之人,年少时在爷爷开办的黄阳学馆读书时,他能一撩而起八十多斤重的石碾子,再用手接住,如是连举七八下,面不改色……

曾希圣后来确实是创建了一支部队,开创了一个局面。

1941年1月4日,叶挺、项英率领新四军九千余人,由安徽泾县云岭总部起程向南转移。7日,他们在茂林遭到国民党顽军七个师约八万余人的包围袭击。新四军血战七昼夜,终以众寡悬殊,弹尽粮绝,除两千余人突围外,大部皆壮烈牺牲。军长叶挺亲赴敌师部谈判,竟被扣押,副军长项英、参谋长周子昆、政治部主任袁国平等皆遇难。蒋介石反咬一口,宣布新四军"叛变",撤销其番号,将军长叶挺"革职"。当年北伐时叶挺独立团就隶属国民革命军第四军,那是英雄的"铁军",而今新四军军长叶挺却要被"交军法审判"。蒋介石还令汤恩伯、李品仙的二十余万军队进攻江北新四军。1926年北伐之初,曾希圣曾在李品仙第三师任营政治指导员,而今第二次国共合作,国民党军又向共产党领导的军队下手了。曾希圣负责组织接应突围人员渡江,有七百多人得以安置。20日,中央军委发布重建新四军命令,任命陈毅为代理军长,刘少奇为政治委员,总部设在江北盐城。2月18日,中央军委委任新四军七个师的军政负责人,任命张鼎丞为七师师长,曾希圣为政治委员。彼时张鼎丞在延安中央党校学习未到职,在血泊中组建新七师的重任就落在曾希圣肩上。受任于危难之际,必须克服重重困难。4月15日,中共中央中原局给曾希圣等江南干部发出指示信:"我党我军必须坚持皖南、无为及庐、桐阵地创建根据地,绝不可轻易放弃。这件光荣的任务,就加在皖南、无为诸同志的身上,望各位同志以布尔什维克的英勇和坚决性来担负这种任务,将一切动摇、犹豫、怕困难的情绪完全抛弃。……"5月1日,七师在安徽无为召开成立大会,编入七师的队伍有1900余人。

无为之地,大有作为。曾希圣运筹帷幄,奋力领导开辟皖江抗日根据地,皖南事变血泊中诞生的新七师,到1945年抗战胜利前夜,队伍已发展为近三万人。武器也是全日式装备。曾希圣是"密码脑袋",也很有经济头脑,在他领导之下,新七师由"穷七师"变成了"富七师"。"富七师,甲全军。"新七师源源不断为新四军军部和八路军总部提供大量资金,仅在1944年至1945年一年间,便为新四军军部提供价值约合20万两黄金的法币。到1947年春番号撤销时,七师账上资金折合黄金有50万两之多。

这是曾希圣生命中辉煌的新乐章。然而,对于何博士这位当今寻访者来说,这些均是与重庆愈加远离的信息。她的意念在重庆。

曾希圣是1940年7月初与叶挺夫妇一起离开重庆的,他的身份从此由秘密变为公开。他在重庆只有一年半时间。何博士惊喜地发现,外婆带母亲去重庆与外公相聚,也正是1940年初夏!

那个站在路灯下的男子的身影;女人在宾馆窗口招手的姿势;房间里熟睡的女孩;江边的汽笛声……

如今所能见到的公开文献显示,曾希圣之所以转赴皖南,是因他在重庆的身份已暴露,周恩来和叶剑英遂决定将他秘密转移到新四军军部去。彼时新四军军长叶挺正在重庆,即将动身回军部,如此正可为他的转移提供方便。

曾希圣秘密赴重庆的时间是1939年2月,曾家岩50号。此前1月中共中央南方局正式成立,由周恩来任书记,领导长江以南党的工作和国民党大后方统战工作。国民党新一轮反共暗流涌动,"陪都"形势变幻莫测,一如山城迷雾般扑朔迷离。曾希圣既能从公开报刊上捕捉敌情,又是隐蔽战线的密息破译的高手,周恩来向中央提议将他调南方局军事组。中共有两个隐蔽战线,一是地下,二是空中。上海中央军委时是地下,苏区和长征时的无线电密码破译是空中,他在这两个隐蔽战线都战斗过。来到重庆,虽然仍是隐姓埋名,但却免不了要在地面上与军统特务遭遇。是年6月,叶剑英也来到重庆,以协助周恩来主持南方局工作,并担任军事部部长及统战工作委员会副书记。乌云笼罩山城,一场反共的暴风雨随时会到来。

某一日,两个学生打扮的年轻人来到曾家岩50号。他们是国民党军统电讯处的工作人员,一个叫张蔚林,一个叫冯传庆。他们痛恨国民党的统治,要求到延安去。曾希圣摸清他们的身世和动机,确定他们不是特务,便欲加以利用。军统电讯总台是在美国援助下建立起来的一个非常先进的通讯中心,戴笠就是通过这个中心指挥和控制着分布在各地的国民党特务,为蒋介石提供情报,发布秘密指令。冯传庆是报务主任,管辖着几百部电台和上千名报务人员。9月的一个夜晚,张蔚林、冯传庆入党仪式在周公馆楼下雷英夫的房间悄悄举行。在鲜红的党旗下,叶剑英和曾希圣主持了他们的入党宣誓。

白色恐怖日益加重,他们经常跑来周公馆送情报太危险,军事组同志想有一个妥善的联系办法。11月,"抗大"女学生黎琳从延安来到重庆。黎琳原名余家英,组织上派她来南方局,是想利用她与川军少将师长余安民的父女关系,去做川军的统战工作。叶剑英、曾希圣他们反复考虑,认为派她与张、冯等人建立秘密联络点作用更大。因此决定让她改名张露萍,扮作由上海来的张蔚林之妹。曾希圣让人为他们"兄妹"在牛角沱找了两间房,让张蔚林从军统机关搬到此处居住。接着,曾希圣向张露萍布置了三项任务:一是领导军统局电讯处张蔚林、冯传庆等五六位党员成立中共特别支部;二是将张、冯等人提供的情报通过中转站转送周公馆;三是如有可能,在军统电讯处继续发展党员。这期间,张露萍每天的活动、装扮,应注意的细节,紧急时的联络信号等等均由曾希圣亲自布置。

此后,国民党的重要情报源源不断地从军统机关传送到中共南方局,就连军统特务机关的人员配置、特务工作安排、电讯总台的密码呼号、波长及通讯网公布情况等绝密情报,也被张蔚林他们搞到手。尽管军统在电台配备了两套人马,并不断更换密码,他们的密电仍然不断地被我们破译。一次,戴笠派遣一个三人潜伏小组,携带小型电台,欲通过胡宗南防区,混入陕甘宁边区进行特务活动。张蔚林他们将此情报送到南方局,曾希圣立即电告延安。于是,潜伏小组刚一露面即被擒获,戴笠得知后十分恼火。

中共军统电台秘密支部的建立,致使国民党重要情报连连泄密,这便引起了蒋介石的警觉。他为此大发雷霆,痛骂戴笠无能,责令他严加缉查。就在这时,一个意外发生了。张蔚林工作不慎烧坏了一个真空管,这立即引起了嗅觉灵敏的军统特务的警觉,张蔚林即为稽查处关押。张蔚林经验少,被关押后便沉不住气,他从看守所逃跑直奔周公馆请示。曾希圣和军事组同志分析认为,烧坏真空管是工作过失,最多受点处分,而逃跑则会完全暴露,反而影响大局。他们让张蔚林买个真空管迅速返回。

然而,就在张蔚林离开期间,稽查处派人搜查了他在牛角沱的住处,发现了军统各电台的配置表与电台密码,以及其他几个报务员的名单和材料,张蔚林回去后立即被逮捕。当晚,军统电讯总台的杨光、赵力耕、王席珍、陈国柱等几名共产党员也被逮捕。正在值班的冯传庆迅速翻墙逃走,次日晨来到曾家岩50号,汇报了电台大逮捕的情况。叶剑英亲自布置,送冯传庆过嘉陵江去延安工作,不幸的是,过江之后,他又落入了敌人手里。

此时张露萍正在成都探亲,全然不知重庆发生的变故,军统特务以张蔚林的名义发电报让她返渝。张露萍接电后迅速赶回重庆,一下车便被埋伏在车站的特务逮捕。

曾希圣的处境也变得十分危险,情报连连泄密,特别是张露萍等七人出事后,军统特务加紧了对周公馆的严密监视,他们已经嗅出中共定有重要的"神秘人物"在重庆。

国共第二次合作之初,蒋介石曾派考察团到延安。考察团特意提出要看看二局,要见见领导二局多次破获他们重要情报的那个"中共神秘人物"。彼时他们已获知曾希圣的大名,这或许是因1935年在云南被俘的译电科参谋陈仲山供出(后来证实陈仲山是被滇军杀害,但他并未被逼泄密)。考察团察看的结果令他们感到失望和惊疑:二局所有的通讯器材竟是如此简陋,而且大多是从战场上缴获的战利品;更令他们难以置信的是,那个曾令他们伤透脑筋、专请洋专家也无法对付的人竟是这般其貌不扬，无异于其他的"土八路"。考察团不禁感到有些自惭和敬畏。

如今，他们怀疑中共情报专家曾希圣可能就在重庆。为了证实这个猜测，他们派出特务冒充是曾希圣的亲友，来到周公馆探听虚实。特务有时竟整日赖在楼下会客室里，说是一定要等到曾希圣，有话同他面谈。情势如此紧张，周恩来和叶剑英等决定暂把曾希圣送到八路军红岩办事处躲一躲。为了躲避特务的视线，曾希圣化装成周恩来警卫人员躲进汽车行李箱，这才得以安全转离周公馆。

在红岩八路军办事处，曾希圣整日不能外出，只能静等组织上的安排。幸好在这里他见到了二局的老部下、老战友钱江。钱江是带着二局的一个工作队来执行任务的。故友重逢，分外惊喜，他们两人吃睡在一起，畅谈往事，展望未来，经常聊个彻夜通宵。钱江离开重庆时，曾希圣深情地在他的笔记本上写下了临别赠言：

> 相处七八年，经历了几次"围剿"，经历了二万余里的长征，那时总未想到有分别的一天。相处时既没有什么帮助，分别后当然说不到什么赠言，我

只愿你们埋头苦干,努力学习,在新的环境下,在伟大的时代里,建设你们伟大的功绩,发展你们伟大的前程。

今天是遥远的分别了,好友请代问候。

1940.1.20 熙生

曾希圣一向是忘我工作的人,一刻也闲不住。躲在红岩办事处,整日无所事事,感到非常难熬。他急切盼望组织上能尽快安排自己的工作,让他能充分施展自己,有所作为。在重庆的身份既已暴露,周恩来和叶剑英便决定将他秘密转至皖南。

……

这些公开文献的白纸黑字,这些发黄的纸页和暗淡的字迹,在这微风和煦的良夜,诉说着另一种真实。那些隐没于历史长卷中的身影,他们以青春年华的形象从这些文字中浮现,伴之而来的是遥远的风声,这风声足以驱走这良夜的安宁和昏沉。这是隐隐而来的海浪般的松涛,这松涛中分明是有某种人声,像是交响曲中的某个女高音,无字无词的抒情咏唱,只是这偶尔出现的女声,是从一个苍茫的背景中飘来。你无法拒绝这声音,你无法关上窗扇,无法再度安然入睡。这声音是一种咏叹,也是一种召唤。这苍茫的背景,连同窗外夜色中的花树,在这万物沉寂之时,你分明听见另一种音乐在奏响。那些暗夜背景中的演奏者,他们不是舞台上身穿燕尾服的乐手,他们是在海浪和松涛的深沉的背景中演奏。他们所用的也不是剧院乐池里那些金光铿亮的乐器,但这是更真实的号音,是在浓雾和山间传送密语的号声,是为敢死队员们冲锋的军号。这也是更真实的鼓声,更真实的吼声和汽笛声。这声响冲破山城的迷雾和夜色,为记忆和梦幻涂上了血色。这海浪和松涛的血色,那个翻墙奔逃的身影也是一片血色。这也是真实的无须模拟的枪声,这也是交响曲的一个音符。暗夜的苍茫的画布,也为这音符所点缀,连同这些风中舞动的树枝,像是干枯的手臂在舞动,它们都是这画面的点缀,而浮现在画布上的这些身影,尽管他们沉默不语,却是这交响曲中的声音。这些于无数碎片中复活的身影,他们在时间深处显现,在记忆深处显现,像是纪念碑基座上的浮雕。高耸入云的纪念碑,有苍松翠柏环绕,有五彩花团铺展。残阳如血的黄昏时分,那片千穗谷显得格外鲜艳。碑座上并无他们的名字,而这纪念碑本也是这画面的背景,在这背景深处是城市的天际线,是山雨欲来的夜空,是曾经被战火点燃的天空,而在这车水马龙的城市的巨大噪音中,那个交响曲的旋律依然在升腾,在噪声和暮霭之上,那颗红星依然在闪亮,那是纪念碑尖顶上的红星,是为强力的激光所照耀,是从这乐曲中升起……

夜半风雨,她从梦中醒来。她在黎明的微光中回味这梦境,窗外有雨打树叶的声音,恍若那老式打字机的声响。当年曾希圣向张露萍布置了三项任务,第三项是,如有可能,在军统电讯处继续发展党员。张露萍等七人英勇就义成烈士,那个军统总台是否还有其他的漏网者?他们自己不幸被捕,他们是在从牛角沱住处搜出的名单上,但他们并未供出更多人……

张露萍等七位"虎穴英雄"被捕后,面对敌人的严刑逼供和威逼利诱,坚贞不屈,视死如归。他们被钉上死镣,先是囚禁于白公馆,后于1941年3月被押解到息烽集中营监禁。张露萍在狱中秘密党支部领导下,与军统特务展开艰苦卓绝的斗争。她将集体越狱计划冒险送往监外,还以诗句表达对生活的热爱和对革命胜利的信心:"七月里山城的榴花,依旧灿烂地红满在枝头。好似战士的鲜血,好似少女的朱唇。……"然而1943年,延安开展"抢救运动",张露萍(黎琳)正在息烽集中营与敌人苦斗,中央社会部部长康生却在一次会上无中生有地说:"黎琳叛变了!黎琳是叛徒,是军统特务!"1945年7月14日,敌人以转押重庆开释为名,在途中将七位英雄秘密枪决。他们英勇就义后,长期背着"军统电台人员"的反革命身份蒙受不白之冤。1968年,曾希圣在病重临终之前,仍不忘为张露萍等七位烈士作证,希望有一天能为他们平反昭雪。党的十一届三中全会之后,有关部门在复查此案时,叶剑英、雷英夫等同志出面证实了这七位同志确为我党地下工作人员,至此终于拂去了蒙在七位同志英名上的尘埃,恢复了革命烈士的光芒。

"1968年那时候,许多人的历史问题被翻出来,外调人员满天飞。那时候我父亲先是住在京西宾馆,后又住进解放军总医院,他的胃病越来越严重了,那还是在中央苏区时落下的病根。那时他压力特别大,四次反'围剿'时更是特别苦,有时南瓜汤都吃不上,天天都是吃竹笋,没有盐,就是清水煮竹笋,吃到最后他看到竹笋就反胃,最后酿成严重的胃溃疡。我母亲是浙江人,她倒是爱吃鲜笋,解放后了,可吃的东西多了,但我父亲决不再碰这个,吃怕了。不吃这个,也不吃马肉,也不许我们吃。……他是地方干部,总理特批他才住进解放军总医院,那时军队条件要比地方好一些。住进宾馆和医院后,实际上也不得安宁,时常要接受各种名目的外调,这使他常常感到气愤,但岁月早已磨平了他的暴脾气,而这些外调,也在客观上了却了他呵护战友的最后心意。有一天,四机部外调人员来了解王诤部长的历史问题。王诤的确当过国民党军第十八师电台台长,是1931年初'围剿'红军被俘的,但他加入红军后立即为我军建立无线电队,后来出任中革军委三局局长,1955年被人民共和国授予中将军衔。我父亲介绍了王诤的事迹,外调人员感动得落泪,王诤也避免了一场灾难。说起来,王诤算是新中国无线电通信事业的奠基者,今天你这5G、6G的,也都是从早期无线通信技术来的。今天大家都用QQ，王诤他们最早电台联络就是用Q简语。解放战争时期，我军情报小组在胡宗南总部向延安发报，用的就是CQQ，那可是他们天才的发明。还有潜伏在胡宗南那里的戴中溶，他曾是胡的长官部机要室副主任兼电讯科科长，后来他成为新中国芯片产业的先驱和元老，上世纪七十年代，我们的光刻机尚能跟上世界先进水平。……说回外调这事。又有一天，他们来调查黎琳等人的历史，黎琳就是张露萍。我父亲这才知道，黎琳等七位战友至今蒙受着不白污名。他感到十分悲痛，便向外调人员详细介绍了他们的历史情况，强烈提出必须给予平反昭雪，追认为革命烈士。他说总理和叶帅都清楚，希望有关部门尽快落实。弥留之际，他还紧紧拉着张清化的手说，黎琳的问题怎么样了？她的问题不解决，我死也不瞑目啊……"

"……除了这七位烈士，张露萍在军统电台发展的人，还会不会有其他人？"

"这个我们如何能知道？他们都不在了……父亲生前很少跟我们谈及这类话题，不只是对我们这些孩子，对我母亲——相伴数十年的战友，也是这样……"

三位当事人的回忆：曾希圣病危之时，宋裕和又去探望。钱壮飞失踪后，是他接任军委二局副局长。他对曾夫人余叔说，老曾这人真是太不简单了！余叔问他何以如此感慨，他便说老曾立过奇功，遂说起1935年南渡乌江前，曾希圣假冒蒋介石所发的那份密电。郭化若，与曾希圣同为黄埔四期，他曾两次拒绝给蒋介石当秘书，但却成了红军作战指挥部的高参。1931年中华苏维埃一大时印发《参考消息》，此报即是由他命名。1935年的"乌江之夜"他也是在场者。曾希圣去世后某一天，他对余叔说，老曾干过一件大事，这个事可是天大的事，是绝密，我不能跟你说。余叔问，是不是假电报的事？郭问，是老曾跟你说的？余叔说，没有。曾三，曾任红军通信学校政委，他在回忆录中也讲过此事。曾希圣是将这个绝密守到了最后……

在曾希圣的后人看来，这种极度保密并非不可理解。极度保密，置身其中的人实为处于某种封闭状态，也注定会伴之以某种特别的孤独感。红星奖章是红军时期的最崇高荣誉，而曾希圣后来也绝口不提，也许他并非刻意不提，也许只是性格使然，且也是他对于荣誉的态度。至高荣誉的有形之物，对他而言，似乎也是某种身外之物，丢了，也没必要刻意提起。那枚奖章过乌江时掉到水里去了……

"这事也还是宋局长说起，他又说老曾这人太了不起，过乌江红星奖章掉水里了，他也没当回事。母亲这才知晓父亲得过这个，便问红星奖章是什么样，这还真是问对了，当年宋局长就是奖章的监造者。……他们那一代人，很多事今人也许难以理解，就是高风亮节吧。……"

"第三者"的回忆："1960年，中共中央决定成立六个中央局，作为中央在各大区的派出机构，中共中央华东局第一书记这个职务，中央领导原想让曾希圣担任，可他是主动谦让了。他说柯庆施资历比他老，理论水平也更高，而且毕竟'柯老是见过列宁的人'，他就是这样向主席表明自己的态度。后来'七千人大会'免去他安徽的职务，也还是华东局第二书记。"

有些秘密是要带到坟墓里去的。比如那些狱中受尽酷刑的人,他们就抱定必死之决心,咬紧牙关,决不暴露自己的身份,惟有在凛然就义的最后一刻,他们才喊出"共产党万岁"的口号。在瑞金叶坪,某一日黄昏,何博士曾望着那座炮弹形的红军烈士纪念塔陷入冥思。那是军委二局副局长钱壮飞1933年的设计。深褐色的塔身嵌满无数个小石子,每一颗石子都是一位烈士的英灵。顾顺章在汉口被捕,钱壮飞截获的情报使上海党中央机关免遭灭顶之灾,而作为当事人的国民党中统头子徐恩曾,此后刻意隐瞒了这个事件的原委,而蒋介石至死不知真相。"我永远也不会说这事,就是死了也不会说。"

她又想到那位"红色牧师"董健吾。董健吾为革命屡建奇功,后受潘汉年案牵连被关押一年多,随后在上海里弄以推拿手艺谋生。而他并未以往日功绩为自己挡箭。保守秘密,宁可在缄默中忍受委屈,这种隐忍与党性有关,也与人格有关。"事了拂衣去,深藏功与名。"广东英德人莫雄早年加入同盟会,在国民党党内军内有"莫大哥"之称,又被称为"五色将军",喻其三山五岳、红黄蓝白黑条条道道上都有好友。莫雄并非蒋介石嫡系,蒋却令他赴庐山牯岭参加秘密高级军事会议,莫由此获取了蒋介石第五次"围剿"红军的"铁桶计划"。莫雄冒杀身毁家之险将此计划交给中共联络员项与年。此后蒋调他去云贵川交接处围堵红军,他却暗中掩护红军转移。抗战时期,他在广州又积极掩护和援救共产党员。新中国成立后,毛泽东特意叮嘱主政广东的叶剑英,要他邀请寓居香港的莫雄回广州工作。五十年代初土改时,当地农民和土改干部不清楚莫雄历史,要求将他交群众批斗后就地枪决,而华南局有关领导也已批准。在这命悬一线的危险时刻,莫雄却是缄口不语,只字不提自己对革命的重要贡献。幸好有人及时向陶铸反映了实情,莫雄才幸免于难。

莫雄将"铁桶计划"交给了项与年。彼时莫雄身为国民党赣北第四行署专员,也兼保安司令,而项与年是保安司令部机要秘书。项与年拿到情报后立即与地下党员刘哑佛、卢志英商量,决定连夜启动秘密电台,向中央苏区报告"铁桶计划"要点,他们决定由项与年本人亲自负责送情报,因项与年会客家话,容易混过敌人的关卡。他们三人连夜用密写药水将整个"铁桶计划"兵力部署、火力配系、进攻路线、指挥机构等要点写在四本《学生字典》上,也将作战图用透明纸描摹下来,直到天色放亮才密写完毕,项与年便装扮成教书先生立马出发。为躲避驻扎在村庄的国民党军,他只得在山林中穿行露宿,以少量干粮和野果山泉充饥。经过多日的艰难跋涉,他已变得胡子拉碴,骨瘦如柴。到达兴国后,发现国民党军封锁更加严密,几乎每个村子都修有碉堡,各个山头路口均有岗哨,青壮年人一接近,就会立即被当作"赤匪侦探"抓走。项与年只好退回到山林中寻找时机。时间不等人。心急如焚中他很快便想出一计,于是他心一横,弯腰从地上抓起一块石头,一连敲下四颗门牙。

第二天,他的双腮严重肿胀,面部变得狰狞吓人,头发像蒿草一样蓬乱,衣服也早已被荆棘刮得破烂不堪,完全成了一个蓬头垢面、令人厌恶的老叫花子。他将四本密写字典藏在污秽的袋子里,上面放着乞讨来的发馊食物,就这样赤着双脚下山。沿途国民党军哨兵见状,都立即捂着鼻子将其赶走。然而越往南走,盘查也越来越严,密写的字典随时都有可能被发现,必须另谋良策。幸好身为中共联络员,他在沿途建立的密点多,于是在地下党员帮助下,又连夜将密图上的情报用药水写在薄丝纸上,又将其藏在布鞋垫层里,穿在脚上继续前进。他就这样混过了国民党军层层哨卡,于10月7日到达瑞金。

他在沙洲坝找到临时中央,将情报交给"三人团"之一的周恩来。周恩来、李克农接过项与年的绝密情报时,几乎认不出眼前这个老叫花子就是自己的老部下,感动之情无以言表,都情不自禁地落下了热泪。

"最高三人团"传阅"铁桶计划"后,惊诧之余立即意识到中央红军处境极度危险,如不采取断然措施,很快就会陷入国民党军队重围之中。而在此之前,军委二局的破译情报亦显示,蒋介石将大规模进攻行动提前了约一个月。两个来源的绝杀计划相互印证,而前方部队也在不断告急。敌人实施堡垒封锁新战略,打得不急不忙,步步推进,而红军则是惨烈悲壮,节节后退。情势已是危在旦夕,必须抢在"铁桶"合拢前迅速撤出中央苏区。是日,中革军委发布命令:10日出发。

长征就这样提前开始了。

……

"在上海他们都是在周恩来领导下搞地下活动。因秘密工作需要,项与年改名梁明德。多年南征北战,驰骋东西,项与年与家人完全失去联系。妻儿身在何方,他一无所闻。儿子梁德崇16岁和父亲在上海离别后，一直勤奋求学。1937年抗日战争全面爆发，他改名项南投身革命，从事抗日救亡运动。1941年，几经辗转终于到达新四军驻地，成为一名新四军干部。1949年新中国成立初期，项与年(此时他仍用名梁明德)才隐隐约约听说儿子长大后已参加革命，在安徽省青年团机关当干部，项与年喜出望外。曾希圣当时是安徽省委第一书记，项与年给曾希圣写信，拜托代寻失散十多年的儿子。为老战友寻子，曾希圣极为重视，一次省里开会，他特意把省团委书记项南留下谈话，嘱其代老战友在团干部中查找一位姓梁的青年。……"

上世纪八十年代初，项南曾任中共福建省委第一书记。这是一个真实的故事，也是某种奇缘。据项南回忆：

1951年，青年团皖北工委与皖南工委合并成立了新民主主义青年团安徽省工作委员会。项南任书记，同时又担任安徽大学党委书记。有一天项南到省委开会，省委书记曾希圣交给他一个任务，让他帮着找一个老战友失散的儿子。他说，老战友姓梁，在东北工作，不知听谁说自己的儿子在安徽做青年团工作,写信请曾希圣帮忙寻找。过了一段时间,曾希圣开会又遇到项南,问有没有帮他找到老战友的儿子?项南说找不到,皖北青年团不下十万人,姓梁的多了,查访了好多都对不上号。

曾希圣怅然若失地对项南说,如果见了老战友的孩子,他或许还能认出来,因为那孩子小时候在上海,他们一同住在上海的维尔蒙路。项南说,我也在上海维尔蒙路住过。曾希圣有些吃惊,你住上海维尔蒙路几号?项南说了门牌号。曾希圣又问他当时年纪小,谁带他从闽西到上海的?项南说是一个丝绸老板和一个小伙计。曾希圣若有所悟,当年正是他亲自安排那个"丝绸老板"和那个"小伙计"将一批中央红军急需的无线电零部件从上海运到瑞金的。是他特地交代交通员,完成任务后将项与年的妻小带到上海。项与年的妻小在维尔蒙路安定之后,他常扮作一个姓胡的商人跟项与年谈"生意"。项与年那个聪明的儿子很讨人喜欢,每次见面总亲热地叫他"胡子叔叔",给他搬椅子、递烟。当然,他每次登门少不了都要带一把糖果给他。想到这里,曾希圣哈哈大笑,如释重负地问项南,你那里有没有见过一个大胡子叔叔?项南说当然见过,他带我去看电影。曾希圣便说,你看我像不像那个"胡子叔叔"?

项南仔细打量一番,不由得愣住了。曾希圣又指着自己的鼻子问:你仔细瞧瞧,我像谁?项南定睛一看,忽地站起来,大声叫道:"胡子叔叔!"两代人拥抱而泣。

原来曾希圣在上海搞地下工作时,常留大胡子,一旦出现紧急情况,就立刻剃掉胡须隐身他去。那时周恩来的职业身份是古董商,也是蓄长须,也是为便于伪装和隐蔽,"胡公"这个化名也正合适。

……

项南找项南。沉迷在这个故事里的何博士,也沉迷在对自身奇迹的幻想中。在贵州乌江那个红军长征纪念馆,她曾震惊于自己瞬间的发现。在那个多媒体展厅,地图上的长征路线是以灯光显示的。当无数个小灯瞬间亮起时,她顿时发现那个长征路线图,从江西到陕北,那个图形分明就是一个"毛"字。在毛泽东那些草书诗词中,确有这样一个"毛"字,其字形和笔势酷似这个路线图。……项氏父子无疑是幸运的,他们在曾希圣这里获得了对方的信息。有多少人的身份至死不为妻儿所知,甚至还要承受种种误解。化名,战乱,时移世易,而那些记忆中的样子仍是可以辨认的信息。她祈望自己有这样的幸运,即便她甚至也不知外公的模样。她的眼睛像外公,她有外公的原名,而这都不是身份的确证。她原希望外公的姓氏不会有变,而这位项与年改名梁明德,连这姓氏也改了。那个年代的化名也是多,有些听起来都不像是化名,譬如陈云党内化名是"先生",而周恩来、瞿秋白他们恐是有百十来个化名……

……吴说,他有意长时间静默,静得提审室里五六个人都听见彼此的呼吸声,他甚至站起来在屋内来回踱步,并不时观察瞿秋白的神色,只见他半合半闭的眼睛,脸孔苍白清瘦,端坐的样子像一个打坐的和尚。在一段时间的寂静之后,他突然一转身使劲把桌子拍得震天响,大声说:"你是瞿秋白,不是林琪祥!民国十六年我在武汉听过你讲演,你不认得我,我可认得你,你不要冒混了吧!"吴说,这一突然逼问,瞿秋白神色有所动,但仍然不紧不慢地说:"你们搞错了,我不是瞿秋白!"吴才使出最后一招,大声一吼:"来人!"进来的是事先在外等候传话的被俘投敌的共军的叛徒,他指着瞿秋白向吴献媚地说:"我用脑壳担保,他就是瞿秋白。我说了不算,还有他本人照片可核对。"……在叛徒当场的指认下,瞿秋白竟坦然一笑,说:"既然这样,也用不着这位好汉拿脑壳作保,我也就不用冒混了。瞿秋白就是我,十多天来我的什么林琪祥、上海人之类的笔供和口供,就算作一篇小说。"……

她相信运气。项南可以找到项南,自己也会找到外公,即使他有再多的化名。当然不是奢望他仍在人世,但找到他的信息总还是有可能。即使最终只是徒劳一场,她也只能继续这番艰难的寻找,不然她将永远不得安宁。是为心的安宁,亦为生的力量。"我说了不算,还有他本人照片可核对。"

照片。她不忍凝视瞿秋白就义前的这张照片。国民党中将师长宋希濂酒肉伺候,但终是枉费心机。关于党组织的秘密,关于红军情报,这位曾经的中共最高领导人,他无可奉告。他也拒绝宋希濂招降。哪个主义能救中国?共产主义还是三民主义?瞿秋白曾是国民党一大宣言起草人之一,而宋希濂也曾由陈赓介绍秘密加入中共。瞿说现今的蒋介石根本没资格谈三民主义,因为他是法西斯蒂。他拒绝再与宋希濂讨论主义。宋接蒋密电:"就地枪决,照相呈验。"瞿秋白昂首走向刑场,一路高唱《国际歌》。英德纳雄纳尔,人类方重兴!这首歌最初他是从法文译来词谱,中华大地遂有了能唱的《国际歌》。此刻他以中文唱,也以俄文唱。他在中山公园八角亭前站立拍照,接着连喝几杯威士忌,然后手夹香烟走出公园,走向罗汉岭下的刑场。他在一片草坪上盘膝而坐,便朝刽子手微笑点头说:"此地正好,开枪吧!"

哨声落,枪声起。这黑白照片留下革命者最后的风采:黑衣白裤的男子,他气定神闲,负手而立;他目光沉静,面带笑容……

夕阳明灭。落叶黄泉。那些不曾留下的身影,他们没有照片可核对。

大校说,长征本来是可以留下一批照片的,红一军团四团团长耿飚拍了不少照片,有战场风光的,有俘虏或战利品的,更多是为同志们拍的生活照。可惜的是,他的长征日记和这些照片,到陕北后为了对外宣传需要,都转交给了美国记者斯诺,后来就下落不明了。

那该是怎样的一批生活照！

幸运之神还是对她有所眷顾了，也许是为她的真诚和辛劳所感动。在这浩如烟海的史料中，一个意外的线索出现了。1938年曾希圣和邹毕兆赴武汉搜集日方情报时，与他们接头的人是国民党破译专家杨肆。彼时杨肆在国民政府交通部电政司搞日本密码破译，司长是温毓庆。武汉失守后，电政司迁至重庆。戴笠向温毓庆要专家，杨肆遂经李克农劝说潜入军统局。1940年夏，杨肆在重庆秘密加入中国共产党。由于成就显著，杨肆后被戴笠提拔为特技研究室少将衔主任。……

又是重庆！又是1940年夏！且是与曾希圣有关联的人！循此线索，何博士发现了一册《池步洲回忆录》。

池步洲，福建闽清人，早年赴日，先后在东京大学和早稻田大学学习，并娶日本女子白滨英子为妻。抗战爆发后，池步洲回国抗日。1937年投奔南京国民政府，加入国民党中央调查统计局。据说1943年池步洲破获日军LA码密电，而美军密码专家也破解了日海军大将山本五十六的行程信息，山本随即被截杀。1952年1月，池步洲因被认定为中统分子,被判处有期徒刑12年。1963年5月刑满释放,池步洲才又回到上海。1983年3月,池步洲在上海偶遇李直峰和霍实子。李直峰证明池步洲虽身在中统,但确实没有参加过特务组织。霍实子证明池步洲干的都是抗日事业,有利于国家民族,非但无罪,而且有功。上海市高级人民法院遂宣告池步洲无罪。2003年,池步洲在日本神户逝世,骨灰被带回中国,福建省闽清县在台山公园为他立碑。

……军委会密电研究组是以军委会研究室毛庆祥为组长,霍实子、李直峰为正副主任。前者是留日学生,曾协助交通部电政司温毓庆研译过外交日密,据说有所成就,但当我于1938年6月至11月底与他共事时,从来未曾听过他谈及此事。李直峰是中文密码专家,曾经是中统局机密二股股长,是奉周恩来副主席之命打入中统局的。

军委会密电研究组为打开僵局,由李直峰向霍实子提出建议,派人到各战区各总部搜集日帝陆军作战后所缴获的完整和破碎的日文密码电报本和日文密码电报纸,以期有助于陆军日密的破译研究。李的建议获得毛庆祥同意，发表李直峰为军委会少将参议、李裕为军委会上校参议，公开持蒋介石命令，奔赴各战区各总部进行搜集。李直峰以其与中共的特殊关系，出发时即寄希望于中共能够提供这方面的资料，所以他们一到西安，李直峰就把李裕留守西安，自己单身奔赴延安乞援，并经中共同意，将八路军所缴获的三种日帝陆军日文双重密码电报本交给重庆国民党军委会。但为严密掩护李直峰的秘密身份，商定由曾希圣亲自将这三种日文双重密码电报本送交重庆国民党军委会，并公开请奖。李遂先回重庆复命。后来这三种密电本送交国民党军委会时，霍实子公开签请蒋介石以打下日本空军轰炸机一架论奖。

嗣后，我对中共提供陆军日密码本一事，逐渐亦有所闻，深感欣慰，并期望军委会密电研究组能借此有所突破，但始终没有佳音传来。关于中共提供陆军日密码本以后的发展经过，我是不太了解的。兹将李直峰与霍实子二人合写的《国民党密电研究组与军技室的若干事》（以下简称《若干事》）中第九页下半至第十页上半的全文照录于下,以飨读者。

1939年冬重庆侦译密电界异口同声地说:"中共交给国民党的这三种非常重要的日帝陆军日文双重密码电报本,是国共第二次合作共同抗日的具体表现,是中共第一次交给国民党不可多得的无价宝。"李直峰与有荣焉。因此军统魏大铭就用恳请方式,争取誊抄了一份。密电检译所温毓庆用鬼蜮伎俩手段,花重金收买招有泉去誊抄了一份。当即引起军管会密电研究组、军统密电组、密电检译所三家争先恐后据以破译日帝陆军日文双重密码报,背靠背的竞赛。这三种日帝陆军日文双重密码电报本是:(一)"5678"为指标的四位数字密码加减四位乱数本,计101页;(二)四位数字密码,加减四位乱数日文来去本;(三)"111"为指标的三位数字密码,加减三位乱数本,共13页。经过三方面各有秘密的分析研究,确知是当时日帝陆军所用的日文双重密码电报,只此而已。至于对每份密码电报,所加减的乱数,是从何页何乱数加减起,以至何页何乱数加减止,实际加减几组乱数这个报头报尾的密钥,始终无法找出来。因此就很难解开这个所加减的乱数本,另谋脱这个所加减乱数皮的理论和实践,但亦无所适从,不知如何是好。虽然军统密电组聘请过美前海军情报署破译密码专家奥斯本、雅德莱领导研究解决脱双重密码电报皮的方法,但亦无济于事。……

李直峰本是西安绥靖公署侍从室机要秘书,上任不久就为杨虎城组建密电研究室,并很快破译出甘南马青宛部叛杨投蒋及蒋下令杀害瞿秋白、方志敏、吉鸿昌等人的绝密电。他是由周恩来亲自安排打入国民党中统。对于此事,2005年12月某日的《江南时报》曾有如此描述:"西安事变期间,绥署侍从室多次奉杨虎城之命,将破译的密码电报内容送中共中央代表团团长周恩来参阅,遂引起周的关注。在得知这些电报皆为李直峰领导的密电室破译时,周指示南汉宸择机秘密指引李于中共代表团驻地相见。当南汉宸将李直峰介绍给周恩来时,周起身相迎,亲切握住李直峰的手,慰勉有加。周恩来说:'你1926年就在武汉加入我党的统一战线,现在革命更加需要你。你破译工作做得如此之好,说明你有一颗爱国救民的心,我希望你能加入到我们这个革命的行列中来。'李直峰动情地说:'我坚决服从周副主席的指示,不怕艰苦危难,努力完成任务而终生不渝。'周恩来遂命在隔间等候的李克农、曾希圣进来指示道:'这位是李直峰同志,是杨主任的机要秘书,已经表示愿意参加革命,现将他交由你两人领导,布置工作。'……"

1983年3月,池步洲在上海偶遇李直峰和霍实子。在何博士的想象中,这样的偶遇既是幸运,亦是命定。而她终于也有了自己的幸运。这些时间深处的记忆碎片,这些迷雾中时隐时现的身影,一切都指向那座川地山城,那座战时雾都。而在池步洲晚年的回忆中,这些雾中的人物或也有真实的影像——

魏大铭被从军技室赶走,富有戏剧性,而且剑拔弩张,针锋相对,更具有战斗性。……我当时位微言轻,没有与闻其事,只是事后略有所知。兹根据《若干事》,摘录于下。

魏到任伊始,就横行霸道,妄图把军统特务作风逐渐搬到军技室来。首先命令全室人员都要缴交一寸半身照片三张……

《若干事》是由李直峰与霍实子二人合写。直到1949年上海解放，李直峰才公开身份。1957年，李直峰随老首长曾希圣赴合肥任安徽省人民委员会参事室参事、省政协委员。1983年被补选为全国政协委员。

1940年4月成立的国民政府军事委员会技术研究室是一个庞大的机构，有三四百人之多。主任温毓庆博士是技术派，两位副主任中，毛庆祥是蒋介石内弟，魏大铭是军统人员。军技室成立之初的明争暗斗，先是毛庆祥得势，旋被温毓庆所夺，后又落入魏大铭之手。《若干事》记有魏大铭令全室人员缴交照片之事，而李直峰便是当事人。作为安徽省人委参事室参事和省政协委员，李直峰当会留下更多的相关回忆。上世纪五十年代的安徽，也正是曾希圣主政。

长征岁月是险象环生中的"暗夜行"，新中国则是大张旗鼓、轰轰烈烈的事业。旧世界业已破坏，新世界展开宏伟壮丽的蓝图。然而，上世纪五十年代距今也有一个甲子了。对于当今年轻人来说，那也已是久远的年代了。在安徽人对五十年代的记忆中,治理淮河无疑是一项利国利民的大工程。兴建佛子岭等五大水库,兴建沟通江淮的淠史杭灌溉系统。这是一场持续多年的大兵团作战,而身为安徽省委第一书记的曾希圣就是这场大战的总指挥。早在1944年至1945年,曾希圣便领导新四军第七师在皖江根据地修建黄丝滩大江堤工程,此乃抗战时期全国兴修的最大水利工程。新中国的治理淮河,更可一展他的雄才大略。他有激情也有韧劲,敢想敢闯。他有时骑马巡视热火朝天的工地,有时带家人一起参加劳动。他为群众的革命干劲所鼓舞,凡事都想在全国争上游,都想尽快打造出一片新天地。1959年首都北京人民大会堂建成,安徽厅的巨幅屏风设计方案亦是由曾希圣主抓和确定,他也欣然挥毫为这幅铁画题写了"迎客松"三个大字。1978年,迟开十年的曾希圣追悼会在北京举行,邓小平等中央领导参加,胡耀邦致悼词。李先念撰写纪念文章说,曾希圣是"我们党的情报破译工作创始人",也是"我国农村经济体制改革的先驱"。
"三年困难时期"的1961年,为解决粮荒问题,曾希圣在安徽开始"责任田"试点和推行,人民群众说这是"救命田"。彼时他兼任安徽、山东两个大省的省委第一书记,

361

如此重任确是一个特例。"责任田"使安徽人民能吃饱饭，手里也有了余粮，也支援了河南等邻省，曾希圣更是雄心十足，然而他万难料到风云突变。1962年初，北京召开"七千人大会"，"责任田"被批判为方向性的严重错误，是"走回头路"。中央派人发动大家"揭发批判"。会议的气氛十分紧张，曾希圣连座位都没有，自己拉把椅子坐到会场边上。会上有人主张开除曾希圣的党籍，有人提出要杀头。这时毛泽东发话了："没有曾希圣，长征是不可想象的。杀头之议，不要再提了！"早在1933年，曾希圣就得过红星奖章，有人说红星奖章是"免死金牌"，《工农红军纪律暂行条例》确有相关规定。中央免去曾希圣安徽省委第一书记职务，将其调离安徽。曾希圣被免职，然而安徽一些基层党组织和干部冒着极大的政治风险上书中央，要求继续实行"责任田"。李富春和邓子恢等中央和国务院领导人明确表示支持"责任田"。7月2日，中央书记处开会，讨论包产到户问题。中央委员会总书记邓小平说："在农民生活困难的地区，可以采取各种办法，安徽省的同志说，'不管黑猫黄猫，能逮住老鼠就是好猫'，这话有一定的道理。'责任田'是新生事物，可以再试试看。……"然而8月的北戴河会议和9月的八届十中全会,曾希圣更是被批为"代表富裕中农利益","责任田"被批为复辟资本主义的"单干风"。批判的火力不断升级,安徽大批干部因此受牵连,曾希圣多次向中央表示:"责任田是我提出来的,也是根据我的意见推行的,一切由我个人负责,与别的同志无关。"

曾希圣1962年调离安徽,李直峰1957年赴合肥。年长的合肥人依然记得1958年9月曾希圣陪同毛泽东在合肥接见二十万群众的情景。他陪毛泽东乘敞篷车从长江路驶过,大街两侧是载歌载舞、欢天喜地的群众。如此盛况在其他省会城市不曾有过。二十五米宽的长江路,当时国内其他城市也是少见。

如今的长江路依然是"安徽第一街"。川流熙攘的白日,灯红酒绿的夜晚,走在这繁华的街景里,你很难想象历史曾经是另一种真实的存在。人们都在急匆匆向前走,那些慢下来的老人都隐在高楼背后的深巷里。他们坐在门前的竹椅上,晒着太阳看街景。

大街两侧是热闹的商圈,是网红打卡地,是扑面而来的时代气息,而历史档案大都封存在远离大街的旧建筑里。它们不占大街两侧寸土寸金的空间,好在它们也有其存身之地。某一个时刻,她伫立街头,怔怔地望着商厦外墙的巨幕:从西双版纳北迁的象群在行进。

异乡人何博士,她走在这白墙黑瓦的徽派建筑间,不放过与曾希圣、李直峰有关的任何线索,她寻访与李直峰有过接触的所有健在者,不漏过与他有关的任何一篇文字……

1940年初夏,上海保联收到一份发自香港的货运单。表面看来这是一份海运发货电报,有英国太古公司船号,有航程时间,有盘尼西林、道林纸、猪鬃、千穗谷等货物清单,到货地是怡和码头,发货人是何涤之。上海保联全称上海保险业业余联谊会,是中共上海地下党领导的抗日统战组织,会址设在爱多亚路。保联与香港向无货运业务,而因办事人员经验欠缺,这份电报便被疏忽处理。后经查实,此报是以隐语揭发混入延安之国民党特务姓名,其巨大隐患是此人竟潜入我高度机密的中央军委二局。延安方面幸有边保及时行动,一举铲除国民党军统汉中特训班特务五十多名,其中有女特务已嫁给局级党政干部。发货人何涤之背景不详，先是据李直峰推测，此人或为国民党军技室人员。军技室主任温毓庆因被排挤，托词去香港治病离职，此人赴港或是与温有关。……

这只是九十年代《文史资料丛刊》里的一个片段，只是一则掌故。对于何博士来说，这却是一个难得的印证。她的外公原名并不是何涤之，但是他姓何。重庆，1940年初夏，西装革履的男子，黑皮公文包，军技室，千穗谷……

千穗谷。1940年日军尚无力完全封锁中国海运，从香港至上海，运送药品和道林纸之类尚可理解，但为何还有千穗谷？千穗谷只不过是一种苋菜，一种草本花。这当然不是普通的发货电，而是以隐语传送的信息。而她冥冥中有一种直觉：这更像是一份遗书！千穗谷，love-lies-bleeding。

这则掌故的作者是本地一位作家，曾是李直峰在安徽时的下属，而今他们均已作古。《文史资料丛刊》也只是出了数十期，而幸好那位老编辑还在世，幸好很快便找到了他。

他说见过此人的照片!

这位老先生颇有几分学究气,他自称是"杂家",博闻广记的那种。虽是病卧在床,但脑子尚不糊涂,说话也是蛮有条理:"世事一场大梦,人生几度秋凉。你说你跟大校也算是老乡,一个省。毕竟这有多大意义?三十年河东,三十年河西。薛岳、吴奇伟是红军死敌,是要将红军赶尽杀绝,后来却都是抗日名将,吴奇伟好像还上了开国大典观礼台。该打就打,该和就和,历史就是历史。可是历史有时难以说清,尤其是所谓'个人历史问题',这就需要有生存智慧。当年有个叫杨肆的数学天才,他打入国民党军统为延安提供情报,戴笠升他为少将。这个身份后来就是大麻烦!因为他的入党介绍人和单线联系人已去世,他这历史问题就说不清。这样的奇才如何自保?你看他有多聪明!运动来了,他便主动跑到公安局要求坐牢,理由是自己知道的人和事太多,机密太多,为了保守机密,这样最保险、最安全。……唉!有人来看我,我便成话痨!咱们说回这照片,这张照片呀,话说从前本地有位梅先生,一位中学数学老师,其实他并非本地人。此人来历不明,据说是有历史问题,或许是受潘汉年案牵连吧。他无妻无子,一直孤栖终老。真实的原由,其实他是有过妻子和女儿。他在晚年留下一份手稿,大意是说,当年他为革命工作,在某个危急时刻不得不抛弃妻女,妻女实成了他的掩护。此后今生就再也不得相见,一因离乱多变妻女无处可寻,二因自己内心愧疚,又因后半生坎坷遭际,似也无脸再见。而若她们因此遇害,他更是不敢多想。一念之转,百身莫赎。他在晚年留下这份手稿,而且还贴有几张照片,其中一张是在香港。那是一张商家茶会的照片,很随意的抓拍,并非正襟危坐的照相。那家公司名字我不记得了,公司老板就是博古的胞弟,你该晓得的,博古曾经是中共最高领导人。博古本名秦邦宪,其弟名为秦邦礼。当年在上海时,陈云给他两根金条,要他以此为资本,以开店为掩护,建立秘密交通站。向忠发叛变后,周恩来等人就是经他中转才到了中央苏区。长征途中陈云去莫斯科开会,也是由他护送。因此这家公司可以说是'党产',是香港的重要联络站。至于这张照片,我怎记得这么清?是因我有个堂兄,他名字里头也有这两个字,涤之。是因梅老师照片上标有各个人名,其中就有这个,何涤之。"

"这照片您还有印象吗？相貌,比如说,眼睛……"

"这怎么可能？我只是扫了一眼,群照嘛,抓拍。他似乎只是个侧影。"

"侧影……但这也许是他唯一留存的照片了……"

"这我懂。人没了,照片就有用了。又过了恁多年,谁知还在不在。好在是国营图书馆,应该不会随意丢弃。县级市,应该比较正规的,都是系统化管理。好在离这儿不太远,如今高铁也方便。"

"再远我也要去,直至海角天涯。"

"向你致敬哈！过去年代也是,叛变的多是男人,女性就极少！忠贞不渝！"

"裴老取笑我了。"

"祝你好运！"

这是春天的温润的气息,车窗外掠过的风景,是墨染般的远山,是农人在田野里劳作,是孩子们在欢快地放风筝,是奔跑的小狗和飞舞的雨燕,是微风中颤动的新叶……

每个人都有自己的故乡。而那些无家可归的人们,那些远逝的人们,他们是你的亲人,他们的亡灵需要你的抚慰。那些陌生的逝者,他们也是你的亲人。他们也有自己的故乡。这大地上的风景,就是他们的故乡。你在岁月的深处寻找他们,你要留住他们的身影,要让这身影成为永不湮灭的记忆……

草长莺飞的二月,明媚和煦的阳光,带着所有美好的期盼。那些嘈杂喧闹的市声,你也视作美妙的乐音了……

你来到这里,来到这个陌生的小城。你平生第一次有了近乡情怯的感觉。这并非你的故乡,但分明是有一种亲切感,冥冥中是有一种真切的召唤。此时,此刻,此身,生命的某种真切的告慰。你来到这里,来到这座老旧的图书馆,你的心中燃起更大的喜悦。因有这朴旧的外观,因有这青藤蔓延的外墙,这座小楼令人感觉踏实。这并非你的故乡,但你分明听见有人对你说话。你茫然四顾,又举目望着那个摄像头。5G时代的电子眼,360度无死角。你看不见他的身影,但你听到了那个声音。"只要你记得我,我就活着。"你忽然记起在哪儿读到的这句话。你的心头凛然一震。是谁在岁月的深处对你说话,是谁在深情地望着你,而你分明能感受到这目光……

你缓缓转过身来,望着这座红砖小楼。夕阳西下,这砖墙有一种温暖。你期望在这里寻获某种密息,某种与你生命相关的确证。一份尘封的手稿,一张发黄的照片,而照片上的人也在等着你。这个周五的下午,你风尘仆仆赶来,但你却是一个迟到者。这也是一个美好的周末,而美好的周末是从周五下午开始的。这座小楼就要关门了,你不该因自己的激情而上火,这激情只是你自己的激情。你更不该大声争吵。

你小心保持着一路而来的好心情,你只有耐心等待下一个工作日。入乡随俗,旅馆掌柜就比你更通达。为了一份更好的生活,店家当然是盼人们有更多的周末。你欲言又止,不敢跟店家多说。你不敢说自己也曾找馆长理论了一番。那时馆长正跟一群妇女在近旁的河边搞朗诵。你的出现扰了她的兴头。

你心怀欢喜而来,而她们也有自己的欢喜。岁月静好,在那柳丝飘拂的岸边,她们都裹着鲜艳的丝巾,都穿着健美裤,都戴着墨镜。她们面朝河流眉飞色舞朗诵一首诗。一首关于幸福的诗歌。她们要和每一个亲人通信,要将幸福告诉每一个人……

《好甜好甜的梦》,朗诵者播放的音乐,多美的旋律!某一日清晨,你也曾因这音乐而流泪……

地图摊在床上,你要为这个周末寻个去处。你为一个名字所吸引。
——乌江。

这只不过是一个名字。这是另一条乌江。此乌江并非彼乌江。当年那些不怕牺牲的勇士,他们胜利地强渡乌江北进,而且又再渡乌江南下。他们的敌人扬言乌江是死地,而红军却再次绝处逢生。那部《乌江引》的复印稿就在旅行箱里。你来到此地,是为另一部手稿,是为那张贴在手稿上的照片,尽管那人只有一个侧影。岁月不居,有多少手稿消失在时光的深处。这个难眠之夜,你又想到曾希圣最后的日子,你在内心深处深深理解其后人的那个记忆,是所有有限记忆中最为铭感难忘的那个情景:1968年的那个夏日,当灵车缓缓驶出解放军总医院时,最先跑到路边为他送别的,是一群素不相识的孩子,孩子们举手向着灵车敬礼……

另一部手稿也永远地消失了。那是曾希圣的三个笔记本。战斗不息的一代人，这位"我党情报破译工作的创始人"，他在生命最后的半年时光里，又在病床上重操旧业，重拾脱离近三十年的破译研究，而这是现代密码研究。他逼着女儿去书店为他买计算机资料，为他请清华大学老师讲计算机课，直至医生严禁他看书写字。在他去世之后，夫人余叔将他在生命最后日子里研究密码的三个笔记本交给周总理，周总理将笔记本交给了总参三部，然而在那样一个特殊的年代，这三个笔记本竟也消失不见了……

你无法想象曾希圣夫人向总理提出最后要求时是怎样的心情。她说对中央别无要求，她要遵照曾希圣的遗愿，带着孩子们回老家种田。那是曾希圣的湖南老家。1960年除夕，曾希圣曾利用养病的机会回过一次老家，那是阔别36年后第一次回乡。大年初一他在村子里拜完年，心情沉重地围着村子转了转，当天上午便离开了故乡……

他将南渡乌江那个绝密严守到生命的最后，甚至对患难与共的夫人都不曾透露。那枚至高荣誉的红星奖章，也永远地沉到了乌江里。红军长征的"破译三杰"，曾希圣、曹祥仁、邹毕兆,尽管后来他们也都是省部级高官,他们在新中国建设中也都有可观的建树,而在他们内心深处,唯有长征才是他们最珍重的记忆……

"比特殊材料还更特殊",一种特别单纯的材料。长期沉潜在密码技术里,也使他们具有了"特种性格"。他们的性情自是有某种封闭,某种特别的单纯和孤独,回到现实世界,这份单纯便不足以应付复杂的人事。和平年代,很多事情变得更为复杂。早在1946年,尽管已有创建新四军七师和开辟皖江抗日根据地的骄人战绩,曾希圣在给军委二局王永浚副局长的信中却如此写道:"三九年的分别,并非忍心与这一事业分离,但由于许多原因而与你们分别了。……我在八年中间毫无成就,同时又很忙,所以未能与你们写信。承蒙过誉,实觉怅愧。现和平局面不久总可实现,惟自己一无所长,且体力又非过去可比,庸庸一生,感觉自己的时代已经过去了。……"

这封书信还在。如此清雅养眼的行书,笔锋内敛,刚柔相济,既得险峻之致,而又复归平正,真可谓古质今妍。你难以想象这是戎马倥偬中的手笔。难得这样的手迹得以留存。而在这家旅店里,在你这位异乡人的旅行箱里,就有这件复印品。这座小城图书馆的小楼里,即将出现的又会是怎样的一份手稿?那也许就是一位烈士的遗物,是他留在世间的遗物,而你也是他的遗物。

乌江镇,八百里皖江第一镇。当年这里也曾是皖江抗日根据地。千年古镇,西楚乌江。霸王祠。霸王亭。霸王酥。在这传说中的项羽自刎之地,竟也还有关于曾希圣的传说。传说这位湘人偶尔也会来一段京剧,他曾在这江边唱几句《霸王别姬》,字正腔圆,自有一种苍凉的气场。

生当作人杰,死亦为鬼雄。至今思项羽,不肯过江东。历史烟云中的传说。关于传说的传说。他说湘人也是楚人。春秋战国年代,湖南也属楚地。

你来到这里,来到这个传说中的渡口。野渡无人,唯见岸边一叶扁舟。你默默地望着那片野芦苇,望着彼岸一片迷离的风景。此时此刻,你恍若听见一个声音:游过去,你必须独自游过去。一种仪式,你必须要有这个仪式,是这涌动的江水所传来的神秘召唤,是穿过芦苇的晚风所传来的密语,游过去,你就能如愿见到那个人,见到那个人的身影……

这个周末就这样度过了,在这个古名历阳的地方,在这个乌江镇。周日的夜晚,你的手机如约响起。男友的来电。

……

"假如明天如愿以偿,我会给你一份礼物……"

"什么礼物? 不会是霸王酥吧!"

"不是食物,是人类学意义上的……"

"呃……你这人类学博士,我有点明白了……"

"要吗?"

"若是我没猜错……可是你这年龄……"

"有医学手段呀!"

……

"觉着吧,你那外婆也是很伟大,奇女子! 那个夜晚若不是她拉闸断电,若是她们落在那些便衣手里……"

"那就不会有你我这样通话了,也不会有我来到这里。我来这里是干吗? 只为看一条名叫乌江的河吗?"

"可是也有专家说,长江这一段是南北流向,易安居士说'不肯过江东',其实指的是长江。那么问题来了,那条乌江在哪儿?"

"当地也有人这么说。他们倒是很会说话!脱贫奔小康了,说话也有趣了,不卑不亢。我去小摊买水果,我问有农药吗?那卖菜的说,没有,需要你自己回去加!"

"简直!这你就可得小心了!卖菜的都这么会说话,图书馆馆长不更是了得?你得学会说话!"

……

"沉睡了几十年,难道一个周末就会消失?明天就是周一了,你必须克制你的性子!莫非这也是基因遗传?想想当年那些神勇之人,他们那些身心极限状态的奇迹!今时今世,有了这些,没有办不成的事!"

"嗯,明白了。我尽力。我相信奇迹,某种感应……但我分明是听到了这个声音:游过这条河,你将一切顺利……"

"感应也罢,信念也罢,有勇气就好,有行动就好。再理所应当不过的事情!想想看,你若是处理不好,这就意味着……那张照片,虽然只是个侧影……

这就意味着,这个人将不再有任何形象的记忆,他将永远地消失。很简单,人家若不高兴,就会说是没有。很简单。"

"我决不允许这事发生。"

"你必须学会微笑。"

夜深人静的此刻,你放松紧绷的神经。这月朗星稀的春夜,在这异乡的客栈里,你默默地对镜梳妆,是为见到自己的亲人。你一遍又一遍地练习微笑,是为明天的希望。

天色微明,水上依然有闪烁的星光。你又一次来到这岸边。

游过这条河。

附 录

中华苏维埃中央革命军事委员会总参谋部第二局名录

局　长　曾希圣
副局长　钱壮飞、宋裕和
破译科　曹祥仁、邹毕兆
译电科　李作鹏、叶楚屏、段连绍、戴镜元等
侦收科　胡立教、钱江、贺俊侦、李行律、胡备文等

时间的深处

有一种静默

那是水中的星光

是风中的密息